講談社文庫

定年ゴジラ

重松 清

講談社

岩波文庫

モンテ・クリスト伯

第四冊

岩波書店

目次

定年ゴジラ

第一章　定年ゴジラ

1

長い散歩から帰ってきた山崎さんは、玄関の上がり框《かまち》に腰掛けてウォーキングシューズを脱ぎながら、深々とため息をついた。

「まいったなあ……」

つぶやきも漏れる。じっとりと汗ばんだ背中は落胆のせいで丸くなり、失望が靴紐をほどく指の動きを重くさせる。

今日も駄目だった。面白いものはなにも見つからなかったし、退屈を吹き飛ばしてくれる出来事にも巡り会えなかった。ただ足を交互に前に進めるだけの散歩だった。

家に上がり、遅ればせながら「ただいま」と声をかけた。しかし、二階建四ＬＤＫの我が家のどこからも返事はない。ダイニングキッチンに入ると、食卓に昼食のおかずが置いてあった。〈ごはんはジャーに入っています。食べたら保温スイッチを抜いてください。林さんにお昼を誘われたので出かけます。夕方帰ります〉と、奥さんからのメモと一緒に。

「スイッチは『抜く』じゃなくて『切る』だろうが、まったく」

山崎さんは舌打ちして、食卓の椅子に腰をおろした。言葉遣いには若い頃からうるさかった。何年か前、「見れる」「見られる」をめぐって次女の万里と大喧嘩をした。さらに何年か前には、「うそぉ」を連発する長女の千穂を叱り飛ばし、その後二週間口をきいてもらえなかったこともある。

だが、いまはもう叱る相手もいない。千穂は四年前に結婚して家を出て、万里もこの春、会社の総合職試験に合格したのを機に、都心で一人暮らしを始めた。「だって通勤時間がもったいないんだもん」と言われると、引き留めることはできなかった。片道二時間。往復で四時間。「お父さん、よくこんなのを二十年以上も我慢したね」とも言われた。ふだんからなにかと父親を疎んじる娘の、それはせめてものねぎらいの言葉だったのかもしれない。

山崎さんは卵焼きを一切れつまみ食いして、壁の時計に目をやった。午前十時五十五分。あくびを、ひとつ。陽の落ちるのが早い十一月とはいえ、一日はまだまだ、長い。

長年勤めた銀行を定年退職して、一ヵ月が過ぎたところだ。最後の五年は関連会社への出向という形だったが、高校を卒業して以来四十二年間、大手都銀の丸の内銀行一筋に生きてきた。

優秀だったとは言わないが、勤勉だったという自負はある。定年時の肩書は、中高年のポスト不足を象徴するような部次長待遇室長補佐。千穂の結婚にあたって媒酌人に肩書を尋ねられ、「待遇」以下を略して答えたことが、いまだにかすかな罪の意識として胸に残っている。

だが、それももう昔話である。いまの山崎さんに肩書は不要だ。山崎隆幸、満六十歳。健康状態良好、ただしコレステロール値若干高し。扶養家族妻一名、厚生年金の額は決して潤沢ではないが、日々の暮らしに支障なし。それでいい、いや、それだけでいい。会社に縛られることも家庭を背負い込むこともない、自由で気ままな第二の人生が始まったのである。

……と思っていた。つい一ヵ月前までは。

甘かった、と気づいた。いまになって。

「この街って、なんにもないんだな」

ときどき奥さんに愚痴る。

「なんにもないからいいんだって言ってたじゃない」奥さんは夫のしかめつらをいなすように笑う。「こういう静かなところが一番安らぐんだって、子供のためにもいいんだって」

そのとおりだ。都心にほど近いアパートから東京の西のはずれのニュータウンへ引っ越してきたのは、二十五年前の、ちょうどいまごろだった。山崎さん自身が決めた引っ越し先である。庭付きの一戸建、澄み渡った空気、二階のベランダから眺める富士山、春にはヒバリがさえずり夏には蟬時雨《せみしぐれ》が聞こえる緑豊かな自然……通勤時間の長さを代償にして余りある素晴らしい環境だ。二十数年前、ビジネスの現場の最前線に立っていた山崎さんは、確かにそう思っていたのだった。

しかし、いま、山崎さんは還暦を過ぎた。二人の娘も巣立った。昔で言うなら隠居である。電車で席を譲られると少し寂しくなるが、シルバーシートの空席に座ることにためらいはなくなった。もう、「老人」という呼称を受け入れてもいいだろう。「老人」としての新生活が始まった、その矢先に気づいたのだ、「素晴らしい環境」の意味が二十数年前といまとでは変わってしまったことに。

「もうちょっと街がひらけると思ってたんだけどな」

「スーパーだってあるし、キャッシュコーナーだってあるじゃない。駅にも歩いて行けるんだから、便利なほうよ」

「いや、そういう意味じゃなくて……なんて言えばいいかなあ、違うんだよ、とにかく」

「違うって、なにが？」

そこから先は、どう説明すればいいかわからない。それがもどかしくてたまらない。たとえ筋道を立てて説明できても、奥さんを納得させられるかどうか自信はない。「男には、女子供にはわからん世界があるんだ」という決まり文句も、定年退職したいまではどうも説得力に欠ける。しかし、とにかく「違う」のだ。「違う」ということだけがぽっかりと胸に浮かび、落ち着く先を見つけられずに途方に暮れている。老人性鬱症——。そんな言葉まで、ふと頭の隅をよぎってしまうのである。

この街の名前は、くぬぎ台という。宅地造成が始まる以前は付近一帯が雑木林だったことに由来する。いまも住宅地を少し離れれば昔ながらの自然が残っている。二十数年かけても、街の規模はほとんど広がらなかった。バブル景気の頃にはくぬぎ台の地価もそれなりに上がり、ということは都心に近い住宅地の地価はもっと上がり、もう少し好況がつづいていれば周辺にマンションが建ち並ぶ風景を目にすることもできたのだろうが、残念ながら都心の住宅をあきらめた人々は急行で六駅手前にできたニュータウンの公団マンションに吸いこまれてしまい、くぬぎ台までおこぼれは回ってこなかった。雑木林はおそらく二十一世紀になっても雑木林のままだろう。

くぬぎ台は大手私鉄の沿線開発の一環として造成されたニュータウンである。足掛け二十年近い分譲時期に従って一丁目から五丁目までに分かれている。それぞれ四百戸ずつの分譲で、合計二千戸。山崎さんは第二期分譲、すなわち二丁目の住民である。

綿密なマーケティングリサーチによる坪単価設定ゆえか、くぬぎ台の住民の暮らしぶりはみごとなほど似通っている。

まず、一家の主《あるじ》の勤務先は、「大」付きかどうかはともかくとしても、それなりに名の通った企業。郊外とはいえ一区画が最低でも六十坪ある土地や建売住宅を買うのだ、やはりある程度の収入は必要である。当然、勤務先は都心になるだろうし、平社員というわけにもいくまい。

家族持ちであることも共通している。同じ金額を出せばもっと便利な場所にマンションが買えるのに、あくまでも一戸建にこだわるあたり、子供を緑豊かな街で伸び伸びと育てたいという信条が感じられるし、仕事も大事だが家庭も忘れないマイホーム・パパの姿も想像できるはずだ。さらに「育てたい」と願うぐらいだから、子供は小学生以下、せいぜい上の子が中学生といったところだろう。

かくして、くぬぎ台ニュータウンは分譲のたびに、三十代後半から四十代初めのサラリーマンの一家を迎えることになった。いわば小市民の街である。優しいパパの街である。ローンを背負い、終電の時刻にせきたてられながらがんばる夫の街である。

そしていま、くぬぎ台は世代交代の時期にさしかかっている。

数年前から一丁目が。いま、二丁目が。これから先も三丁目、四丁目、五丁目と順に。

かつて一家の主としてこの街に移り住んできた中堅サラリーマンたちが、一人また一人と定年を迎えていく。レミングの行進さながらに、あるいは朝六時五十七分発の新宿行き急行電車に乗り込むときのように、一人ずつ、切れ目なく、「老人」になっていくのだ。

散歩をつづけるうちに、山崎さんにもひとつわかったことがある。

この街は確かに静かだ。都心に比べて時間の流れもゆるやかで、吹き渡る風さえやわらかい。仕事の疲れを一家団欒《だんらん》で癒《いや》し、週末に月曜日からの英気を養うには、申しぶんない。

だが、商業施設の出店やビルの建築を厳しく規制する地区計画のせいで、ここには飲み屋もパチンコ屋も映画館もレストランも喫茶店もない。図書館もなければCDショップもない。スーパーマーケットを中心にした駅前商店街で日常の買い物は間に合うとはいえ、潤いや遊び心、もしくはささやかなスリルや文化の香り、そういうものがいっさい見あたらないのである。

ひどい街だと思う。「こんなの人間の住むところじゃないぞ、まったく」とつぶやくときもある。晩酌でほろ酔いかげんの夜は、特に。

しかし、奥さんに「あなた日曜日に散歩するたびに、人間の暮らす街ってのはこうでなくちゃ、って喜んでたじゃない」と言われてしまうと、なにも反論できない。

「駅前にけばけばしい看板がないから、帰ってくるとホッとするって、私、何度も聞いたわよ」

仰せのとおりである。

さらに、奥さんには切り札もある。

「この家を建てるとき、あなた、こういう静かな街で老後を過ごしたいって言ってたのよ。忘れたの？」

若気の至りというやつだった。三十代や四十代の頃は、老後など遠い彼方の日々だった。二十代に比べれば切実なリアリティがあったのは確かだが、まだまだ「こんな感じかなあ」という想像の範囲内だったのだ。甘かった。なめていた。一日二十四時間がこんなにも長いものだとは知らなかった。この街がこんなにも退屈だとは知らなかった。定期券を持たなくなったとたん、片道四百円を超える電車賃を払い二時間かけて都心へ出ることがこんなにも億劫《おっくう》になるとは、思いもよらなかった。なにより、人生八十年としても定年後の日々が二十年はつづく、そんな単純な計算さえいままで一度もしてこなかったように思う。

だからこそ、山崎さんは八つ当たりまがいに心の中で繰り返しつぶやくのだ。

開発担当者め、出てきやがれ——と。

2

十一月半ばのよく晴れた日、山崎さんは散歩の途中、五丁目のはずれにある数区画まとまって売れ残った空き地に足を踏み入れた。かなり広い。崖っぷちにあるので視界も開けている。

空き地とはいえ勝手に入りこむのはなんとなくためらわれて、いままでは眺望を横目で楽しみながら素通りするだけだった。

ちょっとぐらい、いいだろう。その日にかぎって思ったのは、小春日和《こはるびより》のおだやかな陽射しのせいかもしれないいし、碁盤状の通りをただ歩くだけの散歩にいいかげんうんざりしていたせいかもしれない。

夏場にはおそらく雑草が生い茂っていたのだろうが、すでに草はほとんど枯れ、ところどころ赤茶けた地肌が剝《む》き出しになっている。ひからびた犬の糞を見つけた。雨と陽光に晒《さら》されて波打つようにひしゃげた漫画雑誌もあった。ジュースの空き缶もある。スケートボードが捨ててある。花火の跡も残っている。五丁目のガキどもだろう。山崎さんは歩きながら舌打ちした。

最も新しい分譲地区の五丁目には、まだ子供が大学生や高校生の家族も多い。一家の主は五十の坂を越えたか越えないかだ。二丁目では、高校生以下の子供たちの姿はほとんど見かけない。逆に二世帯住宅への建て替えの進む一丁目を歩いていると、幼い子供を連れた母親とよくすれ違う。朝六時五十七分発の急行に乗って都心に向かい、夜〇時五十五分着の終電で帰宅していた頃には気づかなかったことだ。いや、そういえばここ数年、朝の電車に三十代のサラリーマンの姿が増えていた。彼らは二世帯住宅の子世帯の主なのだろうか。若い頃は都心までの遠さを嫌ってくぬぎ台を出たものの、マイホームをかまえる年齢になって帰ってきたのだろうか。彼らの目には、この街はどう映っているのだろう。そして、彼らの親の目には……。

ふと我に返ると、空き地のいっとう奥まで来ていた。フェンスの向こうは崖だ。街が見える。山も見える。けれど都心は見えない。

フェンスに手を添えて、ゆっくりと大きく息を継いだとき、背後から「こんにちは」と男の声が聞こえた。あわてて振り向くと、山崎さんと同じぐらいの年格好の小柄な男性がこっちに向かって歩いてくるところだった。ツイードの替え上着にゴルフシャツ、スラックスにウォーキングシューズというういでたちも山崎さんと同じだ。

「散歩ですか?」と男は人なつっこい顔と声で言った。

山崎さんは「ええ、まあ、そんなところです」と応えながら記憶をたどってみた。見覚えのあるような、ないような、なんともあやふやな顔だ。

しかし、男のほうは感慨深そうにつづける。

「十月ぐらいから駅でお見かけしなくなったんで、ひょっとしたらと思ってたんですが、そうですか、無事ご定年というわけですか」

「はあ……」

「ほら、朝六時五十七分の急行、いつも三両目だったでしょ、お乗りになるの。私も同じだったんですよ」

それでようやく合点がいった。

「一ヵ月遅れですが、私も先週で定期券とおさらばしました」

男はそう言って、照れくさそうに笑った。

あらためて男の姿を見てみると、なるほどウォーキングシューズが真新しい。思わず頬がゆるんだ。長年同じ電車に揺られて都心へ向かった、先輩と後輩である。

しかも、この男、二丁目の住民だという。ご近所である。二十数年前にマイホームの夢をこの街に託した、同志である。

山崎さんはそれでいっぺんに警戒心を解いた。「週に何度かは、駅に下りる坂道でもお見かけしてましたよ」と言われて、「じゃあ、電車に遅れそうで走ってるところも見られちゃったかなあ」と返す余裕も生まれた。

「走っていらっしゃるのは見たことありませんでしたけど……」男は思い出し笑いを浮かべた。「後ろ姿で、すぐにわかるんですよね」

「そうですか？」

「失礼ですが、いつも背中が丸まってるんですよ。いまも後ろからお見かけして、ひょっとしたらと思って追いかけたら、やっぱりあなたでした」

山崎さん、一瞬たじろいでしまった。鋭い観察眼である。子供の頃から歩くときの姿勢が悪かった。肩をすぼめ、背中をちょっと丸めて、母親から「あんたはいつも叱られてるように歩くんだねえ」と言われたこともある。そんな癖を、いままで口をきいたこともなかった相手に、何年、十何年にわたって見られていたのだ。急に首筋のあたりが落ち着かなくなってくる。

「ところで、会社にいらした頃は、どこまで？」と男が訊《き》いた。

「いやあ、亀の甲より年の功ってやつで、丸の内銀行の部次長待遇室長補佐だったんですがね」

「丸の内銀行」と「部次長」のところで声が勝手に大きくなった。

だが、男はすまなさそうに「いえ、そういう意味じゃなくて」と言う。「どこの駅まで行かれてたんですか？」

「……大手町です、はい」

「私は新宿だったんですよ。ほとんど駅の中みたいなものなんですが、なにせ駅ビルは大きいですからね、電車が大手町に着くまでぐらい歩いてますよ」

「駅ビルといいますと、武蔵電鉄の本社ですか？」

くぬぎ台を開発した私鉄である。くぬぎ台最終分譲のあかつきには新宿まで直通の特急電車を走らせると約束しておきながら、なんのかのと言い訳をつづけたすえに、行楽シーズンの日曜祭日のみの運行という屁の役にも立たぬダイヤを組んだ武蔵電鉄である。

しかも、男は「沿線開発課にいたんです」と言った。くぬぎ台開発の元締、この街をこんな退屈な街につくりあげた張本人である。おまけに「いかがですか？　くぬぎ台の住み心地は」とまで訊いてくる。飛んで火に入る夏の虫とは、まさにこのことではないか。

山崎さんは、さきほどの気恥ずかしさを振り払うべく、定年退職して初めて知ったくぬぎ台のつまらなさをことさら大仰な口調で並べ立てた。男はそのひとつひとつを大きくうなずきながら聞く。同意をするわけではないが、反論もしない。といって、適当に聞き流している様子でもない。まじめで穏やかで人の良さそうな、くぬぎ台住民のサンプルのような雰囲気だ。

山崎さん、しだいに自分が情けなくなってきた。おとなげない話である。この街を選んだのは自分自身で、それはもう、どうにも打ち消しようのない事実なのだ。

「まあ、こんなこと、あなたに愚痴ってもしょうがないんですよね。すみません、おたくの会社の悪口ばかり言っちゃって」

だが、男は逆に恐縮したそぶりで首を横に振る。

「いえ、私におっしゃるのが一番なんです。私も住民の方々のそういう声をお聞きしたかったんです」

そして、きょとんとする山崎さんを見つめ、居住まいを正して言った。

「私、くぬぎ台の開発を担当したんです。最近の言葉で言うなら街づくりのコンセプトってやつですか。三十前にスタートして四十過ぎまでかかった大仕事でした」

「やっ、それは、あの……どうも、素人がプロの人に失礼なことを……」

「いいえ」男は小柄な体をさらにすぼめ、少し口調を強めた。「生活される方が、プロなんです」

なるほど。山崎さんはうなずいた。この男、なかなか話のわかりそうな人物である。

「申し遅れました、私、藤田と申します」

「あ、はい、すみませんご挨拶が遅れて。私、山崎と……」

二人は同時に上着の内ポケットに手を差し入れた。しかし、ポケットの中にはなにも入っていない。山崎さんも藤田さんも、もはや名刺を持ち歩く生活ではないのだ。二人は顔を見合わせ、どちらからともなく苦笑いを浮かべた。

3

朝十時に、二丁目から駅へ向かう通りで藤田さんと待ち合わせて、坂道を下る格好で駅へ。駅から商店街を突っ切って、今度は上り坂で三丁目、四丁目、五丁目を巡る。帰り道は駅の裏をまわって、一丁目経由で二丁目まで。

ゆっくり歩いて約一時間の散歩である。いままでスポーツとは無縁だった山崎さんにとってはけっこうな運動量だが、それでも一日二十四時間のうち一時間しか消化できていない。藤田さんとの付き合いも、二十四分の一にすぎない。

本音ではもう少し交流を深めたいのだが、銀行員時代はさらりと言えた「そこいらで軽く一杯どうです？」をなかなか口に出せない。午前十一時に「じゃあ、また明日」と別れるのでは酒の話を切り出すタイミングがつかめないし、だいいち「そこいら」と言っても、くぬぎ台には酒を飲める店など一軒もないのだ。

せめてどこかでお茶でもと思ったが、スーパーマーケットに併設されたスナックコーナーで焼きそばやクレープやバニラシェイクのにおいに包まれたコーヒーを啜る気にはなれない。

家でビール、とも考えた。だが、奥さんは忙しい。くぬぎ台の主婦同士連れ立って都心のデパートやエステティックサロンの無料体験コースに出かけたり、お茶の教室に通ったり図書館主催の読書会に参加したりと、週の半分は外出し、残り半分は家に客を招《よ》んでいる。留守中に昼間から酒を飲むのはどうにも格好が悪いし、なにしろ山崎さんはコースターがキッチンのどこにあるかも知らないのである。

駅の裏を抜けて一丁目にさしかかり、もうすぐ散歩が終わろうとする頃、藤田さんが不意に「午後、なにかご予定はありますか?」と訊いてきた。十一月の終わりのことである。

「いえいえいえ、もうね、全然暇で暇で、家に帰ってもほんとうにねえ、なーんにもやることなくて」

大袈裟《おおげさ》にかぶりを振る山崎さんを見て、藤田さんは「私もそうなんです」と力なくつぶやくように言った。

このところ藤田さんは元気がない。山崎さんにも覚えがある。定年退職からほぼ半月、会社勤めから解放された喜びや安堵感も薄れ、新生活への失望や落胆が襲ってくる頃だ。

あんのじょう、藤田さんは沈んだ声でつづけた。

「最初に会ったとき、山崎さんおっしゃってましたよね、くぬぎ台のこと。正直言って、あのときには、まあそういう感じ方もあるんだろうなっていう程度だったんです。でも、最近つくづく思います。三十代とか四十そこそこの感覚や価値観で街のグラウンドデザインをしたのが、失敗だったのかもしれない、って」

「いや、失敗だなんて、そんな……」

「失敗です」きっぱりと言って、深いため息をつく。「担当者として情けない話ですけどね、失敗です。いまさらお詫びしてもしょうがないんですが、ほんとうに、すみませんでした」

「いえ……藤田さんが謝る必要はないですよ」

社交辞令ではなく、本音だ。いまはもう、藤田さんを責めたり恨み言をぶつけたりする気はなかった。

ベストを尽くしたのだ、開発した藤田さんも、移り住んできた山崎さんも。そう思っていたい。二十数年前の自らの選択を批判すると、別のもっと大きなものが否定されてしまう、そんな気もする。

「三丁目のくぬぎ台会館ってご存じですか？」と藤田さんが言った。

「ええ、いちおう」

くぬぎ台町内会が管理する、この街で唯一の公共施設である。会館といっても一般の住宅より二回りほど広いだけの平屋建のプレハブだ。土足で上がれるホールはときどき住人の葬儀に使われ、また選挙のときには投票所になり、山崎さんも何度か入ったことがあるが、それ以外で利用したことはない。

「ホールの裏に、物置部屋があるんです。くぬぎ台祭りで使うテントや御神輿《おみこし》がしまってあるんですが、そこの隅に、私のつくった模型があるんですよ」

「模型？」

「くぬぎ台の模型です」

「そんなものあったんですか」

「見に行きませんか？」

藤田さんはウインドブレーカーのポケットから、鍵を取り出した。

「町内会長さんに借りてきたんです。会館って、利用するときに申込書を出さないといけないでしょ。利用目的の欄に模型のことを書いたら会長さんも一度見てみたいって言い出して、あと会長さんの友だちも何人か来るみたいですから、山崎さんもご一緒しましょうよ」

「はあ……そうですねえ……」

「会長さんも元サラリーマンです。朝六時五十七分発の急行仲間」

「あ、そうなんですか？」

「他の人も昼の日なかに集まるぐらいですから、皆さん定年組ですよ。会長さんが七年前で、一番若い人が二年前かな。だから、みんな先輩です。どうします？　せっかくですから……」

「行きましょう」と山崎さんは言った。

くぬぎ台会館の玄関前で待っていたのは、三人。

壮観と言えばいいか奇観と呼ぶべきか、三人プラス二人、合計五人を並べると、まるで人類の進化を描いたイラストである。町内会長のウインドブレーカーはいかにも着古した雰囲気で、靴も革製のウォーキングシューズではなく、もっと軽量の、ゴム底のつま先や踵《かかと》がめくれ上がったメッシュのシューズだ。さすがに定年七年目、年季が入っている。その町内会長を先頭に、五年目の江藤さん、二年目の野村さんまでが一丁目。山崎さんと藤田さんが二丁目。同じようにウインドブレーカーを羽織っていても、一丁目組と二丁目組とを比べると、服の着こなし、身のこなし、すべてにおいてキャリアの差は歴然としている。

ホールに入って自己紹介をすませると、町内会長は山崎さんと藤田さんを値踏みするように眺め渡し、ちょび髭《ひげ》を指でしごきながら言った。

「朝十時台の散歩というのは感心しませんなあ。朝寝を楽しみたいお気持ちはわかりますが、夏場の十時は暑くて散歩どころじゃありませんぞ。冬の寒さで凍え死ぬことはありませんが、我々にとってなにより怖いのは、夏の日射病。悪いことは言いません、八時、せめて九時台になさい。そうすれば我々ともご一緒できますしな」

それを承《う》けて、頭がきれいに禿げた江藤さんも「秋冬の退職だと、どうしても朝が遅くなっちゃうんですよねえ」とうなずく。

さらに野村さんが、「一年目の冬は、ウインドブレーカーのボタンを一番上まで留めたほうがええけえ、そこんとこ気ィつけんさいや」とドスを利かせた広島弁で言った。『仁義なき戦い』の菅原文太ばりの迫力である。

ところが、山崎さんが思わずたじろぎながら理由を尋ねると、野村さんの口調は一転、オーバーアクションの関西弁に変わる。

「そらあんた簡単なこっちゃねん。ネクタイがないんやさかい、そらあ冬場は往生しまっせ、ほんまほんま、こうしてな、歩くねん自分、散歩するとしょうや、ええな？　そしたらこないして風がピューッと吹いてブワーッとシャツんとこから入ってきてヒャーッて寒うなんねん。風邪ひきまっせ、国民健康保険やさかいな、三割負担でっせ、鼻風邪こじらせて肺炎にでもなってみなはれ、ほんまもうドツボでんがな、よう言わんわあ」

啞然とする山崎さんと藤田さんに、江藤さんが教えてくれた。野村さんはサラリーマン人生の晩年十年間を、西日本各地の支店を渡り歩いて過ごしたのだ。いずれも単身赴任だった。わびしい日々だった。その恨みや嘆きを本社の連中や女房子供にアピールするせめてもの手立てとして、赴任先の方言を遣いつづけているのだという。

先輩三人衆のアドバイスは、さらに微に入り細をうがっていく。

「ジャージは禁物ですぞ。一見動きやすそうですが、あれは腰を痛めます。腹も出ます。ベルト付きのズボンが一番なんです」と町内会長。

「ウインドブレーカーの色もおえんのう、これじゃ地味過ぎようが。万が一のことがあるけえ、目立つ色にせられえ。わしゃこう靴紐も蛍光色のやっちゃけえのう。あ、これ岡山弁ね。いちおうメインは関西弁なんだけど、今日は持ちネタ全部出しちゃうから」と野村さん。

「ルートはどうです？　歩きはじめは下り坂、これ鉄則ですよ」と江藤さんが言い、野村さんが「ばってん下り坂いうてツヤばつけて歩きよると、膝《ひざ》ばやられる。散歩いうたらクサ、ほんまごつ人生と似とるばい」と博多弁で付け加える。

そして、町内会長が話をまとめるように「我々の毎日も、こう見えてなかなか奥が深いんですよ」と言い、山崎さんと藤田さんに握手を求めてきた。「これから、よろしく」

最初に山崎さん、次いで藤田さんが町内会長と握手を交わした。江藤さんと野村さんも拍手で歓迎の意を示す。山崎さんの頰が上気したのは、面映《おもは》ゆさのせいばかりではなかった。仲間が、いっぺんに三人も増えた。同じように長年くぬぎ台から都心へ通勤し、もしくは遠い旅の空よりくぬぎ台を偲びつつサラリーマン人生をまっとうし、自分よりも長く定年後の退屈な日々を過ごしてきた三人の先輩がいる。

「物置部屋から模型を取ってくるのは二、三人でいいでしょう。二手に分かれて、残りはちょっと買い出しに行くってのは……」

江藤さんが盃をキュッと傾ける仕草をして言った。山崎さん待望の、お近づきのしるしの一杯、である。町内会長は「じゃあ後輩先輩、千二千でいきましょうや」と、麻雀《マージャン》の点棒を催促するような手つきを見せた。野村さんは「人事は公平にせなあかんのよ、のう」と誰につぶやいているのか、ボードにあみだくじを書いていく。

山崎さんと藤田さんは半ば呆然と、しかし妙に楽しい気分になって三人衆を見つめた。

その視線に気づいた江藤さんが、わかりますわかります、というように小刻みにうなずきながら言った。

「みんな暇で暇でしょうがないんですよ。だから、盛り上がるチャンスを見つけたら思いきり陽気になるんです」

やはり、みんな、仲間なのだ。

4

三人がかりで物置部屋から運び出したくぬぎ台の模型は、山崎さんが予想していたよりずっと大きかった。発泡スチロールの土台にプラスチックの街並みなので、重さはそれほどでもないが、とにかくかさばる。縦横二メートルずつ。その上に、ゲームの駒のようなサイズの家が、一軒一軒、行儀よく並んでいる。

「探してたんですよ、これを」藤田さんが、ぼそぼそと言った。「定年間際になって模型のことを思い出して、心当たりを探したんですけど見つからなくて、分譲が終わって処分されたのかなって思ってたら、おとつい会社の後輩から電話がありましてね、くぬぎ台会館に置いてあるんじゃないかって」

「この模型、武蔵電鉄の本社ビルのロビーに飾ってましたよね」江藤さんも静かにつづける。「申し込みのときも抽選のときも、僕、ずっとこの模型を見てたんですよ」

山崎さんも思い出した。第二期分譲のときにも抽選会場に飾ってあった。倍率は七倍だった。当時としてはかなりの高倍率で、たしか新聞の地方版にも載ったはずだ。

買い出しから帰ってきた町内会長と野村さんも、模型を目にすると急に言葉少なになった。懐かしさは、もちろんあるだろう。けれど、胸をよぎる思いは、たぶんそれだけではない。

全員の気持ちを代弁するように、藤田さんが模型に顎をしゃくって言った。

「あの頃はガラスケースに入れられて、照明もあって、光り輝いていたんですけどね、いまじゃほら、こんなに汚れちゃって……」

埃よけに大きなビニール袋がかぶせてあったものの、もともとは真っ白だったはずの模型が、いまはうっすらと黒ずんでいる。ずいぶんみすぼらしくなった。まるで……と重ね合わせる先を山崎さんはそっと呑み込んだ。他の四人も、喉が苦いものでつっかえたような表情で模型を見つめていた。

缶ビールを啜り、塩豆をかじり、酢漬けイカをしゃぶっても、なかなか宴は盛り上がらない。くぬぎ台の模型を肴《さかな》にして飲むどころか、模型の在りし日を偲ぶお通夜のような雰囲気である。

くぬぎ台に対する愚痴や不満も出た。

たとえば、こんなぐあいに――。

「公園の数が少ないと思いませんか?」と江藤さん。

「だって、十年ほど前に市がフィールドアスレチック付きの公園を計画したら、反対運動が起きたでしょうが。くぬぎ台以外の連中も遊びに来ると静かな住環境が乱されるって」と町内会長。

「四丁目と五丁目が中心になって署名運動をしたんでしたっけね」

山崎さんが言うと、野村さんが「あんならはべ平連やら全共闘やらの世代やけえのう、理屈は強え、理屈は。わしらは少国民の世代やけえ勝てりゃあせん」とつまらなさそうに笑った。

あるいは、山崎さん曰《いわ》く。「スーパーマーケットに駐車場がないのは不便ですよ。路上駐車も増えるし、ウチの女房、膝の調子が最近悪くて、歩いて買い物に行くのがつらいみたいで」

すると、藤田さんは不服そうに反論する。

「ウチの流通部門でも最初は考えてたんですよ。ただ、購入希望者の皆さんにアンケートをとったでしょ、覚えてます？　そうしたら、駐車場をつくると遠くからでも買い物に来るから嫌だって、圧倒的多数で反対だったんですよ」

「そんなアンケートありましたっけ？」と山崎さん。

「いや、あったよあった、俺、書いたの覚えてる」と江藤さん。

「あの頃って、このへんで都心に通うサラリーマンが住んでるのって、くぬぎ台だけだったでしょ。ちょっと歩けば牛小屋があったり養鶏場があったり。そういう田舎くさい雰囲気を入れたくなかったんですよね、街に。ね、正直言って、そうでしたよね？」

　藤田さんの言葉に、一同しかめつらでうなずいた。

　さらに、「駅前をもうちいと愛想良うでけんかったんかのう、盛り場たあ言わんがの、のう、あんたらも嫌いなほうじゃあるまあが、おお？」と、同じ『仁義なき戦い』でも菅原文太から金子信雄へチェンジした野村さんには、藤田さんと町内会長が二人で反撃する。

「アンケートではね、駅から徒歩十五分以内じゃないと買わないっていう意見が九割以上だったんですよ。くぬぎ台の駅からバスなんて考えられないって感じで。駅前ぎりぎりまで家を建てなきゃどうしようもないでしょう。私だってね、最初の最初は、駅前にはどーんと大きなマンションを建てて、その一階をショッピング街にするつもりだったんですよ。でも、皆さんアンケートで、なんておっしゃいました？　マンションが建つと陽当たりが悪くなるし、住民の生活レベルを揃えたい、要するに一戸建の買えない層の人が住むようになるから嫌だって、みんなそういう回答だったんですよ」

「そうそう、駅前がにぎやかになるのも良し悪しなんだ。ノムちゃんね、あんた一丁目だからあまり関係ないかもしれんが、いまでも駅前の三丁目から町内会に苦情が来てるんだよ。中学生やら高校生やらが夜中にたむろして困るって。夕方だってそうだぞ。商店街にプリクラができてからは、女の子が順番待ちで、ガムやらジュースの空き缶やら大変なんだぞ」

「プッ、プリクラなんてここで営業できるんですか？　そんな、あなた、いかがわしいものが……」と江藤さんがビールにむせながら言った。どうやらテレクラと勘違いしているらしい。

とにかく、なにを言っても負け、なのである。五人全員の負けなのである。もの言えば唇寒し、くぬぎ台。愚痴っても不満を言い募っても、結局、言葉はすべて二十数年前の我と我が身に返ってくる。

町内会長が、燗機能付きのカップ酒を音をたてて啜《すす》って、言った。

「真面目一本槍に育ててきた息子が、気がついてみたら、なんの面白味もない男に育ったようなもんだわな」

江藤さんが山崎さんにそっと耳打ちした。町内会長、先日自宅を二世帯住宅に建て替えたものの、長男夫妻としっくりいっていないのだという。「ウチは娘一家と同居ですけどね、それぞれに、いろいろあるんですよ、なんだかんだとね」と付け加えて、ため息をゲップで紛らせた。

しばらく沈黙がつづいた後、江藤さんが遠慮がちに言った。

「お酒なくなっちゃいましたね。追加しませんか？」

誰も反対はしなかった。けれど賛成の声をあげるわけでもなく、ただうなずくだけだった。白けた沈黙が流れる。静けさが重さに変わって、五人の背中にのしかかる。誰もがうつむいていた。なにかを、きっと五人とも似たようななにかを、じっと考え込んでいた。

沈黙を破ったのは藤田さんだった。ウインドブレーカーのポケットから取り出した革の財布を床に叩きつけて、大声を張り上げた。

「飲みましょう！　今日はもう飲みましょう！　私、おごらせてもらいます！」

絶叫……いや、咆哮《ほうこう》に近い。小柄な体が興奮で震えている。

くぬぎ台のいまの姿を見て一番悲しんでいるのは、藤田さんかもしれない。そう思うと同時に、山崎さんの胸は熱いものでいっぱいになった。「私も出します！」と半ば無意識のうちに自分の財布を床に叩きつけると、残り三人も同じような感情の高ぶりにとらわれたのか、次々に「飲もう！」「とことん飲《や》ったろやないけ！」と自分の財布を床に叩きつけた。手つきがいい。床に響く音もいい。一同、メンコによって弱肉強食の掟を学んだ世代である。

「ちっきしょう、なんだか俺、胸がギューッと絞られちゃったよ」

江藤さんがウインドブレーカーの胸元を鷲摑《わしづか》みにして、おどけたように顔をゆがめた。禿げた頭は、さっきからカップ酒をがぶ飲みしているせいで真っ赤になっている。

「しょうがねえなあ、江藤さんは感激屋だから」と町内会長が笑い、「おうおう辛子メンタイのごたる」と野村さんもつづけ、それでようやく一同、最初の盛り上がりを取り戻した。

「まーだまだ、夜はこれからですよ！」

山崎さんは高らかに言った。銀行員時代は「夜はこれから」宣言が出ると、帰りは十中八、九タクシーだった。

しかし、残り四人はあいまいな笑顔で、山崎さんを見つめる。現在時刻、午後二時三十分。ホールの窓からは、陽光が燦々《さんさん》と射し込んでいる。

5

仕切り直しの後は、半ばやけっぱちで飲んだ。食った。しゃべった。歌も出た。石原裕次郎である。美空ひばりである。クレージー・キャッツである。山崎さんは浜口庫之助メドレーでやんやの喝采を浴び、江藤さんが意外な美声で切々と歌う江利チエミの『テネシー・ワルツ』にはアンコールの声も飛んだ。

「よっしゃ、じゃあ次、フーさんだ。フーさん、なにか一曲！」

江藤さんにうながされて、藤田さんは体をふらつかせながら立ち上がろうとした。だが、膝が伸びきる前に腰が砕け、その場に尻餅をついてしまう。かなり酔っている。ビールに日本酒、紙コップに注いだウイスキー、誰よりも速いピッチであけていた。

何度も尻餅をついたすえ、ようやく立ち上がった藤田さんは、焦点の定かでないまなざしで山崎さんたちをじっと見つめた。座が静まりかえるなか、目を赤く血走らせ、唇をわななかせ、ひとつ息を吸い込んで、タガのはずれた大声で怒鳴る。

「株式会社武蔵電鉄ゥ！　第一事業部沿線開発課ァ！　フッジッタ、幸三ッ！　ゴジラいかせてもらいますっ！」

驚く山崎さんらをよそに、藤田さんはガニ股になり、大地を一歩ずつ踏みしめるような足取りでホールをうろつきはじめた。ときどき「ゴジラ、哭《な》きますっ！」と天井を見上げて怒鳴り、「クワアアアッ！」と「ジュワアアアッ！」が入り交じったような奇声を張り上げる。まさにゴジラである。一声哭くと尻を下げて左右に振るのは、尻尾でビルをなぎ倒す真似なのだろう。

藤田さんの目には京浜コンビナートの景観がありありと見えているのか、足の動き、手の動き、しばらく見つめていると、足にまとわりつく高圧電線を振り払ったりガスタンクを蹴り上げたり、地面から引き抜いた鉄塔を握りつぶしたりしているのだとわかってくる。ときおりうっとうしそうに首を横に振るのは、飛び交う自衛隊機やヘリコプターを目で追っているのだろうか。

やがて哭き声が消えた。代わりに、しわがれた声のつぶやきが聞こえてくる。

「これねえ、ウチの課の伝統なんですよ。ニュータウンや駅ビルやスーパーマーケットのプロジェクト組むでしょ、終わるでしょ、紙でつくった模型が残るわけですよ、ね、もう用済みだから、それを打ち上げの後、こうやって壊すんです、みんなで。ぱーっと更地《さらち》に戻しちゃいたいわけ……」

ゴジラは、くぬぎ台の模型にゆっくりと近づいていった。山崎さんたちも思わず立ち上がり、ゴジラを追う。

「私、くぬぎ台のときにはプラスチックで模型をつくらせたんです。絶対に壊させないぞって。だって、主任になって初めての仕事だったんですよ、自分が住む街なんですよ、家を建てるならこんな街がいい、こんな街に住みたい、そう思って張り切って、会社に泊まり込んで図面引いて、市役所や都庁に通い詰めて、業者のプレゼンなんて数え切れませんよ。途中でオイルショックでしょ、重役会で規模縮小の話も出たんですよ、それをね、ほんと必死、最後は専務と刺し違える覚悟もしてたんです。だから……」

ゴジラが振り向く。四人を見つめる。いとおしそうに、寂しそうに、じっと見つめる。

「私ね、説明会のときも抽選のときも全部立ち会ったんです。皆さんのこと、よーく覚えてます。ほんとですよ、覚えてるんです」

まず、町内会長へ。

「説明会のときに奥さんが何度も質問されたんですよね、小学校の学区とか通学路のこととか、お子さんのことをほんとうに大切になさってるんだなあって」

つづいて、江藤さんへ。

「おたくは建売物件だったんですよね。内覧会で息子さんと娘さんがすっかり喜んじゃって、ここがお兄ちゃんの部屋、ここがあたしの部屋って、まだ抽選があるのにね。だから、抽選で奥さんが赤玉を出されたときは、こっちまでバンザイしたくなったんですよ」

さらに野村さんへも。

「キャンセルが出て繰り上げ当選で、会社を抜け出してきて手続きされたんですよね。実印がなくて奥さんに電話するやらなにやらで、もう大騒ぎ……」

町内会長も江藤さんも野村さんも、困ったような笑顔で応えた。三人とも居心地悪そうに背中をもぞもぞさせ、咳払いをして、そんなことがあったんですか？　と山崎さんが目で尋ねると、黙って小さくかぶりを振る。

けれど、誰もゴジラの言葉を訂正したりはしない。説明会で事細かに質問した人、子供のほうが先にくぬぎ台を気に入った人、繰り上げ当選の幸運に巡り会えた人……きっと、いた。絶対にいた。誰と名付けることはできなくとも、誰だってかまわない、くぬぎ台はそういう人々の暮らす街なのだ。

ゴジラは最後に山崎さんに言った。

「覚えてますよ、私、よーく覚えてます。説明会の始まる前、あなたと奥さん、お二人で最前列に座られてて、パンフレットを見てたんですよね。すごくね、ほんとにすごく幸せそうに、この街いいね、くぬぎ台っていいね、そんなふうに、奥さんと一緒に……ね？　そうでしたよね」

山崎さんは泣き出しそうな顔で、しかし笑ってうなずいた。

ゴジラは満足そうにつづけた。

「先輩たちが模型を壊していた理由、いまになってわかりました」

「と言いますと？」と江藤さん。

「模型は理想だから、です」

そう言ってゴジラは、また哭きながら歩き出した。ゴジラが踏みつぶす瓦礫《がれき》の街が、今度は山崎さんにも見えるような気がした。映画の『ゴジラ』を初めて観たのはいつだったろう。もう銀行で働いていた頃だろうか。そういえば、今年だったか去年だったか、『ゴジラ』シリーズの最後の作品が公開されたとスポーツ新聞で読んだことがある。ゴジラも、定年だ。

ホールをうろつくゴジラの哭き声を耳に、残り四人はくぬぎ台の模型を見つめる。町内会長がちょび髭をしごいて「うん……そうだな、ほんと、そうだ」とつぶやき、野村さんも「ほんまや、ほんま、わかるでフーさん」と模型の前にしゃがみ込んだ。

「でも、考えてみると」山崎さんは苦笑交じりに言う。「最初にまず模型から始まったんですね、くぬぎ台って」

「理想があった、いうこっちゃな」と野村さん。

「フーさんたちが教えてくれたわけだよね、俺たちに、俺たちの生活の理想ってやつを」と江藤さん。

ほんとうだ、と山崎さんもうなずいた。この白い模型が教えてくれたのだ、我々が目指すべき幸せがなんであるか、家族のために一家の主がしてやれることはなんであるかを。

ゴジラは哭きながらホールを一周して、再びくぬぎ台の模型に近づいていく。踏みつぶすのだろうか。山崎さんは一瞬思い、それでもいいさ、と模型をあらためて見つめた。二十数年前にはまっさらで、真っ白で、いまはこんなにもくすみ煤《すす》けてしまった夢や理想が、ここにある。

ゴジラの足が止まる。山崎さんたちを、ちらりと見る。

「やっちゃいましょう」と山崎さんは言った。「更地に戻しちゃいましょう」

他の面々は黙っていた。だが、誰も反対はしなかった。

ゴジラは高らかに哭いて、線路際の一画を踏みつけた。プラスチックの小さな家が、メキメキッと音をたてて壊れ、発泡スチロールの土台から剝がれていく。

「あっ、あっ、そのへん俺の家……」と江藤さんが中腰になってゴジラの足元を指さす。駅が壊れた。バス通りに亀裂が走った。上から踏まれて土台にめり込んでいく家もある。一丁目は壊滅状態である。

「ちょ、ちょっと待ってんか、自分の家は自分で……」と野村さんが模型の上に乗り、いままさにゴジラに潰されようとした一画を自ら踏んでいく。山崎さんの家のあたりは、別れを惜しむ間もなく、野村さんのもう片方の足の下敷きになってしまった。ゴジラにやられた自衛隊機が民家に墜落するようなものだ。

「よし! 俺、五丁目!」江藤さんも模型に飛び乗った。「俺が散歩してるだろ、五丁目の女房どもがベランダに洗濯物干しながら嫌な顔して見るんだよ、なんだこのクソジジイっていうふうに、ちきしょう、てめえらの旦那だって、もうすぐこうなるんだ馬鹿野郎め」

「じゃあ、俺は三丁目だ」と町内会長も。「このへんに、ウチの息子を中学時代にいじめてたガキがいたんだよ、ざまあみろざまあみろ」

山崎さんも街を壊した。四丁目を踏み潰し、雑木林をなぎ倒した。みんなゴジラだ、と思った。俺たちは定年ゴジラだ。ひたすらなにかを築き上げてきた俺たちが、いま初めて、それを壊している。

約四十年。長い年月だ。神武景気を斬り込み部隊で突っ走った。なべ底不況を踏ん張って耐えた。岩戸景気のボーナスで白黒テレビを買った。高度成長期に奥さんと出会い、結婚をして、娘二人をもうけた。あの日々は山崎さん一家にとっても高度成長期だった。オイルショックに円高不況、バブル景気とその崩壊……。浮かれ騒いだときもあれば、愚痴ばかりこぼしたときもある。波瀾万丈だったような気もするし、たいしたドラマはなかったようにも思う。誇るべきもの、忸怩《じくじ》たるもの、たくさんありすぎて、だからなにも思い浮かばない。

ゴジラが哭く。街が消えていく。山が崩れた。どこかの家の屋根が踏まれた勢いで弾け飛び、遠くの床に転がった。ゴジラの雄叫《おたけ》びがホールに響き渡る。

「バンザーイ!」誰かが叫んだ。「バンザーイ!　バンザーイ!　バンザーイ!」

五人の声が揃う。五人とも顔をくしゃくしゃにして笑っていた。涙を流しながら、バンザイを繰り返していた。

6

十日後、江藤さんが亡くなった。

すでに暦は十二月に変わり、今年一番の冷え込みを記録した早朝、布団の中で心筋梗塞を起こし、救急病院へ運ばれてほどなく死亡した。享年六十五。家族以外の誰も知らなかったのだが、三年前から心臓の調子が悪かったのだという。

通夜や葬儀はくぬぎ台会館で営まれた。六十坪の敷地を上下に分けた二世帯住宅は、親世帯には二DKの広さしか取っていなかった。メーターモジュール採用、バリアフリー、床暖房に浄水器付きの高齢者ケア住宅も、葬儀にはなんの役にも立たなかったのだ。

葬儀は、親戚と近所の人が集まるだけのささやかなものだった。サラリーマン時代の同僚らしい男性が何人か来ていたが、会社名の花輪は届いていなかった。定年後五年、おそらく会社で江藤さんの名前が話にのぼることもなくなっているのだろう。

「ネクタイを締めたのって、会社を辞めてから初めてですよ」

焼香の列の最後尾についた藤田さんが、黒ネクタイの結び目を少しだけゆるめながら、すぐ前に並ぶ山崎さんに小声で言った。

「僕もです」と山崎さんは体を半分振り向かせて応える。ホールの暖房のせいだけではなく、襟元が汗ばむぐらい暖かい。やはりネクタイは防寒具でもあるのだ、と思う。

ホールの掃き出し窓はすべて取り外され、焼香を済ませた参列者はそのまま庭に出ることになっている。町内会長と野村さんの姿も見える。庭に敷き詰めた砂利を革靴のつま先で転がしたり腕時計に目を落としたりしながら、出棺を待っている。

「十日しか付き合えなかったんだなあ……」

山崎さんはため息に乗せてつぶやいた。在りし日の思い出をたどれるほど親しくなる前に、江藤さんは逝《い》った。突然の死にもちろん驚きはしたものの、自分でも不思議なぐらい悲しみは湧いてこない。六十五歳。長生きとは呼べない。けれど、もう、じゅうぶんに生きたのだと思う。「お疲れさま」と言いたい。それしか、山崎さんには言えない。

焼香の列は滞ることなく進んでいく。遺族席に、奥さんなのだろう、和装の喪服姿の小柄な女性がいた。焼香者が入れ替わるたびに小さく頭を下げ、白いハンカチを目に押し当てている。その隣に、同居している娘さん一家。幼い男の子もいた。すっかり退屈して、母親のスカートの裾をしきりにひっぱっている。まだ学校に通う歳でもないこの子の記憶に、「おじいちゃん」は残ってくれるだろうか。

藤田さんがぽつりと言った。

「さっき受付で親戚の人が話してるのを聞いたんですが、江藤さん、戦災孤児だったんですってね。深川だか木場だかに住んでて、例の東京大空襲でご両親が……」

なるほど。なにが「なるほど」なのか自分でもよくわからなかったが、山崎さんは無言でうなずいた。

「ねえ、山崎さん」藤田さんの声はささやきに近くなった。「こないだの模型のあれ、江藤さんに嫌なことを思い出させちゃったかもしれませんね。申し訳なかったかなあ」

「そんなことないですよ」

「だといいんですけどね……なんかね、ご両親もいらっしゃらないんで、いろいろ苦労されたらしいんですよ、江藤さん。だから、きっと一所懸命がんばってくぬぎ台に家を建てたんだろうなあ、って……」

「みんなそうですよ、みんな」

山崎さんはゆっくりとした口調で言った。

山崎さんの奥さんは、今朝早く千穂の家へ出かけた。赤ん坊が昨夜熱を出したのだという。なんでもかんでも親を頼られちゃ困るわよね実際。ふくれつらで服を着替えていたが、行ってきまあす、と家を出る足取りは軽やかだった。それでいい。山崎さんはいまのところ自宅を二世帯住宅に建て替えるつもりはなく、千穂の一家は年が明けると、賃貸のテラスハウスから三十年ローンを組んで買ったマンションに移り住む。それでいい。万里には付き合っている男性がいるらしい。だからあの子急に一人暮らしなんか始めちゃったのよ、困るわきちんと紹介してもらわないと。奥さんは心配顔だったが、山崎さんは、だいじょうぶだよと笑うだけで、あなたは昔からそうなのよ子供のことは私に任せきりで、と奥さんに叱られた。それでいい。山崎さんはじゅうぶんに幸せで、幸せとは胸を張って語るのではなく苦笑いとともに唇からこぼれ落ちるものなのだと、なぜかいま、知った。

焼香の列の先頭に出た。遺族と黙礼を交わし、祭壇に飾られた江藤さんの遺影に向き合った。

江藤さんは笑っていた。スーツにネクタイ、髪の毛がわずかながら残っている。きっとサラリーマン時代の写真だろう。

ねえ、江藤さん……。合掌とともに、訊いた。あなたにとって六十歳から先の五年間は、どんな日々でした？　幸せだったと苦笑いを浮かべて答えてくれますか？　残された家族のためにに。あなた自身のためにに。あと何年か、十何年か、何十年か、とにかくいつかはあなたと同じように逝く私のために。

藤田さんと連れ立って庭に出ると、それを待ちかまえていたように町内会長と野村さんが手招きした。

「さっきホールのドアのところで拾ったんだ」と町内会長が二人に掌を見せた。白いプラスチック製の小さな家が載っていた。あの日みんなで踏みつぶしたくぬぎ台の模型の家だ。形はきれいなままだから、接着剤が取れて土台から剝がれたのだろう。

「掃除して捨てるときに落ちたのかもしれませんね」と山崎さんが言うと、「あの日はべろんべろんでしたからね、みんな」と藤田さんが照れくささと寂しさの交じった笑みを浮かべた。

四人はしばらく黙って、町内会長の掌に載る家を見つめた。読経の声が止まり、これから出棺だと司会者が告げる。江藤さんの棺《ひつぎ》に菊の花を一輪ずつ納めるのだという。

これ、入れてあげましょうよ。声にはならなかった。沈黙のまま全員で確かめ合った。町内会長がゆっくりと掌を閉じる。「ええこっちゃ、ごっつ喜ぶ思うで。あの人、建て替える前の家がほんまに好っきゃったさかい」と野村さんがうめくように言った。

江藤さんを乗せた霊柩車《れいきゅうしゃ》が、静かにくぬぎ台から走り去っていく。

会館の前には参列者用のマイクロバスが停まっていて、火葬場の近くの料理屋に精進落としの席も設けられているとのことだったが、四人はバスには乗り込まなかった。誰が音頭取りというのでもなく、霊柩車を見送るとそのまま会館から駅につづく坂道を降りていった。時刻はまだ正午を少しまわったあたりだった。小腹は空いていたが、喪服姿の男四人を受け入れてくれる店は、この街にはない。

「どうもね、このまま家に帰るってのもねえ」と藤田さんが言った。

「ウチで軽くビールでも飲《や》っていきませんか、皆さん」と町内会長が言ったが、反応は芳しくない。「家で飲むんは辛気臭いん違《ちゃ》う？」という野村さんの言葉に、町内会長を含む全員がうなずいた。

「新宿に出れば、昼間から一杯飲れる店ぐらい、いくらでもあるんですけどねえ」

山崎さんはひとりごちるように言った。べつに同意を求めるつもりはなく、ただ思いついた言葉を口にしただけだったが、藤田さんがすぐさま「いっそのこと新宿まで出ちゃうって手はありますよね」と応じた。

「じゃ、ひとつ遠征しようじゃないの、うん、これも供養だよ」

町内会長が例によって話をまとめた。

駅前商店街に入る。持ち帰り専用の寿司屋の換気扇から甘酢のにおいが吐き出され、スーパーマーケットの店先では陶器のワゴンセールをやっていた。写真屋の建物の一部を改装してつくったプリントクラブのコーナーの前を通り過ぎた。さすがにこの時刻では行列はできていない。

「そういやあ」野村さんが言った。「江藤さん、プリクラをテレクラと勘違いしたはりましたな、こないだ」

「あの人、意外と世間知らずだったからなあ」と町内会長。

「でも、若い連中の流行なんてわかりませんよ、実際。僕なんかも話で知ってるだけで、プリクラの写真見たことないんですから」

山崎さんが言うと、町内会長が含み笑いで隣に来て、「じゃあ見せてあげるよ」と上着の内ポケットに手を差し入れる。

「撮ったことあるんですか？」

「俺じゃないよ、孫の写真。おじいちゃんこれあげる、って。まだ幼稚園の年長組なんだけど、プリクラの写真を交換するのって友情の証《あかし》らしいんだな。まいっちゃうよ、オマセさんで」

「女の子なんですか？」

「そう、俺に似てるっていうんだけど、どうなんだろうねえ。まあちょっと見てやってよ。お目汚しだと思うけどさ」

でれでれという音が聞こえてきそうな笑顔だった。しょうがないなあ、と山崎さんも愛想笑いを返す。

「これに貼ってるんだよ。いつも持ち歩くものに貼ってくれって言うもんだから。ほら、ここ」

ポケットから取り出したのは、古びた革製の定期入れだった。もともとは焦げ茶色だったのだろうが表面がすり切れてココア色になり、円くなった角の縫い糸がほつれ、定期を見せる薄いプラスチックの窓も何ヵ所か割れている。プリクラの写真は、その窓の割れ目のひとつを隠すように貼ってあった。

「くぬぎ台に来る前は会社の隣の社宅だったんだ。引っ越すときに、ひとつだけ自分のために贅沢しようと思って、奮発してこの定期入れ買ったんだ。バーバリーだぞ、こう見えても。どうにも捨てられなくって、散歩のときにも持ち歩いてるんだ」

わかりますよその気持ち、と山崎さんはうなずこうとした。だが、まなざしは定期入れに吸い込まれたまま動かない。足が止まった。孫の写真ではなく、定期券の代わりに入っているカードを、見つめた。目をそらすことができなかった。

〈東京都○○市くぬぎ台1・27・4　古葉和正　67歳　血液型O　既往症なし　アレルギーなし　緊急連絡先――〉

町内会長は、決まり悪そうにちょび髭をしごきながら言った。

「女房がね、どうにも心配性で。でも、まあ、江藤さんのことなんか思うと、やっぱりね」

山崎さんは顔を上げた。瞼が熱い。町内会長の顔がにじみながら揺れる。先を歩いていた野村さんや藤田さんが振り向く。二人の姿も、揺れる。

「長生きしましょうね……お互い……」

少々照れくさい言葉と同時に、江藤さんの死を、初めて悲しいと思った。悔しいとも思った。洟《はな》を啜り上げた。息を強く吸い込みすぎて、耳の奥がツンとした。

「これからですやん、人生は長ォおまっせ」と野村さんが言った。

その横で藤田さんが、ゴジラの足踏みをして「どーんといきましょう」と笑った。

山崎さんは何度もうなずき、定期入れを返しながら町内会長に言った。

「お孫さん、かわいいですよ。美人になります、絶対」

「だろ？　だろ？　うん、そうだよなあ、誰だって思うよなあ」

町内会長の目も、赤く潤んでいた。

藤田さんが不意に「あれ？」と声をあげた。商店街とバス通りが交差するT字路を、一人の男性が渡るところだった。黒いウインドブレーカーにジャージのズボン、真新しいウォーキングシューズを履いている。

「ウチの斜向《はすむ》かいの津山さんです。なんだ、あの人も定年になったのか。まだ若そうに見えてたんだけどなあ」

藤田さんの言葉に、町内会長が腕組みをして「いかんなあ、ジャージは駄目なんだよ、てきめん腰が悪くなる」と嘆息した。野村さんも「だいいち、こんな時間に散歩するアホおるかい。なに考えとんねん」とつづける。

藤田さんはご近所のよしみでかばうように「でもまあ、しょうがないでしょう、最初は。お手本がないんだから」と言った。

山崎さんは、洟を強く啜り上げた。今度もまた耳がツンとした。

「教えてあげましょうよ、先輩として」

かすかな耳鳴りのせいで自分の声が遠くから聞こえた。おかげで照れくささが薄れた。一瞬の間をおいて全員が視線を交わし合い、気持ちがひとつだと確かめ合った。

行こう、町内会長がT字路に顎《あご》をしゃくる。歩き出す。山崎さんは黒ネクタイをはずした。師走の冷たい風が、胸元に吹きつける。歩きはじめは下り坂、これ鉄則ですよ。江藤さんの声が風に乗って聞こえてきたような気がした。

「葬式の後片付けが終われば、会館は空いてるから」と町内会長が山崎さんに言い、「新宿遠征はキャンセルしょうや」と野村さんがうなずく。

藤田さんが、うつむいて歩いていた津山さんを呼び止めた。津山さんはこっちを振り向いて、戸惑いながら、けれど嬉しそうに会釈をした。

山崎さんは歩調を速める。胸を張る。夢の瓦礫を踏みしめて、ほんの少し年老いてくたびれたゴジラが、笑った。

第二章　ふうまん

1

多摩川を過ぎたあたりで眠ってしまったらしい。奥さんに肩をつつかれて目を覚ましたとき、電車はすでにくぬぎ台駅のホームに停まっていた。新宿から一時間半かけて西へ西へと走ってきた急行電車の、ここが終点である。起きていた頃は座席が七割がた埋まっていた車輛も、いまはもう山崎さん夫妻以外に客の姿はなかった。

「いびきかいてたわよ」奥さんが笑った。「飲みすぎたの?」

山崎さんは黙って立ち上がり、畳んで網棚に載せておいたコートをおろした。隣にあった奥さんのコートもついでに取って、これも無言のまま渡す。

電車から降りると、足元から染みてくる寒さに夫婦揃って身震いした。二月である。寒波が先週の後半から居座っている。三日前の木曜日に十センチほど降り積もった雪が、切り通しになった線路脇の斜面を白く染めている。くぬぎ台の冬は寒く、都心に比べると気温が二、三度は低い。この雪が解けきるにはまだ数日はかかるだろうし、桜の季節までに、雪かきをしなければならない朝があと何回かあるはずだ。

ホームは閑散としていた。午後八時を回ったばかりだというのに、改札へ向かう人影はまばらで、折り返して新宿行きになる電車に乗り込む人もほとんどいない。そうでなくても夜の早いくぬぎ台が、他の曜日にもまして早々に静まりかえる日曜日である。

山崎さんは肩をすぼめ、コートのポケットに両手をつっこんで、吹きさらしのホームを歩いていった。「もう、ちょっと待ってよぉ」と奥さんがあわてて後を追う。

奥さんは小柄な人だ。太ってもいる。動くたびに、ぷくぷく、と音が聞こえそうな体型である。一方、山崎さんの身長は、六十歳にしては長身の百七十センチ。そんな二人が並んで歩くには、奥さんは小走りに近い足の運びになるし、山崎さんは逆に膝の上げ下げを意識的にして歩く速さをゆるめなくてはならない。

それがわずらわしくて、一人でさっさと歩いていたら、背中に奥さんのため息交じりの声が聞こえた。

「早く結婚式が終わらないと駄目ねえ、機嫌悪くてまいっちゃうわ」

山崎さんは歩調をさらに速めた。図星だった。愚痴ったり弱音を吐いたりしたわけではないのに、ぴたりと言い当てられた。結婚三十二年目の夫婦である。胸の内をすべて奥さんに見透かされているようで、それがよけいに山崎さんの機嫌を悪くさせる。

あさっての建国記念日に、山崎さん夫妻は結婚式に招待されている。現役の頃に鍛えてやった部下の結婚式である。定年退職した身でありながら、しかも夫婦揃って招かれるというのは、悪い気分ではない。人徳、理想の上司などという言葉も浮かんでくる。

ところが、先月届いた招待状には別紙の短冊が添えられていた。

〈甚だ恐縮ですが、門出の二人に一言ご祝辞を賜りたく存じます。何卒宜しくお願い申し上げます　両家〉

あがり性《しょう》の山崎さん、スピーチが大の苦手なのである。

そして、苦手なものがもうひとつ。こちらは、すぐ目の前にある。

両側から勢いよく閉まったシャッターが行く手をはばみ、赤いランプの点滅とともにブザーの音が改札に響き渡った。

まただ。山崎さんはうつむいて顔をしかめた。また自動改札を抜けられなかった。

事務室から制帽をあみだにかぶった若い駅員が出てきた。切符を折り曲げていたのがよくなかったらしい。

「融通の利《き》かないものなんだねえ」

山崎さんは憮然《ぶぜん》として言った。

「ええ、まあ……」駅員の声はそっけない。「機械ですからね」

自動改札はスピーチ以上に苦手だ。定期券を持たなくなってからは、特に。去年の十月に銀行を定年退職して以来四ヵ月足らずで、失敗は早くも六回を数えた。電車を利用する回数との比率は計算したくもない。

改札をようやく抜けると、奥さんが「だから切符は私が持つって言ったのに」と笑った。

「うるさい」

「なんでもズボンのポケットに入れちゃうからよ」

「いいから、ぐずぐずするなよ、行くぞ」

歩きだしたとき、また自動改札のブザーが鳴り響いた。

「ほら見ろ、みんな失敗するんだよ、機械じゃ駄目なんだ」

山崎さんは、つい胸まで張って言った。

改札の方から声が聞こえる。

「なんで通られへんねん、切符ちゃんと買うとるがな、もう、かなわんなあ。にいちゃん、はよ通したってえな、ほんま血ィの通わん駅やなあ」

シャッターにせき止められ、さっきと同じ駅員に毒づいているのは、両手にデパートの紙バッグを提げた野村さんだった。

改札を振り向いた山崎さんはすぐに目をそらし、足早に駅舎の外に出た。

武士の情け、である。

駅からつづく急な坂道を、山崎さんは慎重な足の運びで上っていった。道路のあちこちに解け残った雪が、連日の冷え込みで固く凍りついている。気をつけて歩かないと、足をとられる。

ひさしぶりに履く革靴は、ふだんのウォーキングシューズに比べると踵《かかと》やつま先の感触があまりにも頼りなく、体の重みを腰から下に降ろしきれない。

「あそこ気をつけて。雪があるわよ」と奥さんが言う。

「わかってるよ、いちいちうるさいな」

坂の多いくぬぎ台の中でも、一、二を争う急な坂道だ。雪がなくとも明け方の冷え込みで路面が凍りつくこともあるから、タチが悪い。毎年冬になると、早朝に駅へ急ぐサラリーマンが足を滑らせて転倒する光景を何度も見かける。救急車が駆けつけるときもある。恥ずかしながら、山崎さんも引っ越してきた年に家の前で転んで腰をしたたか打ち、仕事を三日休んでしまった。二十五年前の話である。

あの頃は、いまよりもっと冬の寒さが厳しかったような気がする。家が建て込んでいなかったせいだろうか。駅を背にして左側が一丁目と二丁目、右側が三、四、五丁目。くぬぎ台に移り住んだ頃は、三丁目から五丁目まではまだ造成中で、木枯らしがどこにもさえぎられることなく吹き渡っていたものだった。夜の闇も深かった。造成中の区域のところどころに仮設された街灯の明かりが、かえってあたり一帯の暗さをきわだたせていた。そのぶん、一丁目と二丁目の家々の明かりが目に沁《し》みた。光だけではなく温もりが、夜の坂道を照らし、疲れた体を我が家へと導いてくれたのだった。

そんなことを考えていたら、轍《わだち》の脇の雪を踏みそこね、足がずるっと前に滑りかけた。

「ほら、危ない」と奥さんが後ろから肘《ひじ》をつかむ。

「よけいなことしなくていいよ」

山崎さんは怒った声で言った。

「でも……」

「おまえまで一緒に転んだら困るだろう。ああいうのは、かえって危ないんだ」

舌打ちして、まだ肘に添えられたままの奥さんの掌を振り払うように足を速めた。

不機嫌なのである、とにかく。

あさっての結婚式のスピーチに加えてもうひとつ、胸に重く貼りついているものがある。こちらは奥さんにも見抜かれていない。けれど、今度は逆に奥さんの察しの悪さに腹立たしくなってしまう。何年夫婦をやっているんだ、とさえ言いたい。

昼間、長女の千穂の家を訪ねた。賃貸のテラスハウスから一月の終わりに引っ越した、都心にほど近い分譲マンションである。ようやく荷解きが終わったということで、奥さんともども新居に招かれたのだった。

娘婿の伸弘も、よちよち歩きを覚えたばかりの初孫の貴弘も、歓迎してくれた。出前の寿司をつまみ、千穂の手づくりのケーキを食べ、伸弘はシングルモルトのスコッチも抜いてくれた。新築のマンションは陽当たりも上々で、母親にキッチンの設備をひとつずつ説明する千穂の顔はほんとうに幸せそうだった。

文句を言う筋合いなどどこにもない。若い夫婦がやりくりして頭金を貯め、ローンを組み、マイホームを手に入れたのだ。素直に祝福してやればいい。

理屈ではわかっている。しかし、釈然としないものが胸に、ある。伸弘がなにげなく口にした言葉のいくつかが、いまも耳の奥にひっかかって残っている。

「いまは公庫の利率も史上最低ですし、価格じたいも下がってますからね、賃貸で家賃を払うより結局得なんですよ」「駅から徒歩圏内で管理体制もしっかりしてるんで、将来も売りやすいと思いますよ」「十年住んで四、五百万円の目減りなら、まあ、しょうがないかな、いまの御時世」……。

違うぞ。山崎さんは、坂道を上りながら胸の中でつぶやく。伸弘くん、君の考えは間違ってるぞ、うまく言えないがとにかくおかしいぞ君の言っていることは。面と向かっては口に出せなかった言葉が、胸から喉元へと浮かび上がり、泡のように弾けて消えた。

坂を上りきる少し手前で右に折れると、夜の闇に半ば溶け込んだ二階建の我が家が、隣家に邪魔されて屋根のところだけ見える。門灯の明かりが身震いしながら瞬《またた》いていた。

「あらやだ、蛍光灯切れかけてるわ」

奥さんはつぶやいて、ふとなにかを思い出して納得したように、そうかあ、とうなずいた。

「どうした？」

「うん……いままでは、門の蛍光灯が切れてたらあなたや千穂や万里が教えてくれてたんだな、って」

山崎さんも、なるほど、とうなずいた。千穂が四年前に結婚し、去年の春に次女の万里が都心のマンションで一人暮らしを始め、そして十月に山崎さんが定年退職。門灯の点く頃に帰宅する家族は誰もいなくなってしまったのだ。

「考えてみたら、私って、門の明かりを道路から見たことがほとんどないんじゃない？」

「そりゃそうだろ」

「玄関の明かりも見てないなあ。いつも誰かが帰ってきたら中から点けてあげるだけで」

奥さんはそう言って先に家の中に入り、玄関の明かりを点けた。家庭は、船を迎える港のごとくあれ。山崎さんの頭の片隅をそんな言葉がよぎる。結婚式のスピーチに使うには、少々凡庸すぎるだろうか……。

2

野村さんが突然訪ねてきたのは、山崎さんがちょうど風呂からあがったときだった。すでに時刻は九時半近かったが、野村さんは駅で見かけたときと同じ服装で、両手にデパートの紙バッグを提げているところも変わらない。違いはただひとつ、呂律《ろれつ》がまわらないぐらい酔っているということだけだった。

「山崎さん、旨《うめ》え酒と肴《さかな》を持ってきたけえ、一杯飲《や》りましょうやあ。のお、ほれ、おきゃーまの地酒じゃけん、ちぃと甘口じゃけど、旨え旨え。まあ飲んでみられえ」

「おきゃーま」が「岡山」のことだと気づく間もなく、野村さんは上がり框《かまち》に座り込み、紙バッグから日本酒の五合瓶を取り出した。ほんとうはもう一本あったのだが、そっちはさっき町内会長の家で飲んだのだという。

「はしご酒いうこっちゃ」と野村さんは上機嫌に笑いながら、紙バッグからつづけて小さな壺を出した。

「こけェ入っとる魚な、ままかりいうんじゃけど、あんたァ知っとる？　コハダみてえなこまい魚じゃけど、これがもう、ぼっこう旨えんよ。あんまり旨えもんじゃけえ食が進んで進んで、隣の家からままを、ままいうたらご飯のことじゃけど、ままを借りにゃあおえんいうんで、ままかり。おかしかろう？　のう？」

まんじゅうも出た。大手まんじゅうという名前だ。それから、桃の形の容器に入った祭り寿司。岡山は桃太郎の故郷と言われているのだと説明しながら、きびだんごも出た。ほとんど化粧品の訪問販売、いや、無骨な野村さんの顔立ちからすれば、むしろ押し売りのほうが近い。

しかし、山崎さんは「明日にしましょう」とは言えなかった。ふだんと変わらず陽気な野村さんの姿に、ふだんとは違うものを感じ取っていた。町内会長の家は一丁目で、野村さん宅とは徒歩数分の距離である。町内会長宅から二丁目の山崎さんの家へは、十五分ほどかかる。ついでに言えば、野村さんは、駅から自分の家の前を通り過ぎる格好で町内会長宅へ向かったことになる。どう考えても、奇妙な寄り道であり、不自然なはしご酒ではないか。

野村さんは居間に落ち着くと、あらためて手土産をコタツの上に並べていった。新宿のデパートで開かれていた岡山県の物産展で買い込んだのだという。

野村さんの趣味がデパートの物産展巡りだということは、山崎さんも以前から知っていた。大手の運送会社・マッハ通運を二年半前に定年退職した野村さんは、サラリーマン生活の晩年十年間を西日本の支店を単身赴任で渡り歩いて過ごした。岡山を皮切りに、大阪、広島、博多……。ゆかりの地の物産展が開かれるたびに、都心へ出かける。各デパートの年間催事スケジュールを調べて手帳に書きつけているほどの熱の入れようなのだ。

山崎さんは、酢で締めたままかりをかじってみた。ほう、と驚いた。いけるぞ、これは。生臭さはまるでない。海の香りをほんのりと甘い酢が包み込み、あるかなしかの小骨が口の中をくすぐるように撫《な》ぜて、きしきしする皮の歯ごたえが、また絶品である。一方、先に奥さんが箸をつけ、「あら、いいお味」とうなずいた南蛮漬けも悪くない。焦げ目の香ばしさが酢と交じり合って、なるほどこれなら飯を何杯でもお代わりできそうだ。

「いやいや、田舎の惣菜《そうざい》ですけえ、ほんまはお口には合わんでしょうが、まあ話の種にでもしてやってつかあさい」

野村さんは謙遜しながらも嬉しそうに頬をゆるめた。

だが、「なんだか申し訳ないなあ、こんなに旨いものいただいちゃって」と山崎さんが言い、奥さんが「お宅に持って帰るぶん、ちょっと少ないいんじゃありません？　いちおう半分残してますから、それお返ししたほうがいいかしら」と付け加えると、野村さんは強い調子でかぶりを振った。

「いやいや、ウチのことはかまわんといておくんなはれ」岡山弁が関西弁に変わり、声の調子がすとんと落ちる。「どうせ、ぎょうさん持って帰っても、腐らせて生ゴミになるだけやさかい」

「そんなことはないでしょう」

山崎さんは訝《いぶか》しげに笑った。野村さん宅は息子が二人の四人家族である。

野村さんは冷やの地酒を一口啜《すす》り、自嘲するように笑い返した。

「田舎の珍しい味じゃいうだけのものですからな。岡山のもんでも広島のもんでも、博多でも大阪でも、一口二口は旨え旨え言うて食いますが、結局すぐに飽いて、冷蔵庫ん中の邪魔物扱いですわ」

「いや、まあ、それでも……」

「親父と、おんなじ」

「はあ？」

「おんなじ、おんなじ」

短い沈黙を挟んで、奥さんがあわてて「それにしても、いろんな方言があるんですねえ」と話題を変えた。山崎さんも「バイリンガルみたいなものだよな」とことさらに大きくうなずく。

野村さんは、手酌で湯呑みに注いだ酒をぐびりと飲んで、「恨みつらみでんねん、方言遣うんは」と奥さんに言った。目が、据わった。

「女房子供にな、ずーっと教えたろ思いましてな、あんたらが東京に残る言うさかい、お父ちゃんひとりぼっちでいろんな街に行ったんやで、慣れん土地であんたらのために一所懸命がんばって、いろんな言葉覚えて来たんやで、て」

「いえ、あの……でも、奥さんやお子さんもお寂しかったはずですよ、お父さんがずうっとお留守なんですから」

困惑顔の奥さんの言葉に、野村さんは返事をしなかった。切って捨てるように鼻を鳴らして笑うだけだった。

山崎さんは、まだ野村さんの息子たちに会ったことはない。遅くつくった子供らしく、上が二十六歳で、下は二十四歳。どちらも独身で、くぬぎ台の家から通勤している。長男が都庁勤務の公務員、次男は都内の弁護士事務所に所属する司法修習生。エリートである。いつも野村さんは「トンビが鷹、ですわ」と自慢する。だが、それ以上のことは知らない。おしゃべり好きな野村さんが、意外にも自分の家族のことはあまり多くを語っていなかったのだと、いま気づいた。

野村さんは単身赴任中の思い出をとりとめなく話していった。いずれも苦労話ばかりである。博多の冬の底冷え、岡山の夏の夕方の風ひとつない蒸し暑さ、トラックとの接触事故ひとつで半年は因縁をふっかけてくる広島のやくざのしつこさ、大阪の得意先の露骨な値引き交渉……。「トラックの運転手いうたらひと癖もふた癖もある連中ばかりじゃろう。そこに、よそ者が一人で乗り込んでいくわけじゃけん、そりゃああんた手綱を締めるだけでも大変よ」とため息をつき、「支店長いうても単身赴任じゃったら地元との付き合いやこうできゃあせん。東京の人はお高う止まっとるて、なんべん嫌みを言われたことやら」と舌を打ち、「東京へ向かう便が夕方に出発するじゃろう、それを見送るんが寂しゅうてのお」と遠くを見るまなざしになる。

それでも、酒の最後の一口を啜った後、野村さんは言った。

「喉元過ぎればなんとやらで、いまになって思うと懐かしゅうて懐かしゅうて……いろいろあっても、ええ思い出ですわ、みんな」

体がぐらりと揺れる。五合瓶、ほとんど一人で飲んだ。

「来月は南武デパートで博多の物産展がありますけえ、楽しみにしとってつかあさい。また旨えもの買うてきますけん」

野村さんは玄関で靴を履きながら言った。気を取り直すような笑みが浮かんではいたが、飲み疲れたのか、別の理由からなのか、訪ねてきたときの屈託のない笑顔には戻らなかった。駅で見たときには満杯だった紙バッグも、町内会長宅と山崎さん宅の二軒を回って、ほとんど空になってしまった。

玄関の外に出ると、門灯が消えていた。蛍光灯が完全に切れてしまったようだ。

「暗いですから、足元に気をつけてくださいね」と奥さんが言い、山崎さんが「雪かきもいいかげんにしかやってませんから」とつづけた。家の前の道路には雪がまだだいぶ残っている。今朝のうちにやっておこうとしたが、つい億劫で後回しにしているうちに千穂の新居へ出かける時刻になってしまったのだ。

野村さんはたいして雪を気にするふうもなく歩きだして、「いやいや、こういうんがええんです、雪かきは」と振り向いた、そのときだった。

つるっという音が聞こえそうなほど、きれいに足が滑った。

「うわっ、たっ、たっ、たっ……」

懸命に体のバランスを取り戻そうとしたが、駄目だった。体を斜めによじったような格好で、転んだ。

「だいじょうぶですか？」

すぐに照れ笑いの声が返ってきた。だが、体は、のろのろと起き上がろうとして、また倒れ込んでしまった。

3

凍った道で滑ったときには、こつがある。素直に尻餅をつけば意外と怪我はしないものなのだが、野村さんは無理に足を踏ん張ろうとしたせいで、腰と足首をひねってしまったのだ。

「経験不足でんな、恥ずかしいこっちゃ」

「ほんとうにすみませんでした。雪かきもいいかげんだったし、門の蛍光灯も切れてるしで、ほんと、こっちの責任です」

「いやいや、そんなことありません。ほんま、ああいうんがええんですわ、雪かきは」

妙に雪かきにこだわる。褒められるような筋合いはないのだが、皮肉でそう言っているふうにも見えない。

「野村さんのところは、雪かきは息子さんがやられるんですか?」

奥さんが話を継いで訊くと、野村さん、それを待っていたみたいに「ちょっと、まあ、聞いておくんなはれ」と、痛めた腰をかばいながらも姿勢と口調をあらためた。

金曜日の早朝、ご近所が起き出す前に、野村さんの息子たちは家の前で雪かきを始めた。夜のうちに降り積もった雪を出勤前に片付けておこうというのである。いつものことだ。野村さんとしては、忙しい息子たちにやらせるのは心苦しいのだが、息子たちは「お父さんはゆっくり寝てればいいから」と一度も手伝わせてくれない。実際、雪かき用のスコップは二本しかないし、息子たちの動きは親の目から見てもきびきびと手際よく、慣れていない自分が手伝っても邪魔になるだけだろう、と認めたうえで、野村さんはため息をひとつ挟んで本題へつなげた。

「せやけどな、息子らの雪かき……きれいすぎまんねや」

「どういう意味ですか？」

山崎さんが訊くと、両手を使って長方形を宙に描く。

「巻き尺で測ったみたいに、道路の半分からこっち側だけ。左右も、ウチの塀のぎりぎりのところまで。わかりまっか？　自分の縄張りいうか責任範囲いうか、それ以外のところはぜーったいにやらへんで、て宣言するようなもんですわ」

白く降り積もった雪をそこだけ四角く抜き取ったような、剝き出しの路面。山崎さんはその光景を思い描いて、うーん、と低くうなり、奥さんも複雑な表情になった。

「なんや知らん、それ見とると、哀しゅうなりましてん。悪気はないにしても、そこまで几帳面にしたらかえって嫌みやろ、ついでなんやからお隣さんやお向かいさんの前の雪もちょっとぐらいどけたればええやないけ、自分ら情の薄い奴《や》っちゃのう……て」

「でも、まあ、最近の若い人はみんなそうですよ。個人主義っていいますか」

「せやけどなあ、お向かいさん、おばあさんの一人暮らしやねん。旦那が去年亡くなって、子供もよそにおるさかい。そこの家の前ぐらいは、親としては、やっといてほしいですわなあ」

「ええ……」

「息子らに言わせたら、おせっかい、なんやて。小さな親切、大きなお世話、やて。人に情を見せたら損や思うとるんですわ。ほんま、情けないもんや、なんでも損得で考えるんやさかい」

野村さんは深いため息をついた。山崎さんもそれを追いかけるように、胸の奥に溜まった息を吐き出す。仲弘のことを思い出した。昼間むしょうに腹が立った理由が、やっとわかった。我が家をかまえるときに損得の話ばかりする、それが嫌だったのだ。山崎さんは、なんでもいい、もっと別の言葉を娘婿から聞きたかったのだ。

「ま、あれや、な、いまの話、年寄りの愚痴やさかい、忘れたってください。いまから息子らに迎えに来てもらわなあかんさかい、親父が恩を仇で返したらあかんわなあ」

「いや、僕が車で送っていきますよ」

「なに言うてまんねや、山崎はん、酔うてまんがな」

「でも、車だとすぐだし、気をつけて運転しますから」

「いやいや、こないなときに役に立ってくれな、なんのための息子かわかりませんやろ。兄貴も弟も、わしが、来い！　言うたら飛んできますわ。両方呼ぶさかい、見てやっておくんなはれ」

結局、酒気帯び運転を案じる奥さんも野村さんに賛成し、息子を呼ぶことになった。コードレスの受話器を渡すと、野村さんは「ファックス付きでっか。酒落《しやれ》てまんなあ」と笑ったが、軽口はそこまでだった。冷たい水を奥さんに貰い、グラスを一息で空にした。受話器を手に、胸に残る息を絞り出すように咳払いを繰り返す。

山崎さんは奥さんと目配せしあって、居間を出ることにした。ドアを開けたとき、「山崎はん、さっきの話、ほんまに忘れたってな」と低い声が聞こえた。振り向くと、野村さんの背中が、急にしぼんだように見えた。


二人揃って迎えに来た息子たちは、スポーツや遊びもそつなくこなしそうな好青年タイプだった。顔立ちも、どちらも母親似なのか、涼しげな二枚目。野村さんが自慢するのも納得がいくし、さっきの雪かきの話のことも、なるほどなあと思う。銀行の若手にもこんな雰囲気の青年はたくさんいた。彼らは皆、自宅前に降り積もった雪を放っておくようなことはしない。しかし、他人の家の前の雪をきれいにすることも、ない。おせっかいをするのもされるのも嫌いで、じつを言えばそのあたり、現役時代の山崎さんをカリカリさせることも多かったのだが、といって彼らは間違っているわけではなく……つまりは、これが世代というやつなのだろう。

長男が玄関で山崎さん夫妻に丁寧に挨拶し、次男が居間から野村さんを連れてきた。

「山崎さん、どないでっか。これがウチの息子らでっせ。なかなかええ男でっしゃろ」

野村さんは自分より頭ひとつ背が高い次男の肩につかまって、はしゃいだ。満面の笑みどころではない、顔の輪郭からはみ出るような、だからこそ不自然な笑い方だった。

「どないでっしゃろ、下の娘さんの婿にでもしてもらえませんやろか。どっちゃでもよろしいほう養子に出しまっせ」

けらけらと甲高い声で笑う。笑うために笑う、笑っている自分を自分で笑う、そんなふうに。

長男は奥さんに、次男は山崎さんに、それぞれ父親の無作法を詫びるように頭を下げた。今夜が特別というわけではなさそうな慣れた仕草だった。

四人の視線からはずれた野村さんは、今度は急に「いやいやいや、偉そうなこと言うても半人前で、図体だけですねん」と声を張り上げた。

奥さんが苦笑交じりにとりなそうとしたが、野村さんはそれをさえぎって「修習生いうたら見習いやど、一本立ちに何年かかんねん」と次男に強い口調で言い、いきなり頭を小突いた。さらに、長男に「きちんと挨拶したんか?」と居丈高《いたけだか》に訊き、「お父ちゃんの靴、持って行かんかい。そこにあるやろ。ほんま気ィ利かん奴《や》っちゃの」と三和土《たたき》に顎をしゃくる。

だが、息子たちは文句ひとつ言い返すでなく、父親の体を左右から支えた。いかにも軽々と、野村さんの足は床から浮いてしまう。

野村さんは外に出てからも、迎えが遅かっただのしっかり支えろだの車はもっと端に停めろだのと息子たちを叱りつづけた。

そんな野村さんを見ているのが、しだいにつらくなる。威張れば威張るほど、父親の権威ではなく子供じみた横柄さがきわだってしまう。息子たちを自慢するときも叱りつけるときも、一人で空回りしている感じなのだ。

車の後部座席に乗せられるときもそうだった。野村さんは身をひるがえすようにまた頬をゆるめ、幼い子供のご機嫌とりの声で、息子たちに話しかけた。

「お父ちゃん、ええもん買うてきたぞ。なんじゃ思う？　ふうまんじゃ、ふうまん。そこの袋ん中に入っとる。今日は売っとった、ほんま、ひさしぶりじゃろう」

そして山崎さんに向き直り、「下の息子が、昔、小学校の卒業文集で、ふうまんのこと作文に書きましてん」と言う。

「ふうまんって、なんです？」と山崎さんは訊いた。野村さんがお裾分けしてくれた特産品の中にはそんなものはなかったし、岡山の思い出話にも出て来なかった。

「ふうまんは、ふうまんですわ。なあ」

野村さんは助手席に座った次男に声をかけた。次男は、そうそう、と逆に親が子供をあやすように応えながらバッグを探り、安っぽい包装紙にくるまった寿司折りのようなサイズの包みを取り出した。運転席でエンジンをかける長男にそれを見せて、肩を軽くすくめる。長男も、ふふっと笑った。

決して悪い感じの笑い方ではない。だが、野村さんにとっては寂しい笑顔かもしれない、と山崎さんは感じた。どう言えばいいのか、息子二人の笑い方は、それだけできれいにまとまって、父親が踏み込んでいく隙を残していないような気がした。

野村さんは、前列のシートに身を乗り出して、長男と次男にしきりに話しかけていた。エンジンの音に邪魔されて、話す言葉は外へは聞こえてこない。野村さんは笑顔を二人の息子に交互に送っていた。山崎さんの立つ位置からは、それしかわからなかった。

走り去る車のテールランプを見送りながら、奥さんはため息交じりに「野村さんって、かわいそうね」と言った。

「最初から最後まで、自分がどうすればいいのかわからなかったみたいだな」と山崎さん。

「息子さんたちも困ってたもんね」

「ああ……」

困っていただけではない、と思った。酔った父親を冷ややかな目で見ていた。本人たちにはそんなつもりはないのかもしれないが、山崎さんには、きっと野村さんにも、わかる。定年前の数年間もそうだった。現場の第一線で働く若手の冷ややかな視線にさらされてきた。考え方が古いんですよ、時代が違うんですよ、もうあんたたちの仕事は通用しないんです……まなざしに乗って、声のない言葉がいつも聞こえていた。

だが、山崎さんだって、昔は定年前の上司をあんな目で見ていたのだ。山崎さんが四十三歳のときにガンで亡くなった父親のことも、晩年の何年かは、きっと。

「門の蛍光灯、買わなくちゃな」

山崎さんはぽつりと言って、家の中に入っていった。

4

翌朝は、この冬一番の冷え込みだった。

「今日は散歩はいいんじゃない？　道路もカチカチに凍ってるし、明日は結婚式なんだから風邪でもひいちゃうと大変よ」

奥さんは引き留めたが、山崎さんはいつもどおり午前九時ちょうどに散歩に出かけた。皆勤記録が、これでまた一日更新されたことになる。雨なら傘を差し、寒ければ首にタオルを巻きつけた上にウインドブレーカーを羽織り、定年退職以来一日たりとも散歩を休んだことはない。

町内会長からは「気の向いたときだけでいいんだよ。それが長続きのコツなんだから」とアドバイスされたし、べつに自分に課しているわけでもないのだが、なぜだろう、散歩を休む気にはなれないのだ。

二丁目の自宅から坂を下る。坂の底が、くぬぎ台駅。駅前商店街を抜け、坂を上って、三丁目、四丁目、五丁目とまわる。朝が冷え込んだせいか人影はまばらで、なかなか知った顔に行き会わない。

藤田さんは、飛び石連休を利用して奥さんと温泉へ出かけた。わざわざ人出の多い連休に出かけなくてもよさそうなものだが、「平日に温泉ってのも、かえってくつろげない気がしちゃって」と肩をすくめて話していた。その気持ちは、山崎さんにもなんとなくわかる。長年のサラリーマン生活の、ある種の後遺症なのかもしれない。

駅をもう一度横切る格好で一丁目へ。そこまではいつもどおりのルートだが、一丁目に入ってからは、陽当たりのいい道を選んで四つ角を細かく折れていった。

分譲時期が早く、そのぶん住民の平均年齢も高い一丁目には、雪かきの不十分な通りが何本もある。雪かきは意外に重労働である。雪がきれいに消えているのは二世帯住宅の前、そうでないところは老夫婦だけの世帯。感心するほど画然と分かれている。街はこんなふうに老いていき、代替わりしていくのだと、まだらに解け残った雪が無言で教えてくれる。

町内会長宅の前を通りかかると、ハウジング会社のライトバンが停まっていた。ちょうど玄関のドアが開き、営業マンと町内会長が出てきたところだった。

「じゃあ、早急に見積もりを出しますんで」

車に体を半分滑り込ませて挨拶する営業マンに、町内会長は「いや、まあ、急ぐあれでもないから、手の空いたときにでも……」と煮え切らない表情で答え、車が走り去った後で山崎さんに気づくと、決まり悪そうに笑った。

どんな用件で来た客かは、山崎さんにも察しがついている。年明けからずっと、その件について町内会長が思い悩んでいたことも。

「ヤマちゃん、後戻りさせちゃうけど駅まで付き合ってよ。煙草買いに行くんだ」

「ええ……」

「とりあえず、見積もりだけ取ることにしたんだ」

山崎さんは無言でうなずき、去年の秋に新築したばかりの二世帯住宅に目を移した。

「難しいよねえ、ほんと、思いどおりにはいかないよ」

町内会長はそう言って、二つ並んだ玄関ドアを恨めしそうに振り返った。

玄関の片一方をつぶし、二階の子世帯のダイニングキッチンや浴室を和室に改装する。ハウジング会社の営業マンの話では、少なく見積もっても三百万円はかかるらしい。

「それだけじゃないんだ。上物は共有名義で、息子もローン組んでるからな、もし話が揉《も》めたらこっちが買い取る形になるし、そうなったらウン千万だよ。いっそ丸ごと売っ払ったほうが簡単なんだけど、二世帯住宅の中古って、なかなか買い手がつかないらしいんだよなあ……」

「奥さんはいかがなんですか？」

「金がいくらかかってもやる気だよ。生命保険を解約する覚悟もしてるから、もう話し合ってどうこうっていう段階じゃないんだ」

町内会長と奥さんは、かねてから長男夫婦と折り合いが悪かった。特に、奥さんと長男夫人、つまり姑《しゅうとめ》と嫁がしじゅう衝突する。いままでは町内会長が間に立ってとりなしていたのだが、年末に大喧嘩になり、ついに奥さんが、長男夫婦とはこれ以上一緒に住めないとまで言い出したのである。

別居だった頃は、それなりにうまくやっていたのだという。二世帯住宅への建て替えも、むしろ女性陣のほうが積極的だった。それがわずか半年足らずで、顔も見たくないほどの仲になってしまった。

「ひとつ屋根の下に住むと、やっぱりいろんなことが出てくるからな、おせっかいかもしれないけど、ヤマちゃんのところも二世帯住宅には気をつけなよ。建てた後で揉めると、ほんとうにどうしようもないから」

山崎さんは歩きながら周囲の家並を眺めた。二世帯住宅に、つい目が行ってしまう。一軒の家に、家族が二つ。もともと核家族向けに分譲された土地で、建蔽率《けんぺいりつ》や容積率も厳しく制限されている。二世帯ともに十分な広さの家など建つわけがない。どこかに軋《きし》みや歪《ひず》みが出てきて当然なのかもしれない。

そもそも、なんのために二世帯住宅というものがあるのだろう。なぜ親と子供が一緒に暮らしていくのだろう。急に、それがわからなくなってきた。

町内会長が駅の売店で買ったものは、マイルドセブン・エクストラライトと禁煙パイプとニコチン除去フィルターとシュガーレスの喉飴。年明けから半年計画で禁煙に取り組んでいる。成功すれば、仲間内初の快挙である。

買い物を終えると、「ちょっと一服しようや」と町内会長に誘われ、バス・ターミナルのベンチに座った。

山崎さんが話を切り出すタイミングを計っていたら、逆に町内会長のほうから「ゆうべノムちゃん、どうだった？」と訊いてきた。「ウチを出るときもかなり酔ってたから、もうまっすぐ帰んなよって言ってやったんだけどさ。ヤマちゃんにままかりを食わせるんだって張り切っちゃって、ほら、ノムちゃんって一回言い出したら聞かないから」

「野村さん、よくお宅にいらっしゃるんですか？」

「うん、次男同士が小学校のクラスメイトだったからな、付き合い長いんだ。物産展に行った日はたいがいウチに寄るよ。今度からはヤマちゃんちにも毎回寄るんじゃないかな」

「そうですか……」

「もし迷惑だったら、俺のほうからうまく言っとこうか？」

「いや、そういうんじゃないんですが……」

ゆうべの野村さんの様子を説明した。町内会長はさして驚いた様子もなく、ちょび髭を指でしごきながら小刻みに相槌を打って、話を先にうながしていく。いいかげんに聞き流しているのではない。その証拠に、口にくわえるものが禁煙パイプから煙草に代わった。

山崎さんの話が終わると、町内会長はくわえ煙草のくぐもった声で、しかしきっぱりと断じるように言った。

「しょうがないんだよ、ノムちゃんはあの家の浦島太郎なんだから」

5

野村さんが単身赴任の長い旅に出たのは、長男が十四歳で次男が十二歳のときだった。定年と同時にくぬぎ台に帰ってきたとき、息子たちはそれぞれ二十四歳と二十二歳になっていた。

野村さんはマッハ通運の斬り込み隊長だった。会社が新しい支店を開くたびに、支店長になって地固めをしていく。二十年前は関東だけの小さな会社だったマッハ通運が全国規模に急成長し、「マッハの轍《わだち》にはペンペン草一本生えない」と言われるようになったのも、野村さんの活躍あってこそだ。

「だから、本人も取締役で残れると思ってたらしいんだけど、なにせ肝心な時期にバブルが弾けちゃったからな、運が悪いんだ。おまけに、がっくり落ち込んでくぬぎ台に帰ってみたら、もう息子たちはオトナだよ。次男なんて、小学六年生だったのが大学四年生だぞ。ショックだと思わない？」

山崎さんはうなずいて、千穂や万里の小学六年生の頃の姿を思い浮かべてみた。息子と娘の違いはあるかもしれないが、確かに、コドモだった。そしていまは、紛れもなく千穂や万里はオトナである。

「ヤマちゃんも会ったんならわかると思うけど、二人とも、いい息子なんだ。勉強もできるし、素直だし。中学生や高校生の頃って難しい時期じゃない、そういう時期に親父がほとんど家にいなくて、よくまっすぐに育ったもんだと思うよ。奥さんもしっかりした人だけど、まあ、息子たちが偉いよな」

「ええ、わかります」

「でも、逆に考えれば、ノムちゃんがいなくても息子たちはまっとうに育ったわけだろ。それ、寂しいことだと思わない？　だって親父は必要なかったってことなんだから。自分がいなくてもまっすぐ育ってほしいとは思うけど、心のどこかで、自分がいなくちゃ駄目なんだっていうのも欲しいでしょ、親って」

山崎さんはほんの少し頰をゆるめた。一瞬だけ、野村さんの寂しさより自らの懐かしさに思いを馳せた。自分が千穂や万里の父親なのだというあたりまえのことをひさしぶりに思い出して、背中がくすぐったい。

「極端なこと言っちゃえば、ノムちゃん、一度ぐらいは息子が問題起こしてくれたほうが嬉《うれ》しかったりしてね」

町内会長は言葉の最後を笑い声につなげたが、すぐにまた真顔に戻った。笑ったぶん、かえって寂しさが増したようにも見えた。

「ノムちゃんには、息子を育てたっていう実感がないんじゃないかな。コドモからオトナになっていくところを見てないんだから。気がついてみたら、ちゃーんと息子はオトナになってて、奥さんと息子二人の三人家族で、なんの問題もなく生活できてるわけだよ。そうなったら、いまさら戻ってきても居場所がないよ」

「ええ……」

「まあ、本人が家庭より仕事を選んだわけだからしかたないかもしれないけど、やっぱり、かわいそうだよ、あの人……だって、いまのほうがよっぽど単身赴任みたいじゃないか……」

町内会長は二本目の煙草をくわえ、ああ、でも子供に転校させたくなくて単身赴任したわけだから家庭を選んだってことになるのかな、どうなんだろうな、よくわかんないな、と息のほうが多い声でつぶやいた。

バスがロータリーに入ってきたので、二人はいったんベンチから離れた。降りる客が三人、乗り込む客はゼロ。がら空きのバスはしばらく時間調整をして、来た道をまた引き返していった。くぬぎ台駅を通る三つのバス路線のうち、この路線が一番運行本数が少ない。なにしろ、老人ホームを経由して市営斎場に至る路線である。

「いつか、ベンチに座るだけじゃなくて、あのバスに乗る日も来るんだろうなあ」と町内会長が言った。

山崎さんは笑って聞き流そうとしたが、町内会長は煙草を煙たそうな顔で吸いながら、「これ、みんなには内緒だよ」と前置きしてつづけた。「もしね、息子夫婦と揉めて揉めてどうしようもなくなったら、女房と二人で老人ホームにでも入ろうかなと思ってるんだ。ほら、ライフケア・マンションとかあるだろ、ああいうのもいいかなって」

自分の言葉をひとつずつ確認するような口調だった。ひょっとしたら、いまふと考えついたことなのかもしれない。

「最後の最後に残るのは、やっぱり夫婦だろう。子供じゃないよ。ノムちゃん見ててもそう思うだろ？　親子にだって定年はあるんだ。うん、俺たちはもう親父じゃなくて、おじいちゃんだもんな」

なるほど。

「でも、夫婦はね、ずーっと夫婦だから。七十になっても八十になっても、俺たちは夫なんだからさ」

「いいですねえ」と山崎さんは言った。調子よく合いの手を入れるような格好になったが、本音で、これはいい、と思った。結婚式のスピーチも、この話でいこう。

町内会長は煙草をベンチに備え付けの灰皿に捨て、照れたように空を見上げた。

「夕方あたりから、また雪になるかもしれんな……」

いつのまにか、鈍色《にびいろ》の雲が重く垂れ込めていた。


町内会長も、ふうまんのことは知らなかった。

「『007』かなにかのスパイ映画に出てなかったっけ、怪しげな中国人」

「それはフー・マンチューでしょう」

「昔、子供が観てたテレビになかったか？　『オバケのQ太郎』や『ドラえもん』みたいなやつだけど」

「それは『パーマン』だと思いますよ、たぶん」

「まあ、本人に訊くのが一番早いけど……そうか、下の子の卒業文集だったら、ウチにもあるってことだよな。あとで探しとくよ」

「すみません、よろしくお願いします」

いやいや、と町内会長は顔の前で掌を振り、「俺も読んでみたいんだ」と言った。三本目の煙草をくわえかけ、少し迷ってからパッケージに戻す、その仕草に紛らすように一息につづける。

「俺はね、いつもノムちゃんに言ってるんだよ。たまには物産展の後、まっすぐ家に帰ったほうがいいんじゃないか、って。息子に話してやればいいんだよ、単身赴任してた頃のこと、たくさん。くぬぎ台にはいなくても、ちゃんと、親父はいたんだから。一所懸命働いてたんだから。そう思わない？　一人前のオトナ同士でしゃべればいいんだよ。あの息子たちならわかってくれるし、ひょっとしたら親父に聞く前からちゃんとわかってるかもしれない。だから、もっともっとしゃべればいいのにさ、照れてるんだ、ノムちゃんは。あんなふうに方言遣ってるのも全部ね」

そんな野村さんが、町内会長の知るかぎりでは初めて、お裾分けなしの、家族だけのための土産を買ってきた。

それが、ふうまんだったのだ。

「作文を見つけたらコピーを取ってファックスで送るから」

「助かります」

「ついでに改築の見積書も来たら送っとこうか。なにかの参考になるかもしれないしさ」

町内会長は本気とも冗談ともつかないことを言って喉飴を口に含み、煙草の煙の代わりにレモンのにおいのする息を吐き出した。

6

町内会長の予想より少し遅れたが、宵の口から降りはじめた雪は見る間にくぬぎ台を白く染めていった。

「明日の朝も雪かきしなくちゃ駄目だわね」

奥さんが居間の雨戸をたてながら言った。

山崎さんは「雪の日の結婚式っていうのも大変だよなあ」と舌を打ち、鴨居に掛かった奥さんの礼服に目をやった。明日は午前中に家を出なければならない。祝日なのでどこの家も雪かきは遅くなるだろう。

「足元が危ないからタクシーで行くか？」

「そうねえ……でも、雪の日は車もすぐに出払っちゃうからねえ」

奥さんは洗濯物を持って二階に上がり、居間に一人残った山崎さんは「ただいま司会者の方よりご紹介にあずかりました、でいいんだよな」とひとりごちて、熱めに燗をつけた日本酒を啜った。肴は、ままかりの南蛮漬けである。たまには付き合えよと奥さんのぶんのぐい呑みも出したのに、夕食の後片付けや明日の準備や戸締まりなどで、ちっとも奥さんはコタツに落ち着いてくれない。今夜は昔ばなしでもしたい気分だったが、まあいい、これからも長い付き合いなのだ。

「ただいま司会者の方よりご紹介にあずかりました山崎と申します。新郎の豊くんとは八年前より三年間、丸の内銀行業務開発部で机を並べて働いておりました。豊くんは丸の内銀行期待のホープ、一方わたくしは亀の甲より年の功で拝命した課長でございまして、上司と部下というより、少々歳の離れた兄貴と弟と申しましょうか……」

ここで笑ってもらわなければ、あとがつらい。原稿のメモを確認していると、「離れた」は忌み言葉だぞ、と気づいた。ままかりをかじり、しばらく頭の中で言葉を見つくろって、「離れた」を「差のある」に書き直したとき、電話が鳴った。

受話器を取るとファックスの送信音が聞こえ、受信ボタンを押すと、電話機から紙が、かすかに身震いしながら出てきた。

一枚目には、町内会長からのメッセージがワープロ文字で記されていた。

〈山崎様　遅くなりましたが、昼間お話ししていた作文をお送りいたします。よろしくご査収のほどお願い申し上げます〉

つづけて二枚目の紙が吐き出される。野村さんの次男の作文である。題名は、そのものずばり、『ふうまん』だった。

〈ふうまん　6年2組14番　野村和之

先週の土曜日に、父がひさしぶりに東京に帰ってきた。父は二学期の始まる前に、仕事が転勤で岡山で生活することになって、兄が東京の高校を受験するので、たん身ふにんだった。

父は、おみやげを買ってきた。ふうまんというまんじゅうだった。岡山では、今川焼きや回転焼きのことを、ふうまんと呼ぶそうだ。

「息をふーふー吹いてさましながら食べるまんじゅうだから、ふうまんっていうんじゃないの?」と兄が言うと、父も「そうかもしれないね」と言った。僕は、ふうまんは、ふんわりしているからふうまんと言うのだと思ったが、はずかしいので言わなかった。

岡山で買ってから新かん線に乗ったので、ふうまんは少しさめて皮が固くなっていた。でも、母が電子レンジであたため直してくれたら、あたたかくなった。

「おとうさんは、時々岡山でふうまんを食べているんだよ」と父が教えてくれた。会社がおそくなって晩ご飯を食べれなかったときは、マンションの近所にある店で、ふうまんを買って食べるそうだ。ビールといっしょに食べてもおいしいそうだ。母は「栄養がかたよって病気になる」と心配していたが、兄は「うわ気をするよりましだよね」と言っていた。岡山でふうまんを食べる時には、父は僕や兄や母のことを思い出すそうだ。僕はあまり父のことを思い出さないが、母と兄は時々「おとうさんは元気かなあ」と話している。

父は日曜日のお昼に岡山にまた帰っていったので、僕はまたふうまんをおみやげに買ってきてほしいとお願いした。卒業式に、父は来れないから写真を送るからと約束した。早く、父がまた転勤になって、いっしょの家に住めればいいと思う。完〉

町内会長は、追伸も書き送っていた。

〈例の改築の見積書、夕方到着。愚妻曰《いわ》く「これですっきりした」とのこと。見積書を、その気になればいつでも長男一家と別居して改築できるのだというお守りにして、もうひと踏ん張りする由。小生、具体的な金額を見た我が愚妻は、こんな大金を払うぐらいなら辛抱した方がましと考えたのではないかと愚考しておりますが、古希近くなっても女ゴコロは不可解ですナ〉

山崎さんはコタツに戻ると、スピーチの原稿メモを裏返した。ペンをとり、思い浮かぶ言葉をそのままメモに書き写していく。

〈夫婦の理想は、今川焼きであります。岡山県の方言では、ふうまん、といいます。夫婦円満のふうまん、夫婦まんじゅうのふうまんです。なにしろ、形を思い浮かべてみてください。このまんじゅう、裏も表もなく、上も下もありません〉

そこまで書いて、苦笑する。まるで寄席の大喜利《おおぎり》か露店の口上ではないか。二階から居間に戻ってきた奥さんにも「また原稿変えるの？」とあきれ顔で言われた。

「こういうのは、変に凝るより、ありきたりでも無難な挨拶のほうがいいんじゃない？　順番は披露宴の真ん中あたりでしょう。花嫁さん、お色直しで席をはずしてるかもしれないんだし」

わかっている。長年の経験が教えてくれる。いくら凝ったスピーチを考えていても、どうせ本番ではマイクの前に立ったとたん弱気になって、「あー」だの「えー」だのを繰り返したすえ「男には三つの大切な袋があります。給料袋、オフクロ、そしてナニの袋であります」あたりの話に収まるのだ。

奥さんは整理ダンスの引き出しを開けて熨斗袋《のしぶくろ》を探しはじめた。

山崎さんは卓に置いたままの奥さんのぐい呑みに酒を注ぎ、「なあ、千穂と万里って、今年いくつになるんだ？」と訊いた。

「千穂が三十でしょ。万里が二十六かな」

「俺たちは三十二年目だろ。なんだ、じゃあ子供より全然長いのか、付き合いが」

奥さんはこちらに背中を向けたまま、「そんなのあたりまえじゃない。酔ってるの？」とおかしそうに笑った。

7

翌朝七時半、野村さん宅の前の道路は、きれいに雪がどけられていた。夜のうちに十センチ近く降り積もった雪が、確かに野村さんの話していたとおり、道幅の半分、塀の端から端まで、長方形に切り取られている。

山崎さんはウインドブレーカーのポケットから手を出して、軍手をはめた掌を握りしめた。指の関節がこわばり、少し痺《しび》れてもいる。自宅前の雪かきを大急ぎで終えたばかりだ。スコップですくった雪の重みがまだ肩や肘に残っていて、玄関のチャイムを押すために腕を伸ばしただけで、鈍い痛みが脇腹のほうにも伝わる。

インターフォンで応答した野村さんの奥さんに、名前を告げ、早朝の訪問を詫びて、まだ布団の中だという野村さんを起こしてもらった。

野村さんを待つ間、駆け足の足踏みをした。寒さしのぎだけではない。準備運動である。体と、心の。

玄関のドアが開き、パジャマにカーディガンを羽織った野村さんが、雪の白さが沁みるのか晴れ上がった空の青がまぶしいのか、目をしばたたきながら顔を出した。

「おはようさん、どないしましてん?」

「足、もうだいじょうぶですか？」

「ええ……おかげさんで、もう全然平気やけど」

「じゃあ、雪かき、しましょう」

「は？」

「いまから雪かきしましょうよ」

「……いや、あの、もう息子らが朝早うやってもうたし、どっちもスキーやらスケートやらで、もうおりませんのや」

「息子さんなんて関係ないですよ」首を横に振り、向かいの家の前に積もった雪に顎をしゃくった。「スコップ二つあるんでしょ？　一緒にやりましょう」

「ちょ、ちょっと待っとくんなはれ、なにがなんやら、わし、わからんのやけど」

「年寄りはおせっかいでいいんですよ。その代わり、ずうずうしくやりましょう。気になったらやる、やろうと思った人がやる、駄目ですよ息子なんて当てにしてちゃ。自分でやりましょう」

「はあ……」

野村さんはきょとんとした顔で山崎さんと雪とをしばらく見比べていたが、不意に相好を崩し、肩に力をみなぎらせた。

「よっしゃ、やったろやないけ！」

家の中に駆け戻り、廊下を走り、階段をのぼる、バタバタとした足音が表の通りにまで届く。厚手の靴下はどこにあると二階から奥さんに訊き、枕元に出てるでしょう人に訊く前によく探してくださいよと逆に叱られてしまう、その声も全部聞こえる。

立派に一家の主《あるじ》ですよ。山崎さんは二階を見上げて微笑んだ。ここは、野村さん、あなたの家だ。居場所なんて探す必要はない、どこだって、あなたがいる場所が、あなたの場所だ。

車のないガレージの隅に、錆《さ》び付いて埃をかぶった子供用の自転車が二台並んで置いてあった。山崎さんは、いま、決めた。兄貴も弟も、自転車の乗り方を野村さんに教わったのだ。絶対にそうだ。野村さんに後ろを支えてもらい、励まされたり慰められたり叱られたりしながら、ふらふらと危なっかしいハンドルさばきで、ペダルを小さな足で踏んでいったのだ。そのことだけ息子たちが忘れずにいてくれたら、いい。

雪かきに慣れない野村さんは、なるほどこれでは息子たちも戦力外を通告するはずだ、とにかく手際が悪い。力任せにスコップを雪に突き立てるものだから、路面のアスファルトにガツッと先をぶつけてしまう。「アスファルトは堅いから手首を痛めますよ。もっとスコップを寝かせて」と山崎さんが言うと、今度は角度が浅すぎて、雪が残る。欲張って一度にたくさんの雪をすくいすぎて、雪溜まりに運ぶ途中で重さに耐えかねて落としてしまう。「雪は意外と重いんですよ。すくった雪はなるべく手前に載せるようにして、左手は柄の端を上から押さえるような感じで、右手は柄の真ん中あたりを握って、そこで支えてください」とアドバイスしても、右手のポジションが遠すぎて、体が「く」の字に折れ曲がる格好になる。

「腰をやられますよ。気をつけて。体の前じゃなくて横、むしろ後ろで持つような気持ちで」「こうでっか？」「そうそう、その調子」「えらい難儀やなあ」「あっ、駄目駄目、雪溜りをスコップで叩かないでください。なるべく空気を交ぜるようにして、ふわっと捨てるんです」「ふわっ、でんな」「ええ、そんな感じです。雪を固めちゃうと何日たっても解けないし、凍っちゃいますからね」……。

それでも、野村さんはとても楽しそうだった。嬉しそうだった。汗だくの顔をくしゃくしゃにして笑っていた。雪かきに出てきたお隣さんと挨拶を交わし、恐縮しきって頭を下げるお向かいのおばあさんに「今度からも心配要りまへんで、若い者《もん》が力仕事をする、ご近所で助け合う、そんなん当然でんがな」と胸を張った。

三十分後、道路から雪は消えた。

「やりましたね」

「ああ、やった……うん」

「息子さんたち、夕方に帰ってくるんでしょ。びっくりしますよ」

「いや、ええねん、息子はどないでも。わしが気分ええ、わしがいま、満足しとる、それでええねん」

お向かいのおばあさんが、タオルと焙《ほう》じ茶を持ってきてくれた。

「おおきに、おおきに。おばあちゃんな、これからもよろしゅう頼んますわ。ウチ、男手が三人ありますさかい、なんぞ不自由があったらいつでも言うてください」

そして、野村さん宅からは奥さんが、ラップをかけた皿を持って出てきた。「ほんとうにありがとうございます」と山崎さんにお礼を言って、皿のラップをはずす。

ふうまんがひとつ、湯気をたてていた。

「山崎さん、甘いもの、お嫌いでなければいいんですけど……」

横から野村さんが「なんや、もうちぃと気の利《き》いたもんなかったんか？」と不満げに言った。だが、顔のほうは、よくぞふうまんを持ってきた、と奥さんを褒めている。

山崎さんは奥さんに言った。

「いまはご家族全員揃って、にぎやかでいいですね」

奥さんは一瞬きょとんとした顔になったが、すぐに頬をゆるめてうなずいた。

「子供がもう一人増えたようなものですけどね」

野村さんはそっぽを向いて、タオルで顔をごしごし拭《ふ》いていた。山崎さんは奥さんと顔を見合わせて、いたずらっぽく笑う。野村さん、まだ拭いている。まだ、拭いている。

ようやくタオルを顔からはずした野村さんは、気持ちよさそうに深呼吸しながら空を見上げて「明日も雪にならんかのう」とひとりごちた。

山崎さんは奥さんにそっと耳打ちする。

「湿布薬、出しといてあげてください」

「心得てます」と奥さんは言って、嬉しそうに舌をぺろりと出した。

山崎さんは熱々のふうまんを手で割って、半分を野村さんに差し出した。

「一緒に食べましょうよ」

「……おおきに」

ふわっとした皮をつぶさないように軽く押さえ、息を吹きかけて、一口かじった。熱い。甘い。うむ、旨い。

「どうもすみません、二つあればよかったんですけど」奥さんが言う。「これが最後の一つなんです」

山崎さんが振り向くと、野村さんはむすっとした顔と声で言った。

「八つ買うとったんやけど、みな、食われてもうた」

「息子さん、ですか？」

「うん、まあ……兄弟揃うて甘いもんが好きいうんも、ちいと頼りないですがのう」

野村さんはふうまんを一口で頬張った。熱さと息苦しさでうめきながら胸を拳で叩く。

山崎さんは、野村さんがふうまんを呑み込むのを待ってそっぽを向いた。武士の情けである。しかめつらのお芝居というものは、そう長くはつづけられないものなのだから。

そんなわけで。

礼服姿の山崎さん、二軒ぶんの雪かきがたたり、筋肉痛にときおりうめきながら駅への坂道を下っていく。

「歳を考えてちょうだいよ、今度からは」

「わかってるよ、しつこく言うなって」

奥さんは留袖の裾を気にしつつ、凍った雪に足をとられないよう、能か日舞の所作のようにゆっくりと歩く。

だが、今日は山崎さんは「早くしろよ」とは言わない。車の泥跳ねからかばうように、並んで歩く。万が一奥さんが転びそうになったら体を支えてやる、一緒に転んでしまうかもしれないが、かまわない、それくらいの覚悟はできている。

「帰りは服、着替えるんだろ?」

「うん、帯がキツいから、着替えなきゃおなか痛くなっちゃう」

どこかで晩飯を食って帰るか。言いかけて、少し照れて、口がもごもごと閉じてしまった。

代わりに、奥さんが言った。

「今夜、お豆腐とシメジがあるから、湯豆腐でいい？」

山崎さんの大好物である。豆腐に一筋の切れ目を入れて、そこに細かく刻んだユズの皮を挟む、奥さん特製の湯豆腐である。ならば、我が家の夕餉《ゆうげ》も悪くない。

どうせ披露宴が終わってすぐに電車に乗っても、くぬぎ台に帰り着くのは陽の落ちた頃だ。蛍光灯を取り替えた門灯が明るく灯《とも》っているだろう。都心から二時間の距離を、今日ぐらいは喜んで受け入れよう。一足早く家の中に入り、玄関の明かりを点けて、奥さんを迎えよう。そう心に決めていた。

家を建てて最初に帰宅した夜のことは、もう忘れてしまった。だが、その夜も、きっと門灯は明るく夜道を照らしていたはずだ。

千穂の夫のことを、ふと思った。伸弘も会社からの帰り道にマンションを見上げ、自分の部屋の明かりを探しているだろうか。今度それを尋ねてみよう。一家の主の、自負でもいいし満足感でもいい、プレッシャーだってかまわない、数字には置き換えられない思いを分かち合えれば、嬉しい。

「スピーチ終わった後も、あんまり飲みすぎないでよ」

「わかってるわかってる」

「いつも酔っぱらっちゃうんだから」と笑ったとき、奥さんは足を滑らせ、転びかけた。

「ほら、危ない」

山崎さんは奥さんの手を握り、「おしゃべりなんかしてるからだ」と叱った。

再び歩きだしてからも、奥さんの手を握ったまま放さなかった。ぷくぷくと肉付きのいい手の甲は、なんだか、ふうまんに似ていた。

第三章　きのうのジョー

1

第二十八期くぬぎ台町内会二丁目防犯・防災部委員兼第6地区1班班長。

指を折って数えると、三十二文字もあった。

「新記録じゃないか、これ」

山崎さんはつぶやいて、町内会役員名簿に記された自分の名前と肩書をあらためて見つめた。間違いない。来週、四月から、山崎さんは自己最長の肩書を持つことになる。高校卒業以来四十二年間の銀行員生活で、最も長い役職名を得たのは定年間際の出向時代だった。丸の内クレジット業務統括部次長待遇お客様相談センター室長補佐。これでも三十文字しかない。持ち回りの役員とはいえ、どことなく嬉しい記録更新である。

山崎さんと向かい合わせにコタツを囲んだ奥さんは、受け持ちが防犯・防災部だったことのほうを喜んでいた。数セクションに分かれた部署のなかで、防犯・防災部は特に仕事が楽なのだという。

確かに名前はいかめしいものの、実際の仕事は、街灯の様子を月に一度パトロールして、蛍光灯が切れていたら警察の防犯課に連絡する、それだけだ。九月の防災訓練も消防署がほとんど仕切ってくれるし、万が一「犯」や「災」に価する事態が起きたときには、当然ながら防災・防犯委員はノータッチで警察や消防署の出番である。

「あなたって意外とくじ運強いのね」奥さんがうらやましさと恨めしさの入り交じった声で言った。「私のときは大変だったもん」

「なにをやってたんだっけ？」

「文教部。あみだくじで負けちゃったから」

文教部は、いわば子供会の元締めである。前年度の役員が記した業務報告で確かめると、四月の新一年生歓迎会から三月の六年生を送る会まで、なるほど防犯・防災部とは比べものにならない忙しさだ。五月の子供会主催運動会、夏休みのラジオ体操、秋のくぬぎ台祭りのときには祭り半纏《ばんてん》の配布と回収や御神輿《おみこし》の巡回ルート決定、十二月にはクリスマス会……。

「あの頃は小学生の数も多かったから、ほんと、大変だったのよ」

「何年前？」

「万里が中学二年生だったから、ちょっと計算してちょうだい」

「いま、いくつなんだ、あいつ」

「二十六。子供の歳ぐらい、ちゃんと覚えといてよね」

子供が社会に出てしまうと、歳がわからなくなる。学年と歳の関係も忘れてしまう。

いずれにせよ、くぬぎ台に移り住んで二十五年間で、町内会の役員が回ってきたのは二度目である。三度目は十二、三年後の計算だが、その頃は山崎さんも奥さんも七十代になって、町内会細則第五条三項に基づき、町内会の仕事から免除される。つまり、今回がくぬぎ台への最後のご奉公というわけだ。

最初のときは仕事の忙しさにかまけて奥さんに任せきりだったが、今回はそういうわけにはいかないだろう。面倒くささがまったくないと言えば嘘になってしまうが、その一方で、なんとなくわくわくする気持ちもないわけではない。

「会長は、また古葉さん？」

奥さんがミカンの皮を剝きながら訊いた。

「ああ。他に誰も立候補しなかったし、こういうのは慣れてる人がつづけてやるのが一番いいだろう」

二期連続の町内会長は、四半世紀を超えたくぬぎ台の歴史のなかでも初めてのことだ。町内会細則第八条には〈役員は一年に限り再任を妨げない〉とあるが、古葉さんの張り切りようからすれば、在任中に〈役員は本人の意志あるかぎり再任の限度を設けない〉に改正しかねない。

「ああいう人がいてくれると助かるわよね。こんなこと言っちゃ悪いけど、うまくおだてるとなんでもやってくれるから」

「ああ……」

「あなたもこの際、町内会でがんばってみれば？　お友達も増えると思うし、少しは退屈しのぎになるでしょ」

なにげない奥さんの言葉が、ざらりと耳に障った。「退屈」という言葉は嫌いだ。妙に角張った語感も気に入らないし、なにより字面がよくない。退いて、屈する。なんと情けない言葉なのだろう。

「べつに退屈してるわけじゃないぞ」と山崎さんはたしなめるように言った。

「でも、いつも暇だ暇だって言ってるじゃない」

「暇と退屈とは違うだろう」

「どこが？」

「いや、どこがって、そんなのおまえ、あたりまえじゃないか……」

そこから先の言葉がつづかなかった。自分でも少し意外だった。「暇」と「退屈」の違いなど簡単に説明できると思っていた。

奥さんは困惑顔の山崎さんにかまわず、ミカンを一房、口に放り込んだ。「またハズレだ」とひとりごちて、残りの房をいまいましげに見つめる。

去年までは産地直送の無農薬ミカンを箱で取り寄せていたのを、この冬は、スーパーマーケットのネット売りのミカンにした。四年前に結婚した長女の千穂につづき、次女の万里が家を出て、都心で一人暮らしを始めてから、すでに丸一年が過ぎた。「どうせすぐに音を上げて帰ってくるさ。あいつは千穂と違って甘えん坊だから」と最初は高をくくっていた山崎さんだが、最近は「もうちょっと反対しとけば、意外とあきらめたんじゃないかなあ」と奥さんにぼやくことが増えた。万里を心配する気持ちと、こちら側の寂しさが、半分ずつ。万里はこの冬、ミカンをいくつ食べただろうか。昔、ミカンの汁であぶり出しの絵を描いてやったら、手品を見るような調子で喜んでいた。あれは、もう何年前になるのだろう。

「ミカンの時季も、もう終わりねえ。こないだまで雪かきしてたような気がするのに」

「来週から四月だもんな。早いよ、うん」

一日はうんざりするほど長いのに、季節の巡りは驚くほど速い。アインシュタインの相対性理論だったか、速度を極限まで速めると、その物体は静止してしまうのだという。年老いるというのも、それに少し似ているのかもしれない。

電話が鳴った。山崎さんが出ようとするのを奥さんが「いい、いい、たぶん私だから」と制してコードレスの受話器を取り、応対しながら二階に上がっていく。

最近、いつもそうだ。「べつに聞き耳なんて立ててないぞ」と言っても、奥さんは「二階のほうが雑音が少ないのよ」とよくわからない理屈を持ち出して、決して山崎さんの前ではおしゃべりをしないのだ。こっちの存在など忘れたみたいな居間での長電話にも閉口するが、内緒話をされるのも、あまり感じのいいものではない。千穂や万里がいた頃も、二人が受話器を持って自分の部屋に閉じこもるたびに、ヘソの下が痺れたような喉がひとまわりすぼまったような、なんとも落ち着かない気分になったものだった。

ミカンと電話のせいか、万里の顔をひさしぶりに見たくなった。千穂はこまめに電話をかけてくるし、赤ん坊が熱を出したから手伝いに来てくれだの、ダンナの実家から味噌を送ってきたからお裾分けするだのと、月に一、二度は顔を合わせている。だが、万里のほうは正月に一晩泊まったきり、うんともすんとも言ってこない。便りのないのはよい知らせ、を地でいくような娘なのだ。昔から、そういうあっけらかんとしたところがあった。

電話はとうぶん終わりそうもない。山崎さんは奥さんが食べ残したミカンを何房かまとめて頬張った。熟れすぎた実は歯を立てる間もなく崩れ、水を足したのではないかと思うぐらい薄い甘みが口の中に広がった。

奥さんの言うとおり、ミカンの時季も終わりだ。

定年退職してから、そろそろ半年が過ぎようとしている。

2

数日後、山崎さんはひさしぶりに都心に向かった。手帳を買いに銀座まで出たのである。迂闊《うかつ》だった。年末に買っておくのを忘れていた。いや、正確には、奥さんから「役員になったら手帳があったほうがいいんじゃない？」と言われるまで、買いそびれていたことにすら気づかなかった。今年に入ってから手帳が必要になったことは一度もなかったのだと、あらためて気づく。もうそういう暮らしになったのだと、思い知らされる。

東京の西のはずれとはいえ、くぬぎ台の駅前商店街にも文具店ぐらいはある。奥さんが買い物のついでに確かめたところによると、手帳も何種類か取り揃えているようだ。

しかし、山崎さんは銀座にこだわった。「毎日使うものだからな、しっかり選ばないと」と、これは口実。万里の勤めるアパレルメーカーのオフィスが銀座にあるのだ。昼食でもごちそうしてやろう、という心づもりがあった。

それを察しているのかいないのか、奥さんは「あなたが文房具に凝るタイプだなんて、初めて知ったわ」と笑いながら、ひさびさの背広姿の山崎さんを玄関で見送ったのだった。

確かに、この口実は少し不自然だったかもしれない。銀行員時代の山崎さんは、文房具にかぎらず服、鞄、靴、いっさい無頓着で通してきた。総務部からあてがわれた手帳や備品をなんの不満も疑問もなく使い、背広やネクタイなども紳士服の安売り店で試着もそこそこに「これでいい、これで」と決めてしまうのが常だった。そもそも、買い物をすることじたい気恥ずかしい。ましてや自分の身の回りを飾るものを手間暇かけて選ぶなど、一人前のオトナとして間違っているような気さえする。「お洒落《しゃれ》」という言葉に憧れはある。しかし、それを自分に当てはめてみると、急に背中がむずがゆくなってしまうのである。

「一軒で決めちゃうなんて、お父さんらしいなあ」

万里は海老の天ぷらをつゆに浸けながら笑った。

山崎さんは「一軒でこりごりだよ」と憮然《ぶぜん》として応え、小瓶のビールを手酌で注ぐ。食事の終わり頃になってようやく汗がひいた。奮発した老舗《しにせ》の天ぷら屋の味はビールの冷たさに紛れてしまい、ほとんどわからずじまいだった。

文具店から待ち合わせの交差点まで走った。たかが手帳で、あんなに迷うとは思わなかった。選択の自由というのは意外と厄介なものなのだと、初めて知った。万里との約束がなければ、いまもまだ、罫線の色はグレイかセピアか、メモのページにミシン目があったほうがいいかどうか、表紙の手触りはどうだ、色は、サイズは、住所録の体裁は、カレンダーは日曜日から始まったほうがいいか月曜始まりのほうがいいか……と迷いつづけていたかもしれない。

「いったん迷い出すと、きりがなくなっちゃうんだな」

「そこが買い物の楽しさなんじゃない」

「おまえも千穂も、デパートに行くと長かったもんなあ」

「お父さんと一緒のときには遠慮してたんだよ、お母さんもお姉ちゃんも。三人だけだったら、ブラウス一着で半日がかりだもん」

最後に一家四人揃ってデパートに出かけたのは、いつだったろうか。もう思い出せない。きっと、ずいぶん昔のことだ。

「でも、そんなふうに迷っちゃうのって、いいことなんじゃない？」万里は箸を持つ手を休めずに言った。「やっぱり、人間、こだわりを持たないとね」

山崎さんはあいまいにうなずいた。こだわり。山崎さんの感覚では、それは決して褒め言葉ではないのだが。

「先月、ウチで市場調査やったのよ。お父さんみたいな定年組の人のファッション意識。そしたらね、リタイアしてからお洒落に目覚めた人ってけっこう多くて、ウチもシニア向けのブランドに本腰を入れようっていう話になったの」

「シニア向けねえ……」

そんなもの売れるのだろうかというニュアンスを言外に込めた。万里の会社のブランドは価格の高いことで知られている。Tシャツ一枚が自分の替え上着とほぼ同額だと知って絶句したこともある。

「お父さんももう少しお洒落してみれば？　地味な服ばかり着てると老け込んじゃうわよ。アルマーニ着てくれとは言わないけど、ジーンズぐらい穿《は》けばいいのに」

「似合わないよ、そんなの」

「穿いてみなくちゃわかんないじゃない。今度、見立ててあげようか？　なにごともチャレンジよ、お父さんもがんばらなくちゃ」

「なにをがんばるんだよ」

山崎さんは苦笑して、「おまえのほうこそどうなんだ、仕事、順調なのか」と話の矛先を万里に向けた。

「まあ、ぼちぼちね。なんだかんだと忙しいけど」

そう応えるそばから、セカンドバッグの中で携帯電話が鳴った。万里は「ちょっとごめんね」と電話をバッグから取り出しながら席を立ち、洗面所に向かう。

長い電話になった。天ぷらの残りをたいらげ、ビールを飲み干し、手持ちぶさたに品書きを二度読み返しても、まだ戻ってこない。

デザートのイチゴを万里の小皿に移した。ビールの空き瓶を下げに来た女将が、それを見てクスッと笑う。

「お嬢さんですか？」

「わかりますか」

「ええ、ええ、そりゃあもう」

自信たっぷりにうなずく女将に山崎さんは照れ笑いを返し、自分の頬を軽く撫でた。どうも実感がない。千穂も万里も、幼い頃から母親似で通っていたのだ。だが、もちろん、自分に似ていると言われて悪い気はしない。

「どのあたりが似てるのかなあ」

「だって、さっき、『お父さん』って言ってらしたから」

「あ、そうか……そうだったっけ」

はははっ、と無理に笑い声をあげた。一瞬の失望と落胆を読み取ったのか、女将はビール瓶を持って足早に厨房《ちゅうぼう》に入っていった。

さらに数分が過ぎて、ようやく小走りにテーブルに戻ってきた万里は、「お父さん、ごめん、すぐに会社に戻らなきゃいけないの」と立ったまま山崎さんに両手を合わせた。「午後イチに会議あるし、ちょっと急用ができちゃったの。コーヒーの美味しいお店、また今度連れてってくれる？　ね？」

しゃべりながらコートを羽織り、腕時計に目をやる。

「イチゴぐらい食べてけよ」

「ごめん、マジに時間ないの。お父さん食べちゃって。銀座に来ることあったら、また電話してよ。できれば前の日ぐらいがいいんだけど、午前中なら会社でつかまると思うから。じゃあね、お母さんによろしく言っといて」

いかにもキャリアウーマンらしい、あわただしい仕草と早口の声。

だが、山崎さんは気づいていた。

万里の目には、うっすらと涙が浮かんでいた。

尋ねることはしない。そこまで無神経ではない。父親としても、社会人の大先輩としても。

去年の春、万里は会社の総合職試験に受かった。同期の女子社員で唯一のキャリア入りである。本人は大いに張り切り、奥さんも喜んでいたのだが、山崎さんの胸の内は違った。銀行員時代、理想論を掲げる総合職の女子行員が現実の厳しさや割り切れなさの壁にぶつかって挫折するのを嫌というほど見てきた。出る杭は打たれる。上ばかり見ていると足元をすくわれる。きっと万里も、つらい思いをすることが多いはずだ。

これを言うと必ず家族三人からブーイングをぶつけられてしまうし、自分自身でも考えの古さや狭さを思い知らされてしまうのだが、山崎さん、本音では万里に、腰掛けＯＬで結婚した千穂と同じ道を歩んでもらいたかったのだ。

もやもやした気分のまま、銀座の街を歩いた。ショーウィンドウに並ぶ服は、すでに初夏のものになっている。紳士服、鞄、靴、時計、眼鏡、傘、万年筆……。風格に満ちた老舗の定番商品もあれば、いかにも使いやすそうなデザインの新製品もある。確かに手帳どころではない、服や小物にこだわりはじめると果てがなくなりそうだ。

お父さんもがんばらなくちゃ——。万里の言葉をふと思い出した。山崎さんを「お父さん」と呼んでくれるのは、いまでは万里一人だ。千穂は初孫の貴弘を産んでから、呼び方を「おじいちゃん」に変えた。そのくせ奥さんのことはいまでも「お母さん」なのだから、どうにも父親というのは分が悪い。

「がんばらなくっちゃあ、か」

節をつけて、鼻歌を口ずさむようにつぶやいた。もうずいぶん昔、くぬぎ台に引っ越してくるかこないかの頃の流行語である。山崎さんは三十代だった。残業中や難航が予想される商談の前、あるいは会議できついノルマが定められた後、よく同僚とおどけて言い交わしていたものだった。

「がんばらなくっちゃあ……」

もう一度、繰り返す。これは万里のために。

3

四月最初の日曜日の午後、くぬぎ台会館で新年度の役員会が開かれた。初顔合わせの役員ぜんたいの男女比はほぼ半々だったが、その内訳は、一・二丁目と三・四・五丁目とできれいに分かれている。分譲時期の早かった一・二丁目の役員は山崎さんのような定年組の男性がほとんどだったが、三丁目から先は、現場の第一線で働く夫に代わって奥さんが役員を引き受けているところが多い。

もっとも、役員会じたいは世代や男女のギャップなど感じる間もなく、和気あいあいとした雰囲気に終始した。億から銭までの単位の数字が飛び交い、根回しだの密約だの緊急動議だのとキナ臭さがたちこめる銀行の会議に慣れた山崎さんには、正直、拍子抜けするほどのあっさりとしたものだった。

この調子なら、一年間のんびりやっていけそうだ。安堵感と物足りなさを入り交じらせて会館を出ようとしたところを、町内会長に呼び止められた。

「ヤマちゃん、さっそくだけど、防犯委員の初仕事があるんだよ」

「街灯ですか？」

「いや……もうちょっと、仕事らしい仕事なんだけどさ」

町内会長はぎごちない笑顔になって、手にした前年度の会員名簿の、折れ目をつけたページを開いた。二丁目第6地区3班。山崎さん宅のご近所だ。

「永田さんっていう家なんだけど」名簿の永田さん宅の欄を指で示し、山崎さんがうなずくのを確かめて、つづける。「近所から苦情が出てるんだ」

ご主人の永田さんの様子が変なのだという。去年の暮れ頃から、庭にサンドバッグを吊して、それを昼夜を問わず叩きつづけている。

「体を鍛えてるんじゃないんですか？」

「でも、寝る時間と飯を食ってる時間以外はほとんどだって言うんだよ。やっぱりふつうじゃないだろ、それは。腕立て伏せとかエアロバイクだったらいいんだけど、モノがモノだから、お隣さんなんかも気味悪がってさ、ただご近所だから警察を呼ぶっていうのもなんだし、とりあえず町内会でなんとかしてくれって電話が来たんだよ」

「町内会って、そんな仕事までするんですか？」

驚いて聞き返すと、町内会長は「去年は五丁目でピアノの苦情が二件、くぬぎ台祭りの子供神輿に誰が乗るかの仲裁が一件、犬のフンの苦情は二十件じゃきかなかったな」とリストを読み上げるような口調で言った。

「はあ……」

「それで、まあ、今回の苦情の内容からすると、やっぱり防犯委員の管轄になるんだよ。ヤマちゃん、悪いけどひとつ頼まれてよ。ヤマちゃんちって班長も兼ねてるから、先に町内会費の集金を終えてからでいいよ。頭ごなしに『やめろ』って言うんじゃなくて、穏便に、ご近所同士角が立たないように気をつけてさ。ほら、ヤマちゃんって人柄ソフトだから、そういうのうまくできると思うんだよね」

山崎さん、自他ともに認める温厚な性格だが、おだてにほいほい乗るほど単純ではない。しかし、町内会長に「俺も二期目だからね、こういう苦情の処理も迅速にできるってところを見せないと格好つかないんだ。頼むよ、ねっ？」と拝まれると嫌とは言えない。義理にも人情にも弱い、要するに、損な性分なのである。

「張り切ってますねえ」

せめてもの皮肉をぶつけると、町内会長は「まあね」とため息交じりの苦笑いを返してきた。「家に帰っても女房と嫁がギスギスしてるし、町内会の仕事に精を出したほうが紛れるんだ、いろんなことが」

去年の秋から始まった二世帯住宅の内戦は、ときおり短い休戦を挟みながらも、いまだ継続中だという。

「いつかヤマちゃんに話したライフケア・マンションの話も、まんざら冗談でもなくなってきちゃったな」

町内会長は筒にした名簿で自分の肩を何度か叩き、胸に残った息をすべて吐き出して、

「まあとにかく、よろしく頼むよ」と話を締めくくった。

帰り道、山崎さんは自宅の前を通り過ぎて、最初の角を曲がった。

町内会の班は、背中合わせの格好で二十軒ずつ集まったブロックごとに番号が付いている。永田さん宅のある第6地区3班は、山崎さん宅のブロックから通りひとつ挟んで斜向《はすむ》かいの位置になる。永田さん宅は、その中でも最も奥まった場所だった。日課の散歩のコースではないし、駅への通り道でもない。ひょっとしたら、くぬぎ台に住んで二十五年間、ここを通るのは初めてかもしれない。それくらい馴染みの薄い一角である。

永田さん宅は、ごくありふれた一戸建だった。大理石の表札には〈永田〉とあるだけで、下の名前や家族構成はわからない。インターフォンの脇に貼ってある〈押し売り・セールス・勧誘一切お断り〉のステッカーについ気圧《けお》されて、一歩後ろに下がり、家をあらためて眺め渡した。切妻屋根の二階建。外壁は何度か塗り替えているものの、全体の古び具合は山崎さん宅と似たようなものだった。ガレージの車は国産のセダン。植え込みもきちんと手入れされていて、ご近所の人が薄気味悪く思うような主《あるじ》がいるようには思えない。

だが、庭先のテラスには、確かにサンドバッグがあった。二階のベランダの床から、ロープで吊されている。本物のサンドバッグを見るのは初めてだ。生成《きなり》のキャンバス地で、底の部分が黒革で補強されている。遠目では実感できないが、ロープの太さからすると、かなりの重さがあるのだろう。

定年前のお客様相談センター室での経験から、苦情というものは話半分に聞くべきだとわかっている。夜昼なしに叩いているというのなら、実際には一日に二、三時間といったあたりだろう。しかし、二時間としても、素人がサンドバッグをそんなにも長く叩けるものなのだろうか。ボクシングの世界タイトルマッチだって一ラウンド三分が十二ラウンド、実際にパンチをぶつけ合うのは三十六分しかないのだ。いや、そんな計算をするまでもなく、たとえば山崎さんなら、保証してもいい、数発でギブアップしてしまうだろう。ということは、永田さんは格闘技に心得のある人か、もしくは体力を超越したなにかに憑《つ》かれてしまった人。どちらにしても、町内会の防犯・防災委員には荷の重すぎる相手である。

まいったな、これは……。

舌を打ち、安請け合いを悔やみかけたとき、家の中からテラスに人が出てきた。グレイの上下ジャージを着た、山崎さんと同じぐらいの年格好の男性だった。彼が永田さんだろう。中肉中背、家のたたずまいにふさわしく、どこにでもいるような初老の男だ。

とりあえず今日は家の場所と本人の顔がわかっただけでいいだろう。うなずいて立ち去ろうとしたとき、不意に叫び声が響き渡った。

「せいやっ！　せいやっ！　せいやっ！」

驚いて振り向くと、永田さんはサンドバッグの正面に立って両足を踏ん張り、甲高い声で叫びながら、左右の拳を交互にサンドバッグにぶつけていた。ボクシングではなく、空手の正拳突きのポーズだ。

「せいやっ！　せいやっ！　せいやっ！」

のどかな春の夕暮れどきには似合わない、裂帛《れっぱく》の気合いである。

通りに背中を向けているので、表情はわからない。わからないほうがいい、とも思う。

武道の素人の山崎さんには、永田さんの放つ正拳突きにどれほどの威力があるのかは知る由もない。だが、永田さんの気合いが尋常なものでないことは感じ取れる。たんにトレーニングをしているのではなく、永田さんはいま、憎むべき相手や倒すべき敵をくっきりと思い浮かべて、サンドバッグを打ちすえている、そんな気がした。

「せいやっ！」の声が耳に突き刺さるごとに、山崎さんの胸に重く苦いものが澱《よど》んでいく。銀行員時代、繁華街や駅の雑踏でサラリーマン同士が殴り合いの喧嘩をする光景に出くわすたびに、なんともいえない嫌な気分になったものだった。いまも、それと似ている。

山崎さんは足を速めて歩き出した。3班のブロックから1班のブロックに戻ると、「せいやっ！」の声は聞こえなくなった。だが、鐘を鳴らした余韻のように、響きはしばらく耳の奥に残って消えなかった。

永田さんのことは奥さんも知っていた。

「あの人、奥さんに離婚されちゃってから、変になったんだって。手から血が出てもサンドバッグを叩くのやめなかったとか、夜中にゴルフクラブでサンドバッグをめちゃくちゃに叩いてるとか、いろいろ聞くわよ、変な話」

「離婚って、最近のことなのか?」

「去年の十二月だったかな、定年退職してすぐに。ほら、最近多いでしょ、定年離婚。奥さんのほうから言い出したんだって」

「理由は?」

「詳しいことはわからないけど、いろんな噂はあったわよ。なんか、ご主人からずっと暴力を振るわれてたとか、若い男の人とどうこうしちゃったとか、籍も抜いたのかまだ残ってるのかよくわからないんだけど、とにかく家を出て行っちゃったことは確かなの。サンドバッグ叩くようになったのも、そのせいじゃないの?」

山崎さんは、うーん、と低くうなった。

定年退職した夫が妻からいきなり三行半《みくだりはん》を突きつけられる定年離婚が増えていることぐらいは知っている。定年前には同僚とよく「お互い女房からリストラされないように気をつけないとな」と話していたし、千穂や万里からもときどき「お父さんも、自分でごはんぐらいつくれないと、お母さんに捨てられちゃうよ」と言われる。

だが、その口調はいつも冗談交じりの軽いものだった。自分の身近で、実際にそんなことが起きるとは、想像すらしていなかった。

「奥さんって、おとなしくて、感じのいい人だったんだって。意外とああいう人のほうが思い切ったことやっちゃうのかもね」

「子供はいなかったのか」

「息子さんが一人ね。でも、もう何年も前に結婚して横浜だったか川崎だったかに住んでるんだって」

「じゃあ、いま、永田さん一人暮らしなのか」

「ときどき川崎ナンバーの車が家の前に停まってるらしいから、息子さんは顔を出してるんじゃないの？」

「……刑事の張り込みみたいだな」

「まあ、息子さんがどっちについてるのかは、ちょっとよくわからないけど」

奥さんは小首を傾げて自分の話を締めくくり、今度はこっちの番だというようにコタツに身を乗り出して「ねえ、それで、どんな感じの人なの？　永田さんって」と訊いてきた。

「なんだよ、見たことないのに、そんなに詳しく知ってるのか」

「べつに知りたいわけじゃないけど、ふつうにご近所の人とおしゃべりしてたら、入ってくるじゃない、そういうのって」

奥さんは悪びれたふうもなく言った。実際それはニュータウンの主婦にとって特別なことでもなんでもないのだ、と認められる程度には、山崎さんも定年後の日々に慣れてきた。誰それさんの長男のことは、下の名前は知らなくとも、通っている高校の名前と偏差値はちゃんとわかっている。まだ一度も顔を見たことがない、どこそこのご主人のことも、どんな会社でどういうポストに就いていて、暮らし向きがどんな具合かは、誰もが知っている。くぬぎ台は、そういう街なのだ。

「永田さんはふつうだよ、全然ふつうの人だった」と山崎さんは言った。

「そうなの？」と奥さんの顔と声に、かすかな失望がにじむ。

「ふつうなんだよ、それくらい」

山崎さんは声を少し荒らげて、永田さんの話を打ち切った。

胸が重い。

「せいやっ！」の声がまた蘇ってきて、耳の芯を震わせた。

4

月曜日の朝、散歩に出かけると、ひさしぶりに定年仲間の顔が揃った。くぬぎ台ニュータウン開発の仕掛人、元・武蔵電鉄第一事業部沿線開発課長の藤田さん。マッハ通運の関西進出の最前線で指揮をとってきた野村さん。そして、大手広告代理店・博通の営業部長だった町内会長と山崎さんの四人である。

謹厳実直さだけが取り柄の山崎さんはともかく、残り三人は、思い出話を言い値で受け取るかぎりでは、それぞれ現役時代は切れ者だったり辣腕《らつわん》だったり業界の風雲児だったりしたわけだが、こうしてウインドブレーカーを着込み、肩をすぼめてくぬぎ台の街を歩く姿からは、その頃の面影は感じとれない。脂ぎったところが抜けたのだと、言えば言える。しかし、実際のところは、郊外のニュータウンになかなか身の置き場を見つけられず、暇つぶしに街をぶらつくしかない四人組——と言ったほうがふさわしい。

だからこそ、山崎さんが散歩の道すがら口にした定年離婚の話に、三人とも敏感に反応した。

「やり直しのきかない歳になって捨てられるってのは、うん、つらいよ」と町内会長。

「いまから第二の人生を始めようっていう矢先に、ハシゴをはずされちゃうようなものですからねえ」と藤田さん。

「亭主の月給袋から搾り取るだけ搾り取っといて、用済みになったらポイやさかいな。ほんま、情《じょう》も情《なさ》けもないで、今日びの女房いうもんは」と野村さん。

「捨てられる」だの「ハシゴをはずされる」だの「用済み」だのと、期せずして受け身のしょぼくれた言葉が並ぶ。

「還暦過ぎて男やもめになるのは、キツいでしょうねえ……」

山崎さんはぽつりと言って、サンドバッグを叩く永田さんの背中を思い浮かべた。永田さんのことは、仲間にも話していない。世間一般の定年離婚の話題に広げておいた。それが男同士、定年組同士の、せめてもの仁義だと思った。

永田さんは、奥さんから「離婚してください」と切り出されたとき、どんな気持ちだったのだろう。自分の身に置き換えてみると、背筋がぞくっと波打ってしまう。

不倫でもギャンブルでも酒乱でもなんでもいい、理由がはっきりしているのなら、そのほうが幸せだ。ただ「あなたとは一緒に暮らしたくない」とだけ言われてしまったなら、奥さんの決断を心のどこで受け止めて、どんなふうに納得すればいいのか、わからない。

「せやけど」野村さんが言う。「女房に逃げられてもうて、これからどないしょう思うような余裕はないんと違うかなあ」

「でも、先のことはやっぱり心配でしょう、ひとりぼっちになっちゃうと」と藤田さんは反論したが、町内会長も「いやあ、フーさん、俺もノムちゃんと同じだな」と言った。

野村さんがつづける。

「結局な、定年離婚いうことは、長年連れ添うた夫婦やろ。昨日今日くっついたんと違う、二十年も三十年も一緒に生きてきた夫婦の歴史があるわけや。な？　そらあんた、人生の半分以上でっせ、長い付き合いや。もういっぺん最初からやり直せ言われてもどないにもならん、長い長い歴史があるわけや。それを、いまになってぜーんぶチャラにされるんやで？　キッツい話やで、ほんま。わしなら、そっちのほうが、つらい」

「……そうか、うん、そうですね」

藤田さんもため息交じりにうなずいた。

引き取って、町内会長がちょび髭をつまみながら言った。

「なにかの本に書いてあったけどさ、奥さんに離婚届を突きつけられたときのダンナの気持ちって、いきなり穴ぼこに落っことされて、その穴の縁ってのが砂になってて、這いあがろうとしてもボロボロ崩れ落ちちゃうんだって。なんかすごい話だけどさ、妙にわかっちゃうんだよなあ、その感覚って」

四人の足取りはしだいに重くなり、ウインドブレーカーの袖と脇が擦れ合う音よりも、吐き出す息のほうが大きく聞こえてくるようになった。

「なあ、ヤマちゃん、フーさん」咳払いを頭につけて、町内会長が言う。「あんたたち、奥さんとの会話、どう？　ちゃんと毎日話してる？」

問われた二人は怪訝《けげん》な顔を見合わせるだけだったが、野村さんはピンと来たのか、「慣れるまで、丸一年はかかるやろなあ」と応じた。

「俺たちは子供が一緒にいるからまだいいけど、ヤマちゃんもフーさんも夫婦二人きりだろ。そうでなくても女房となんて、なにしゃべっていいかわからないんだ、子供がいないと、そのぶん話すネタも少ないわけだし……」

「それに、なにしゃべくっても話し手と聞き手だけや。漫才で言うたら、相方はおっても、肝心かなめの笑うてくれる客がおらんわけや。それ、ごっつキツいでえ」

先輩二人の言いたいことは、なんとなく山崎さんにもわかる。実際、「お父さん、なに言ってんのよ」だの「もう、お母さんってば」だのと口を挟み、「今日ね、学校ですごいことあったのよ」と話題を提供する娘たちの存在は、いまにしてつくづく思う、ほんとうに大きかった。

「ウチみたいに嫁の悪口でもなんでもいいから、夫婦で盛り上がれる話題を持っといたほうがいいぜ」

町内会長の言葉に、山崎さんは神妙にうなずいた。

だが、藤田さんは、「ウチはだいじょうぶですよ」と胸を張る。「女房も僕もバードウォッチングが趣味ですから、鳥の話ならいくらでも」

山崎さん、うらやましさと同時に、正直、少し鼻白んだ気分になった。「お洒落」と同じく、「趣味」という言葉も、なぜだか自分に重ねると気恥ずかしくてたまらない。そこに「夫婦揃って」がかぶさると、なおさらである。

駅前商店街の交差点にさしかかったとき、野村さんが不意に立ち止まった。

「ちょっと今日はここで失礼しまっさ」

「どうしたの？」と町内会長。

「いやあ……」野村さんは照れくさそうに笑って、横断歩道の向こう側、商店街の入り口角にあるケーキ屋に顎をしゃくる。「女房にシュークリームでも買うて帰りますわ。なんや知らん、さっきの話で急に弱気になってもうたさかい、たまにはご機嫌伺いでもしょうか、て」

それを聞いた藤田さん、ためらいながらも「じゃあ、僕も付き合おうかな」と言った。

「なんだよ、ノムちゃんもフーさんも、情けねえなあ。一家の主はどーんとかまえてなきゃ、どーん、とさあ」

町内会長はあきれ顔で言って、「ヤマちゃん、俺らはおべっかなんてやめような」と山崎さんを振り向いた。だが、山崎さん、「すみません、僕も、ちょっと」と肩をすくめる。この店のストロベリータルトは奥さんの大好物なのだ。

歩行者用の信号が青に変わる。

「しょうがねえなあ、しっかりしてくれよ、皆さん」

町内会長はぶつくさ言いながら横断歩道を渡りはじめ、向こう側に着くまでの間にお金の持ち合わせがないことを打ち明けて、藤田さんから二千円借りた。

奥さんは「雪が降るんじゃないの?」と憎まれ口をたたきながら、午後のおやつにさっそくストロベリータルトの箱を開けた。

「夕方に買いに行っても売り切れのことが多いのよね、ここのタルト」

「今度からときどき買ってきてやるよ」

「どうしたの? ほんと、台風でも上陸しそう」

クスッと笑ってタルトを頬張った奥さんは、なるほど、と言いたげに笑みを深めた。

「リストラされないようにご機嫌伺いしてるわけね」

「……うるさいなあ、口の中にものが入ってるときにしゃべるなよ」

関西仕込みの野村さんの戦略は、具体的でわかりやすい反面、相手に簡単に狙いを見抜かれてしまうのが難点だ。

山崎さんは紅茶を啜りながら、タルトを食べる奥さんをぼんやりと見つめた。

結婚三十二年目である。野村さんの言うとおり、人生の半分以上をこの女性と一緒に過ごしてきた。もしもいま、「ここから先はあなたと歩いていきたくない」と言われてしまったら、明日からの未来より、今日までの過去のほうが暗闇に閉ざされてしまうだろう。

夫婦の日々もすでに折り返し点を過ぎている。同い歳の二人だ。ともに八十歳まで生きるとしても、あと二十年。片割れの死で終わる夫婦の歴史は幸せだ。遺された方は、相手のいい思い出ばかりたどっていける。だが、離婚だと、そうはいかない。すべての思い出を悪いほうに悪いほうに考えてしまうだろう。あのとき、じつはあいつは腹の底ではこう思ってたのかもしれない、あのとき顔では笑っていたけれど、本音では俺に愛想を尽かしていたのかもしれない……。

「なあ、俺になにか不満があったら、早めに言えよな。こっちだって反省するし、やり直しの余地は残しておいてくれよ」

「執行猶予二年、とか?」

奥さんは指についたジャムをぺろりと嘗《な》めて、笑った。

5

火曜日から町内会費の集金を始めた。山崎さん宅を含めて、全二十軒。土曜日までの五日間で回るつもりだ。

「二日もあれば全部終わるわよ」と奥さんに言われ、町内会長からも「集金が終わったら、永田さんの件、早めに頼むな」と電話で念を押されているが、あえて集金の期限いっぱいまで引き延ばすことにした。

手帳を予定で埋めたいがための苦肉の策だった。

銀座でさんざん迷った末に選んだ、はなだ色の布張りの表紙、罫線はグレイ、カレンダーが月曜日始まりの手帳だ。見開き一週間のスケジュール欄の右下、土曜日と日曜日の欄が二日合わせて他の曜日一日分のサイズになっているため、左右に三日ずつ割り振った形になる。一ページを三日で使うのだから記入するスペースはたっぷりある。

週末を小さくするのは合理的でいいアイデアだと気に入っていたのだが、使いはじめてすぐに後悔した。こんな広いスペースにいったいなにを書き込めばいいのだろう。午前中に散歩、午後からは庭の手入れや買い物、読書、碁の一人打ち。前もって記しておくべきものなど、なにもない。いまのところ手帳に書いてある文字は、この前の日曜日の〈16：00役員会／くぬぎ台会館〉と、ずっと先に飛んで九月一日の〈防災訓練〉だけ。予定を米粒のような字でぎっしり書き込んでも足りなかった、銀行の第一線で働いていた頃が嘘のようだ。

暇なのだ。うむ。これはもう、認めるも認めないもなく、厳然たる事実である。だが、ならば退屈なのだろうかと自問すると、素直にはうなずけない。いまの日々が退屈だと認めてしまったら、すべてがおしまいになってしまうような気がする。

だから、火曜日から土曜日まで、すべての曜日に同じ語句を書き付けた。

〈町内会費集金〉〈町内会費集金〉〈町内会費集金〉〈町内会費集金〉〈町内会費集金〉

「こりゃあ、今週は忙しいぞお」

ことさらに張り切った声は、唇を出てすぐにしぼんでしまった。

一年前納二千四百円也の集金は、予定通りのペースで進んでいった。集金じたいは、なんのトラブルもクレームもなく順調だったが、やけに気疲れしてしまう。一日四軒が限界だ。

「銀行にいた頃だって、外回りたくさんやってきたんでしょ?」と奥さんは意外そうに言う。

「会社を回るのとは全然違うんだ。どこの家でもそうだけど、玄関に入ると空気が急に濃くなったような気がしちゃって、息苦しくなるんだよ」

「でも、渉外課の頃はふつうの家も回ってたんじゃないの?」

「……だけど、違うんだ、とにかく」

うまい言い方が見つからない。逆に奥さんに、おまえはなんで平気でご近所の家に上がり込めるんだ? と訊いてみたくなる。

くぬぎ台は、最低でも一区画六十坪を確保して分譲された一戸建専用の住宅地である。建蔽率《けんぺいりつ》や容積率は厳しく制限され、ブロック塀の代わりに生け垣をつくるよう定めた自主的な協定もある。さらに分譲から二十数年たち、植え込みの緑もじゅうぶんに育ったため、街のたたずまいはゆったりとしている。圧迫感や窮屈さを感じさせるようなところはなにもない。

だが、ときどき、山崎さんはくぬぎ台という街に対して、ひどく気詰まりなものを感じてしまう。監視というほど強いものではないが、淡くぼんやりとしたまなざしが常にどこかから注がれ、声の厚みには至らないささやきが、耳の後ろで始終さわさわと揺れ動いている、そんな気がするのだ。

「自意識過剰よ」とからかう奥さんも、ご近所の動向や噂話の話題には、いつも気を配っている。その証拠に、山崎さんが集金から帰ってくると、奥さんは必ず尋ねてくる。どんなことを話したか、なにを訊かれ、なにを答えたか。一軒ずつ順に確かめて、眉をひそめたり安堵の息をついたり、「そんなことしゃべらなくていいのよ」と山崎さんを咎めたりする。

そんな奥さんを見ていると、くぬぎ台で専業主婦をやっていくのは意外と大変なのだろう、と思う。

そして、山崎さんが居間にいるときには二階で、二階にいるときには居間で、コードレスの受話器を手に毎晩のように長電話をしている奥さんを見ると、やはりこの街の主は専業主婦なのかもしれない、とも思ってしまうのだった。

話が面倒になるので奥さんには黙っていたが、山崎さん、集金の帰りは必ず3班のブロックに寄り道をする。散歩の途中に寄るときもある。永田さん宅の前を通りかかると、二回に一回は、「せいやっ！」と気合いを込めてサンドバッグを叩いている永田さんの背中を目にする。

永田さんは一心不乱に、休みなく左右の拳をサンドバッグにぶつけている。立ち止まってしばらく見つめていても、まったく気づく様子はない。

隣の家は、昼間でも、永田さん宅の庭に面した窓にすべて雨戸をたてていた。確かに隣近所にとっては、はた迷惑で、なにより不気味な光景だろう。警察ではなく町内会に苦情を告げたのはせめてもの近所付き合いの遠慮からなのだろうが、それもいつまで持つかわからない。

「せいやっ!」の声を聞くたびに、あいかわらず胸が重くなる。

だが、最初のときのような嫌な思いはしなくなった。

永田さんの拳が打ちすえているものの正体が、少しずつ、勝手な思いこみかもしれないけれど、わかりかけてきたせいだ。


土曜日の夜、集金はすべて終わった。

二十軒ぶんの会費と領収書の控えを確認して封筒に収めていると、奥さんが「永田さんのことは、どうするの?」と訊いてきた。

「明日にでも行ってみるよ。町内会長にもせっつかれてるから、知らん顔もできないだろ」

「私はやっぱり警察に頼んだほうがいいと思うけど……なにかあってからじゃ遅いんだし」

奥さんは、永田さんにかんする最新の噂話を仕入れていた。離婚の理由はわからないままだったが、代わりに永田さんのサンドバッグについての噂は数多かった。サンドバッグの拳の当たる位置に離婚した奥さんの名前を書いている、真夜中に奥さんの名前を叫びながらサンドバッグを殴りつけている、サンドバッグの中に奥さんの残していった服を詰めている、いや詰めているのは服ではなく髪の毛だ……。

山崎さんはうんざりして、なおもつづく奥さんの報告を「もういいよ」と打ち切った。

「いいかげんな噂ばかり流すなよ」

「私が流してるんじゃないわよ、聞いただけなんだから」

「同じだよ。聞く奴がいるから、しゃべる奴が出てくるんだ」

不愉快な気分のまま立ち上がり、封筒を電話台の引き出しにしまったとき、まるでタイミングを計ったかのように電話が鳴った。奥さんはあわてて「私が出るから」と腰を浮かせかけたのだが、なにしろ山崎さんは電話の前に立っているのである。

受話器を取り上げると、こちらが名乗る間もなく先方の声が耳に飛び込んできた。

——お母さん、ねえ、もう、どうしよう、私……。

万里の声。

泣きじゃくっている。

山崎さんは困惑して息を呑み、万里はまだ電話に出たのが母親だと思い込んでいるのだろう、しゃくりあげながらつづける。

——どうにもならないのよ、向こうがハンコ捺《お》さないっていうんだもん……意地になっちやってるの、ねえ、どうすればいいと思う？　もう頭の中ぐちゃぐちゃ……。

仕事のことだろうか。まず最初に思った。契約が取れなくて落ち込んでいるのかもしれない。

だが、その予想はすぐに覆された。万里はつづく言葉で、山崎さんの初めて聞く男の名前を口にしたのだ。

――康彦さんは絶対に別れるからって言うのよ、でも、もう信じられないでしょ。待ちきれないよ、私。このままじゃ、あの人のこと全部信じられなくなっちゃうもん……お母さん、聞いてる？　お母さん？

こめかみから血の気がひくのがわかった。

奥さんは山崎さんの背後から心配そうなまなざしを向けている。黙って受話器を渡せばいい。よけいなことはなにも言わず、訊かず、あとで奥さんに説明させればいい。そうすべきだ。そうしなければ、ならない。

頭の中ではわかっていても、感情の高ぶりが理屈の筋道を引き裂いてしまった。

「万里！　どういうことなんだ！」

怒鳴った瞬間、こめかみが一気に熱くなり、それからまたすうっと冷たくなった。

電話はそのまま向こうから切れた。

山崎さんは受話器を静かに電話機に戻して、奥さんを振り向かずに「何度もかかってきてたのか」と訊いた。返事はなかったが、小さくうなずく気配が伝わる。

「……相手には、家庭があるんだな」

これも返事はない。黙っていることが、答えだった。

6

寝苦しい夜になった。うとうとしたかと思えば、すぐに目が覚めてしまう。一度断ち切られた眠りの糸は結び直すのに時間がかかり、寝返りひとつであっけなくまたほどけてしまう。

雨戸をたてた窓の外から新聞配達のミニバイクの音が聞こえたのをしおに、あきらめて布団から起き上がった。

怒っているわけじゃないんだ。自分の胸の内を確認して、隣の部屋で眠る奥さんの気配を探った。電話口で万里に怒鳴ってからは我ながら不思議なほど冷静だった。むしろ奥さんのほうが、この何週間かの胸のつかえが取れたせいか、興奮した口調で経緯をまくしたてた。

不倫ではないし、愛人関係でもない。万里は母親に交際を打ち明けたときからずっと、そう繰り返している。相手の男は三十代半ばで、幼稚園に通う息子もいるのだが、すでに家族とは一年近く別居中だ。男は万里と知り合って間もない頃にその事情を説明し、妻とは離婚の話し合いを進めている最中だと言った。三月の半ばに正式にプロポーズされ、万里もそれを受け入れる気持ちになっていたのだが、肝心の離婚がいっこうに進まない。妻が離婚届に判を捺さないのだ。

万里は子供を引き取ってもいいと言った。相手の男も、慰謝料や養育費はじゅうぶんなことをするつもりだった。しかし、妻は「離婚はしない」の一点張りで、いまでは話し合いにすら応じなくなってしまった。万里は男に早く離婚をしてくれとせきたてるのだが、話がこじれてしまったせいか、最近男の態度が煮え切らなくなってきたのだという……。

山崎さんは服を着替え、足音を忍ばせて階下に降りた。奥さんはまだぐっすり寝入っているようだった。ゆうべは遅くまで一人でキッチンにこもっていた。

散歩用のウインドブレーカーを羽織って外に出る。午前五時。空はもう明るい。うっすらとかかった朝もやが街並みの色と輪郭をやわらかく見せている。

ふだんの散歩よりゆっくりした足の運びで歩きながら、銀座で会ったときの万里の涙を、まるで乾きかけたカサブタを爪でひっかくように思い出した。あの日の電話は、相手の、康彦とかいう男からのものだったのかもしれない。

なぜ――。疑問ではなく、もどかしさが胸をよぎる。

なぜ、万里はなにも話してくれなかったのだろう。

「あなたに怒られるのが怖かったのよ」と奥さんが代わりに答えたのだった。「十歳近く年上で、しかも妻子持ちの男の人なんて、あなた絶対に怒るでしょ？　相談に乗るとか、そういう段階までいく？　万里は離婚の話がきちんと片付いてから、あなたに紹介するつもりだったのよ。いまみたいな状態であなたに話したら、まとまるものもまとまらなくなっちゃうから」

奥さんの、というより万里の判断は、たぶん正しい。

それを認めたうえで、しかし、話してほしかった。相談が嫌なら一方的な報告でもいいし「どんなに反対しても、結婚するからね」という宣言でもいい、とにかく万里の口から聞きたかった。万里に直接「お父さんは許さんぞ！」と怒鳴り声をぶつけたかった。

あの日、なにも気づかなかった自分が歯がゆい。万里のために気づいてやれなかったことが、悔しくてたまらない。奥さんのこともそうだ。きっとポーカーフェイスのほころびはいくつも覗いていたはずなのに、なぜ気づかなかったのだろう。

万里の結婚の話よりも、そのほうがショックだった。

俺は、ほんとうにいつか、ある日突然、妻や子供たちに別れを告げられ、ひとりぼっちになってしまうのかもしれない。その兆しはすでに、まなざしの死角で、見え隠れしているのかもしれない。別れる理由も、死角に入っていたら。別れる理由に気づかなかったということが新たな別れの理由になり、それもまた死角に入っているのだとしたら。俺は、瞳の裏側で、自分がひとりぼっちになった光景を見ることになるのだろうか……。

考えを巡らせるうちに少しずつペースが落ちていった足の運びは、ここで完全に止まってしまった。寝不足の疲れがいまになって体の芯からにじみ出てきて、腰が鉛をつけたように重い。

我が家まではあと少しの距離だったが、まっすぐ家に帰りたくなかった。もう少し歩いていたい。一人で考えていてもどうにもならないことはわかっていても、いまは奥さんと話すより、自分自身の寂しさとももどかしさともつかない思いと向き合っていたい。

歩きだす。腰に手をあてて、後ろから押すように軽く叩く。

1班のブロックを通り過ぎて、道路を、斜めに渡った。

いつもの気合いが聞こえてきた。腕時計を見ると、午前五時半を少し回ったところだった。パトカーが永田さん宅の前に停まる日は、もうさほど遠くないのかもしれない。

庭を覗ける位置まで来て、足を止めた。植え込み越しにサンドバッグを叩く永田さんの背中が見える。今朝は頭にタオルを巻き付けている。

なにかを殴るというのは、そんなにも気持ちがいいものなのだろうか。なにかを殴らずにはいられない、それはどんな気持ちなのだろう。

銀行の同僚に一人、酒に酔うと必ずゲームセンターのパンチングボールを叩いて帰る男がいた。デジタル表示される点数には見向きもせず、一ゲーム三発のパンチを立てつづけに放って、すっきりした足取りで終電間近の駅に急ぐのだ。

山崎さんは、子供時代はともかく、社会に出てから殴り合いの喧嘩は一度もしていない。子供たちを平手打ちで叱ることもなかった。おそらく今後も、誰かを殴るようなことはないだろう。

永田さんの背中を見つめながら、両手を握りしめてみた。やわらかい拳だ、と思った。

「せいやっ！」の声が、不意に止まった。永田さんは右の拳をサンドバッグにぶつけるのと一緒に体ごと前に倒れ込み、サンドバッグに抱きついた。肩が激しく上下に揺れている。

「だいじょうぶですか？」

思わず、声をかけてしまった。

永田さんは両腕をサンドバッグに回したまま、きょとんとした顔で振り向いた。山崎さんに気づくと、勝手に庭を覗き込むなと言わんばかりに顔をしかめる。ジャージの胸は汗で濡れていたが、べつに具合が悪くなったような様子はない。

山崎さんは自分でも予想外だった展開に戸惑いながら、小さく会釈を送った。

だが、永田さんはしかめつらのまま、肩で息を継ぎながら「なにかご用なんですか？」と詰問する口調で言った。

「いや、あの……」

「休んでただけですから、かまわないでください」

タオルを頭からはずして顔の汗を拭き、ゆっくりと深呼吸して息を整える。

山崎さんは、まだその場にたたずんだままだった。町内会のことや定年離婚のことや万里のことが困惑した頭の中で切れ切れに巡り、再び永田さんがこっちを見てなにか言いかけたとき、勝手に声が出た。

「申し訳ないんですが……サンドバッグ、一回叩かせていただけませんでしょうか」

「はあ？」

聞き返したいのは、山崎さん自身も同じだ。

「なんですか？　あなた」

永田さんが訝しげに、いや、はっきりと警戒心を込めて見つめてくる。

「叩いてみたいんです、一発だけでけっこうですから、お願いできないでしょうか」

自分の声を聞いて初めて自分がなにを口にしたかを知り、その言葉をなぞることで胸の内の思いがなんだったかがわかる。音と映像のずれたテレビの画面を観ているようだった。

「お願いします」

山崎さんは頭を下げた。両手の拳は、やわらかいなりに、まだ固まったままだった。

永田さんは無言で山崎さんをしばらく見つめ、ふと思い出したようにタオルで額の生え際の汗を拭《ぬぐ》った。

そして。

「どうぞ」と、低くかすれた声で言った。

玄関先からそのまま庭に出て、あらためて挨拶をしようとしたら、永田さんはテラスに腰をおろして「早くやってください」とサンドバッグに顎をしゃくった。あいかわらず顔は仏頂面で、声にも愛想のかけらもない。それでも、まなざしの険は少し薄れたようだ。

山崎さんはサンドバッグの前に立った。厚手のキャンバス地は、ちょうど拳の当たる位置がうっすらと黒ずんでいた。奥さんの名前は書いていない。あたりまえだ。山崎さんには、わかる。奥さんなど殴るものか。永田さんが拳をぶつけている相手は、目に見えたり、これだと名指しできたりするようなものではない。

永田さんの見よう見まねで正拳突きの姿勢をとりかけたが、途中で思い直して、ボクシングのファイティングポーズに変えた。昔、ときどき読んでいたボクシング漫画のことを思い出した。『あしたのジョー』といったっけ、たしか。若い部下に勧められて読んだのだった。「燃え尽きて真っ白な灰になるまで闘うっていうところが泣かせるんですよ」とその部下は言っていた。ずいぶん大袈裟なことを言う漫画だと思っていたが、いま、この瞬間になって、妙に胸に沁《し》みる。

左拳を鼻先に、右拳を顎の下にかまえたまま、サンドバッグの黒ずみをじっと見つめる。

「うおおおおおお——っ！」

喉がちぎれそうなほどの大声を張り上げて、右腕を思いきり前に突き出した。体の重みをすべて預けた。拳は黒ずみの真ん中に吸い込まれ、その瞬間、激痛が右腕を貫いて肩の奥で弾けた。

目の前が暗くなった。

ゴリッという鈍い音が、痛みに少し遅れて拳から耳に届いた。

永田さん、あなたはきっと、あなた自身を殴っていたのだろう——。

胸の片隅でくすぶっているものを燃やし尽くしたい。

真っ白な灰になってしまえばいい。

山崎さんの手首を親指と人差し指で挟んで支えた永田さんは、「突き指と捻挫《ねんざ》っていうところですね、ひびは入っていないと思うけど」と言って、指で挟む位置をゆっくりと手の甲から先のほうへ移していった。

中指の付け根の関節に永田さんの指が触れたとき、飛び上がるような痛みが走った。手首も痺れたように痛み、赤紫色になった手の甲は、脈打つごとに腫れが増していく。

「しかし、無茶ですよ、いきなりあんなふうにやるなんて。サンドバッグ叩くの初めてなんですか?」

「……すみません」

「まいっちゃったなあ」

そこまでの口調は、最初に言葉を交わしたときと同じ、ぶっきらぼうなものだった。だが、山崎さんがもう一度うめき声で謝ると、張り詰めていたものが消え失せたように、しかめつらがゆっくりとゆるむ。

「それにしても、おたく、すごいパンチでしたね。相手が人間だったら、ノックアウト間違いないですよ」

褒められているのだろう、たぶん。

「私も、負けてられないなあ」

褒めたのではない、受け入れてくれたのだ、と知った。

「ちょっと待っててください、湿布薬探してきますから」

永田さんはテラスから家の中に入り、戸棚を開ける音とともに「よかったら、上がっててください」と言った。

「……ほんとうに、すみませんでした」

テラスに面した部屋に、尻から上がった。こざっぱりと片付いた和室だった。永田さんは戸棚から出した救急箱の蓋を開けながら、「痛かったら横になっててけっこうですよ」と言ってくれたが、さすがにそこまでは甘えられない。左腕で右腕を抱きかかえ、入ってすぐのところにあぐらをかいて座った。手首から先だけではなく、肘や肩、背筋まで攣《つ》ったように痛みだしていた。

「おかしいなあ、湿布薬切らせちゃってたかなあ」

永田さんはひとりごちて首を傾げ、戸棚の別の引き出しを開けた。

「私もね、最初はおたくみたいに手首を痛めたり突き指したりしてたんですよ。毎日湿布薬のお世話になってましてね」

「空手、ずっとやられてるんですか？」

「いやいや、まったくの我流ですよ。去年の暮れから始めたんです。定年退職しちゃったんで、体がなまるといけないと思って」

黙ってうなずくと、胸に溜まっていた重みと苦みが、喉のほうに迫り上がってきた。

「おたくはまだ現役で働いてらっしゃるんですか」

「いえ、私も半年前に……」

「ああ、じゃあ先輩ですね」

しゃべっていたほうが痛みが紛れる。だが、そのぶん、よけいなことを考えてしまう。さりげなく視線を巡らせて部屋に家族の名残を探している自分に気づき、いま俺はひどく残酷なことを永田さんにしているんだぞ、と思う。

「とりあえずタオルを濡らしてきますよ」

遠慮して断る間もなく、永田さんは小走りに部屋を出て行った。

蛇口から流れ落ちてシンクを叩く水の音を聞きながら、山崎さんはまなざしを部屋の隅の一点に据えた。文机がある。本や雑誌が何冊か積み重ねられた横に、ミカンが置いてあった。ネットに入ったまま、数個。いっとう手前のミカンの皮が白く黴《か》びていた。

ひとりぼっちの部屋でミカンの皮を剝く初老の男の姿を思い浮かべた。男の顔は見えない。誰かに似ているような、誰にも似ていないような、そんな男が黙ってミカンを食べている。

濡れタオルを手に部屋に戻ってきた永田さんは、「すみません、やっぱり湿布薬見つからないなあ」と申し訳なさそうに言った。あらためて向き合ってみると、意外と人なつっこい顔をしている。現役時代にさほど出世したようには見えないが、きっと仕事ぶりは実直だっただろう。そして、これもきっと、「趣味」や「お洒落」とは無縁だったはずだ。

山崎さんはタオルを受け取って、手首から先を覆った。

「どうですか？　もしあれだったら、氷でも……」

「いえ、だいぶ楽になりました」

せいいっぱいの感謝を込めた笑みを送ると、永田さんはふと目をそらし、まるで台本を棒読みするような抑揚のない声で言い添えた。

「今日ね、女房が出かけちゃってるんです。私、家のことがよくわからないんですよ」

まだ、午前六時にもなっていない。

いつ練った台本かは知らないが、永田さんは、嘘が下手な人なのだろう。多少は見栄っ張りなのかもしれない。誰かのように。誰ものように。どこにでもいる、顔と名前のない男が、山崎さんの瞳の表と裏を行きつ戻りつする。

山崎さん、顔をゆがめ、小さくかぶりを振った。

7

「それで……どうなったの?」

万里は二杯目のコーヒーに砂糖を溶かし込みながら、長い話のつづきを訊いてきた。

山崎さんは「その先はないんだ、話は終わり」と笑った。

「うそ、あるんでしょ? 永田さん、お父さんが首を横に振ったことに気がついたわけ? 教えてよ、ここからが大切なんじゃない」

「大切なところだから、あとは自分で考えろよ」

「なに、それ」

頬をふくらませる万里を見て、山崎さんは笑顔のまま、コーヒーを一口啜る。慣れない左手で持つカップはかすかに震え、コーヒーが波打っている。だが、右手は昨日ようやくギプスが取れたばかりだ。二週間かかった。手首の捻挫が治るまでに。そして、万里を、あの日キャンセルになったコーヒーのとびきり旨い喫茶店に誘えるようになるまでに。

「ほんとうは、お父さん、首を横に振らなかったかもしれない。うなずいちゃったかもしれないんだ。よく覚えてないんだよなあ、手首が痛くて気絶しそうだったから」

「じゃあ、どっちにしても、そのままだったの？」

「ああ。タオルでちょっと冷やして、すぐに家に帰った。お母さんに怒られちゃったよ、朝っぱらから黙って家を出ちゃったから」

「永田さん、気づかなかったんだあ……なんか、かわいそうだね、タネの割れてる手品をつづけてるみたいで」

気づいても気づかないふりをすることだってあるんだぞ、ばれてる嘘をつきつづけなきゃいけないこともあるんだぞ、オトナの心は複雑なんだからな。それは口に出さず、代わりに、さほど大切ではない後日譚を話した。

結局、サンドバッグの件はそのままで終わった。くぬぎ台の主婦たちの情報網が、駅前の不動産屋に永田さん宅の売り広告が出ていることをキャッチしたおかげだ。売り値は相場よりかなり安く、広告には〈格安！〉の文字が二ヵ所で躍っていたという。買い手はすぐにつくはずだ。広告が出た当日にさっそく隣町の歯科医が下見に来ていたらしいと、これも奥さんがスーパーマーケットで仕入れてきた。ご近所の辛抱も、ゴールデンウィークまでだろう。

永田さんがどこに引っ越していくのかは知らない。離婚の理由もわからずじまいだった。山崎さんは散歩のルートをいままでどおりに戻し、3班のブロックは通らなくなった。

「ちょっと冷たいんじゃない？　それ」と不満そうに言う万里は、もう少しオトナの、いやオジサンの心理を勉強する必要がある。子供の頃から生意気な口をきくことの多かった万里は、「おじいさんの心理でしょ⁉」と言い返すだろうか。

「それにしても手首の捻挫なんてねえ……」

「『あしたのジョー』になったつもりだったんだけど、やっぱり体にガタが来てるんだなあ。長くないぞ、お父さん」

「またあ、そうやって同情引こうと思ってるでしょ。お父さんなんて『きのうのジョー』なんだから、もうあんまり無理しないでよ」

「わかってる、うん」

「でも、後遺症とかはだいじょうぶなの？　お母さん心配してたよ、八十や九十になって急に後遺症が出てきたら大変だ、って。そんな歳で右手が動かなくなったりしたら、私やお姉ちゃんだって困るんだからね」

そうか、とコーヒーをさらにもう一口。九十まで連れ添ってくれるつもりのようだな。喉に沁みるコーヒーの苦みが、少しまろやかになった気がした。

しばらくそんな調子のおしゃべりがつづき、先にコーヒーを飲み終えた万里は、不意に居住まいを正して言った。

「ちょっと真剣な話、していい？」

「ああ……」

山崎さんも、それを待っていた。

「永田さんって、奥さんのこと恨んでたの？」

「おまえはどっちだと思う？」と逆に訊いてみたが、返事はなかった。まっすぐなまなざしで山崎さんを見つめるだけだ。

「恨んでないよ」と山崎さんは言った。

「なんでわかるの？」

「お父さんは、もしお母さんに離婚されても、恨んだり憎んだりはしない。永田さんも同じだよ。みんな、同じだと思う」

万里は黙って山崎さんを見つめ、つづく言葉を待っている。

山崎さんは一呼吸置いて、静かに言った。

「その代わり、悔やむよ。ずうっと悔やむよ。それは、人を恨むとか憎むとかっていうことより、ずうっと、深い傷なんだ」

「……うん」

「おまえの恋人の奥さんも、悔やむ。それはわかるよな？　おまえたちは、一人の人間に一生消えないかもしれない傷を与えて、結婚しようとしてるんだ。相手の家庭がどうだったかは知らないけど、家族や夫婦が生きてきた歴史が、なくなるんだ」

「だから私に別れろって言うの？」

「違う。覚悟をしろと言ってるんだ。自分の陰で誰かが悔やんでるっていうことを絶対に忘れるな。今日はお父さん、賛成も反対も関係ない、それだけ、おまえに言いに来たんだ」

万里は最後まで目をそらさなかった。瞼がひくつき、睫が小刻みに揺れていたが、涙はこぼさずにじっと耐えている。

それでいい。おまえはもう泣いてはいけない。涙を流す資格は、断ち切られてしまった夫婦の日々を悔やむ人に譲らなければならない。

山崎さんはコーヒーの残りを飲み干した。がんばれ、という言葉が声になる前に、ほろ苦いコーヒーと一緒に喉の奥に流れ落ちた。

そして、咳払いをひとつ挟んで、くぬぎ台から二時間かけて銀座まで出てきた、もうひとつの用件を口にする。

「今日、お父さん、夏物のシャツを買おうと思ってるんだけど……見立ててくれるかな」

一瞬きょとんとした顔になった万里は、風船がしぼむように笑いながら、何度もうなずいた。

「思いっきり派手なのにしてあげるね」

弾みをつけて椅子から立ち上がる。

ふわっと、小さな風のかけらが山崎さんの頰をくすぐる。

山崎さんも追いかけて席を立った。伝票を取り上げる仕草に紛らせて、こっそり、ファイティングポーズをとってみた。

第四章　夢はいまもめぐりて

1

つらい話を聞いた。電話口で相槌《あいづち》を打つごとに気が滅入ってしまい、受話器を置いたときにはため息をつくだけでは収まらず、いがらっぽいうめき声も漏れた。

「どうしたの？　なにかあったの？」と訊いてくる奥さんを、「なんでもない。人の電話を横から聞いたりするなよ」と叱り、乱暴な仕草で居間の座椅子に腰をおろした。あぐらをかいた両膝を小刻みに揺すり、飲みかけのまま長電話の間にすっかり冷めてしまったお茶を啜っては、空咳《からせき》を繰り返す。

腰から下が落ち着かない。ゴールデンウィーク明けにコタツを片付けて、ちょうど一週間である。五月半ば。夜は、まだ肌寒い。しかし、いまの居心地の悪さは、そのせいではなかった。

「気をつけろ」と言われた。「おせっかいかもしれないけど、ひょっとしたら東京に来るかもしれないし、なにかあってからじゃ遅いから」

同窓会名簿を頼りにかかってきた電話の主は、中学時代の同級生だった。新潟県の山間《やまあい》にある故郷の町で父親の代からの建材店を営み、町会議員も務めている。冗談を言うような男ではないし、実際、冗談にしてはあまりにもタチの悪い話だった。

ポットを持って台所から居間に戻ってきた奥さんが、黙ってお茶をいれかえる。以心伝心とまではいかなくとも、いまの山崎さんがすこぶる不機嫌であることを察して、さりげなくテレビのボリュームも下げた。

山崎さんは熱いお茶で唇だけ湿し、ナイター中継のテレビを見るともなく眺めながら、聞こえなければそれでもいいというつもりでぽつりと言った。

「中学の頃の同級生が、詐欺師になっちゃったよ」

声は奥さんの耳に届いたようだった。急須を手に持ったまま、驚いた顔で山崎さんを見る。

山崎さんはテレビから目を離さずにつづけた。

「寸借詐欺っていうのかな、たいした金額じゃないんだけど、田舎の同級生もだいぶ被害に遭ってるらしい」

声の尻尾が揺れた。やはり話すべきではなかった。言葉にして口に出すと、苦みが胸に満ちてくる。

「なんで？」と奥さんが訊いた。

山崎さんは「知るもんか」とだけ答え、あとはもう黙りこくってしまった。

詐欺師になった同級生の名前は、岸本という。故郷の町に借りていたアパートが先週引き払われたと町会議員は言っていた。他の同級生たちが警察に届け出ようとするのを、被害額も少ないし昔の仲間なんだからとなだめているのだとも、これは少し自慢げに。

テレビの画面ではジャイアンツの投手陣がめった打ちをくらっていた。ベンチで腕組みをする長嶋監督の顔が大写しになった。白髪と皺《しわ》、垂れ下がった頰には染みも浮いている。同い歳の長嶋茂雄も、年老いた。一つ年下の美空ひばりや二つ年上の石原裕次郎は、すでにこの世を去ってしまった。

満六十歳。山崎さんも、同級生も、みな還暦を過ぎた。長女の千穂と次女の万里はそれぞれ三十歳と二十六歳になった。千穂の家には、孫の男の子が一人。もう「おじいちゃん」だ。町会議員の電話にも、幼い子供が部屋で遊ぶ笑い声が交じっていた。

「岸本が、なあ……」

わざと声に出してひとりごちた。ずっと故郷の町を離れていた男だった。新潟市、長岡市、大阪や名古屋にも住んでいたことがあるらしい。一年ほど前にふらりと帰郷して、安いアパートで一人暮らしをしながら河川工事の現場で働いていたのだという。

もう一度、今度はよそよそしい苗字ではなく、昔どおりに呼んでみた。

「チュウが、なあ……」

つぶやく声が内側から耳に届く。

山崎さんは「ターちゃん」だった。山崎隆幸、「タカユキ」のターである。そのあだ名で呼ばれなくなって、もう何年、いや何十年になるだろう。

目をつぶると、故郷の風景が暗がりに浮かび上がる。ここ十年ほどは両親の墓参り以外に訪れることのなくなった故郷の町は、冬が長く、秋の訪れが早い。町会議員は本題を切り出す前に、今朝も遅霜がおりたと言っていた。

岸本の名前は「忠義」という。いかにも昭和十一年生まれ、忠君愛国の少国民らしい名前である。正しくは「タダヨシ」と読むのだが、仲間内では「チュウ」で通っていた。

小柄な体で、いつもちょこまかと動き回っていた。よく言えばすばしっこい、悪く言うなら落ち着きのない男だった。いたずら小僧ではあったが、ガキ大将というのではなく、そのまわりにくっついて、使い走りの役に甘んじるのと引き換えに喧嘩のときには虎の威を借る、そういう男だ。おしゃべりで、陽気で、勉強が不得手で、よく嘘をついた。

チュウの家には父親がいなかった。太平洋戦争で戦死した。空母『翔鶴《しょうかく》』の乗組員だったとチュウは言っていたが、クラスの誰も信じてはいなかった。きょうだいが六、七人いて、チュウはその真ん中あたりだった。中学に入学して山崎さんと知り合った頃、母親は紡績工場で働き、長兄は町役場に勤めていたはずだ。チュウの服は、おそらく兄貴のお下がりなのだろう、サイズが大きすぎるものばかりだった。袖口や襟元がてかてか光っていた、その光り具合と緑がかった色合いを、なぜだかはっきりと覚えている。

あの頃はどこでもそうだったが、チュウの家は仲間内でも特に貧しかった。田んぼを持っていなかったか、持っていても一家を養うには足らなかったのだろう、白い飯を食べているのを見たことがない。弟妹の誕生日や客のある日には、母親が近所に頭を下げて米を分けてもらっているのだと、いつかチュウの幼なじみから聞いたことがある。

あだ名のチュウのほんとうの由来も、その幼なじみに教わった。「忠義」の「チュウ」ではない。人の家の台所に忍び込んで米びつを漁る、ネズミの「チュウ」。

あいつは手癖が悪いんだ。嘘つきで、どろぼうなんだ。

幼なじみの口調は、言葉のわりには優しかった。彼にかぎらない、故郷の仲間たちはみんなそうだった。チュウの嘘や手癖の悪さを、あきれたりうんざりしたり怒ったりしながら、結局は受け入れていたのだ。

だが、いまはもうみんな子供ではない。還暦を過ぎたのだ。嘘は詐欺、手癖の悪さは窃盗と呼び方が変わる。チュウひとりきり、子供の頃のままだったのだろうか……。

町会議員は、チュウの詐欺の手口についても教えてくれた。孫を狙うのだという。正確には、孫に好かれたいと思う祖父母の心を狙うのだ。

チュウが目をつけたのはトイレだった。

山崎さんの故郷は小さな町で、ほとんどの家のトイレは昔ながらの汲み取り式である。都会暮らしの子供には、ぽっかりと薄暗い穴の開いた汲み取り式のトイレが怖くてたまらない。しゃがむだけでも半べそをかき、いわゆる「お釣り」が返ってきたりしたら、もうおしまいだ。たかが尻をちょっと汚しただけで泣いてわめいて大騒ぎになり、しまいには「もう、おじいちゃんちになんか行きたくない！」となってしまう。実際、なにかの統計では、トイレが水洗でないということが祖父母の家に孫が泊まりたがらない理由の上位に挙げられているそうだ。

チュウは子供たちが都会に出ていった同級生の家を訪ね歩き、世間話や思い出話の合間にトイレにたってその家が汲み取り式だと確認してから、帰り際に件《くだん》の統計の話を持ち出して浄化槽水洗に換えるよう勧める。

一日で勝負をつけないところが小狡《こずる》さだ。相手が「そう言われてみればそうかもなあ」と、なんとなくその気になったあたりでいったん引き揚げ、翌日か翌々日に「例の話なんだけど、相場よりずっと安く工事ができるツテがあるんだ……」とあらためて声をかけるのだ。工事の申込金、それがつまり詐欺の被害額になる。

十万円、二十万円なら相手だって警戒する。だが、チュウが架空の業者に成り代わって請求するのは、一万円だ。消費税込みで一万五百円にするあたりが芸の細かさと言えば言えるのだろうが、それにしても、いかにもみみっちい詐欺である。申込金を受け取ったきりのらりくらりと言い逃れをつづけるチュウに電話をかけて催促する、その手間さえばからしくなるほどの金額だ。

「相手の家を訪ねるときには手土産まで提げてるんだぞ。まともに工事現場で働いたほうがよっぽど率がいいのになあ」

町会議員はあきれはてた声で言って、「でも、六十過ぎたら工事現場で働くのもキツいかなあ、こないだの冬は寒かったし……」と少し寂しそうにつぶやいたのだった。

2

「もし留守中に電話がかかってきたら、絶対によけいなことは言うなよ。なにも知らないふりして、こっちからかけ直すからって、向こうの連絡先を訊いといてくれ」

翌朝、散歩に出かける前、服を着替えながら奥さんに強く命じた。

「どうするの？　やっぱり警察に……」

不安げな奥さんの言葉を「そんなことするわけないだろう」とさえぎった。「とにかく一度会って、話してみて、それからだ」

「そうよね、友だちだものね」

「……そうさ」

おろしたての半袖のポロシャツを着た。明るい水色のシャツだ。万里が銀座で見立ててくれた。価格は高かったが、なるほど着心地はかなりのものである。駅前のスーパーマーケットの洋品売場でワゴン売りしているシャツとは段違いだ。

「こういう色も意外と似合うのね」奥さんの評価も合格点だった。「五、六歳は若く見えるんじゃない？」

ふだんなら照れ隠しに「ばか、からかうんじゃない」ぐらい言い返すところだが、いまはその気力もない。ゆうべはなかなか寝付かれず、朝目覚めたときも体がひどく重かった。今日は散歩を休もうか、とさえ思った。定年退職して以来約七ヵ月、散歩が億劫《おっくう》になったのは初めてだった。だからこそ、少しでも気分を上向かせようと、よそゆきのつもりで買っておいたシャツにあえて袖を通したのだが——。

「万里のことも、なんとかしなくちゃね」

ポロシャツを見て思い出したのだろう、奥さんがぽつりと言った。

ああ、とうなずく山崎さんの声は、喉の奥が低く鳴っただけだった。

「やっぱり、相手の人にも会っといたほうがいいんじゃない？」

「わかってるよ、もういい、何度も言うな」

「だって、万里はいつでも連れてくるって言ってるのよ。いつまでも放っておいたら、万里の立場だって……」

「そんなことで駄目になるような付き合いだったら、それはそれでいいじゃないか。向こうの離婚の話もまとまらないうちに会ってどうするっていうんだ」

ばさばさと音をたててウインドブレーカーを羽織る。絵に描いたような頑固親父だ、と自分でも思う。頑固なだけでなく狭量でもある。ついでに言えば、きっと臆病でもあるのだろう。

理屈ではわかっている。いま誰よりもつらい思いをしているのは万里だ。奥さんの話では、離婚の件がこじれるにつれて相手の男への不信感も募りかけているらしい。不安で、孤独で、眠れない夜を過ごしていることだろう。そのうえ父親が背中を向けてしまったら、ほんとうに、どうしていいかわからなくなってしまうはずだ。奥さんに言われるまでもない、理屈の筋道はいつだって山崎さんに「ちゃんと二人に会ってやれ」と言う。だが、それができない。できない理由は、考えたくない。自分の心を掘り下げていくと、歯ぎしりしたくなるぐらい嫌な自分と向き合ってしまいそうだった。

ふさいだ気分のまま散歩に出た。途中で藤田さんと行き会って、とりとめのない世間話を交わしながら街を歩く。

坂の多いくぬぎ台ニュータウンを一丁目から五丁目までひと巡り。細かいルートはその日の気分によって変えるものの、くぬぎ台の外に出ることはない。たまには遠出をしてみてもよさそうなものなのに、区画整理された家並みが途切れたあたりになると、山崎さんも藤田さんも、他の定年仲間も皆、ごく自然に踵《きびす》を返してしまうのだ。

ふだんなら気にも留めないそのことが、今朝は妙にひっかかる。

まるで巨大な飼育ゾーンの中を散歩する動物のようなものだ。結局のところ、人間には身の丈にあった縄張りというものがあるのかもしれない……。

山崎さんは自嘲めいた口調で言って、「そう思いませんか？」と藤田さんに訊いてみた。

藤田さんは苦笑いで応じ、それから少し考えて、答えた。

「ある程度は、計算どおりなんですよね、それ」

「は？」

「計算なんて言うと語弊があるんですけど、くぬぎ台の外周は四車線道路でしょう、たぶん、そのせいだと思いますよ。人間って誰でも、ウインドブレーカーやジャージ姿で歩ける範囲があるんです。くぬぎ台の中はとりあえずご近所の感覚でも、外に出ていくにはウインドブレーカーじゃちょっと、っていう心理になるんですよ」

「そういえば、確かにそうですね」

「交通量から言えば二車線で十分なんですけど、入居する人のほとんどは都心に住んでいたわけですから、せめてくぬぎ台にまわりの田舎町とは違うんだというステータスを感じてもらわないと、東京の西のはずれのニュータウンじゃ商売にならないんです。それで、見えない壁をつくったというか、周囲とは意識的に一体感を持たせないようにしたんです」

「そこまで考えるんですか？」

「もちろん。僕らはプロですから。どこの家からもサンダル履きの行動範囲内になるように公園の場所を決めるとか、いろいろ考えてるんですよ」

藤田さんと話していると、ニュータウンというものが徹底的に理詰めでつくられた街だと思い知らされる。話を聞いて感心することも多いが、目に見えないものにコントロールされている気がしてぞっとするときもないわけではない。

「でも、どうしたんです？　急に」と藤田さんが話を戻して訊いた。

「ちょっとね、田舎のことを思い出しちゃって。私の田舎、新潟の奥の盆地なんですよ。山に囲まれた狭い町で、逃げ道がないっていうか、閉じ込められてる感じなんですよね。くぬぎ台の外に出かけないのも子供時代の影響かな、なんて考えちゃって」

「うちの田舎は港町だったんですけど、うん、わかりますよ、閉じ込められた感覚。地方から東京に出てきた人って、たいがいそうじゃないかなあ」

「私もね、べつに大志を抱いてたわけでもないんですけど、どうせ次男だし、このまま田舎で一生を送るのは嫌だなあって思って東京に出てきて、もう四十二年」

言葉の最後は、節をつけるように言った。藤田さんもそれに合わせて「いまじゃあ、ここがふるさとよ」とおどける。

「ふるさと……ってことになるんでしょうね」

「そりゃそうですよ、少なくとも子供にとっては、くぬぎ台がふるさとでしょう。おじいちゃんがいて、おばあちゃんがいれば、そこがふるさとですよ。ここは緑が多いし、空気もきれいだし、それでいて田舎っぽくない。最高のふるさとだと思いませんか？」

山崎さんは黙って、周囲の家なみを見渡した。豪邸とまではいかないが、瀟洒《しょうしゃ》な一戸建が洋風和風とりまぜて整然と建ち並んでいる。私鉄の急行停車駅から徒歩圏内でこれだけの落ち着いた環境を保っているニュータウンは珍しいのだと、藤田さんはよく自慢する。

だが、はたしてここは、ふるさとなのだろうか――。

「どうしたんです、山崎さん。さっきから元気ないみたいですけど」

「いや、べつに……」

「里心がついちゃったんじゃないですか？　よくいるんですって、ニュータウンに一戸建をかまえたのに、定年退職したら急に生まれ故郷に帰っちゃう人。実際、仕事からリタイアしたら、なんのゆかりもないニュータウンに住みつづける必然性も薄れますからねえ」

そう言われて初めて気づいた。子供たちを育てあげ、サラリーマン生活も終わったいま、くぬぎ台に住んでいなければならない理由はどこにもない。いや、それ以前に、東京で暮らす理由すら、いまはもうなくなってしまったのだ。

藤田さんはさっきの自信に満ちた口調から一転、ため息交じりにつぶやいた。

「ほんとうはね、僕らの間でも、そこがずうっと問題になってたんです。ニュータウンはふるさとたりうるか、って。値段をつけて売り買いするものがふるさとであるはずがない、って言う人もいました。まあ、そこまで言うのもなんですけど、確かにね、厳密な意味でふるさとかどうかを考え詰めていくと、やっぱりちょっと違うのかな、なんて……」

「どこが違うんでしょうね」

「さあ、結局わからずじまいでした。我が身でそれを嚙みしめられるのって定年になってからですから」

山崎さんはあらためて街を眺め、そのまなざしを遠景の山なみと五月晴れの空に放った。

四十二年前に上京したとき、この街はまだ雑木林の広がる丘陵地だった。鉄道も、道路も、くぬぎ台という名前すらなかった。自分の歳よりも若い街に暮らしはじめて、二十五年になる。

チュウには不思議な才覚があった。級友の母親になぜか気に入られるのだ。小柄な体が母性本能をくすぐるのか、母親たちが貧しいチュウを不憫に思っていたのか、学校ではみそっかす扱いだったチュウが、級友の家に遊びに行くと、級友本人以上に母親から歓待を受けるのである。

山崎少年の母親は、なかでも特にチュウをかわいがっていた。遊びに来ると必ず風呂に入っていけ晩ごはんを食べていけと誘い、風呂に入っている間に服の繕いもして、帰りには弟や妹に食べさせろと駄菓子を持たせる。チュウもさして遠慮することなく好意を受けていた。甘え上手のところもあったのだろう。ひょっとしたら、最初からそれが目当てで遊びに来たことも多かったのかもしれない。

3

チュウは中学三年生の終わり頃になっても、よく山崎少年宅に顔を出した。彼には高校に進む気など端《はな》からなかったし、たとえあっても、家計が許さなかったはずだ。

山崎少年が自分の部屋で受験勉強をしているのをよそに、チュウは茶の間に上がり込んで母親とラジオを聴き、お茶を啜り、蒸《ふ》かし芋を頬張る。たんに甘えっぱなしではなく、家のことを手伝ったり、「ターちゃんは秀才だから」などと言って母親を喜ばせる術も心得ていた。

正直なところ、うっとうしかった。思うように進まない受験勉強にいらだっているときはなおさらだ。悪い奴だとは思わないのだが、チュウの振る舞いを見ていると、むしょうに腹立たしくなる。チュウは自分の無口で引っ込み思案な性格につけ込んで母親に取り入っているのではないかという気もする。「あんたにチュウちゃんの半分でも愛想があるといいんだけどねえ」と母親はよく言っていた。そのたびに山崎少年は、冗談じゃないあんな小狡い奴、と露骨に顔をしかめて、「ほんとにあんたは無愛想なんだから」と点数をさらに下げてしまうのだった。

そんなある日のことだ。受験間際の、たしか土曜日の、午後だった。

山崎少年が一人で留守番をしているときにチュウが訪ねてきた。

玄関から「ごめんください」と声をかけてきたのではない。庭から黙って家に上がり込んだのだ。いつものことではあった。どうせ茶の間のコタツにもぐり込んで昼寝でもしながら母親の帰りを待つのだろう、山崎少年はそう思って自分の部屋に閉じこもったまま放っておいた。

しばらくすると台所のほうから物音が聞こえてきた。ガタガタと、戸棚や流し台の下を探るような音だった。

チュウ――。あだ名の由来が、一瞬、山崎少年の頭をかすめた。まさかそんなはずは、とは思わなかった。鉛筆を置き、部屋を飛び出したときには、疑いなく決めてかかっていた。部屋から台所へつづく薄暗い廊下を走りながら、怒鳴った。

「どろぼう！」

台所からチュウのあわてた声が返ってくる。違う違う、俺だよ岸本だよチュウだよ、と甲高い声をさらに高くして言った。水を飲もうと思ってコップを探していたのだと、早口でつづけた。

声は聞こえるが、廊下が途中で鉤形《かぎがた》に折れているせいで姿は見えない。山崎少年は曲がり角の手前で立ち止まった。その先を曲がれば台所を見渡せる。チュウが嘘をついているのかどうか、一目でわかる。

だが、山崎少年は、足を止めたまま、もう一度怒鳴った。

「どろぼう！」

繰り返し繰り返し、喉がひきつれるほどの声を出した。

「どろぼう！　どろぼう！　どろぼう！　どろぼう！」

台所から返事はなかった。井戸端に出る立て付けの悪い引き戸を開け閉めする音が聞こえ、それっきり物音も人の気配も消えた。

山崎少年は部屋に戻った。台所の様子を確かめる勇気はなかった。苦い粉薬を服《の》んだ後のように、舌の付け根がざらついていた。

ほどなく出先から戻ってきた母親は、一息つく間もなく台所に入って夕食の支度にとりかかった。山崎少年は足音を忍ばせて廊下に出て、さっきと同じ場所から台所の様子を窺った。母親が「あれ？」と不審そうな声をあげれば、すぐに駆け込んでチュウのことを話すつもりだった。

聞こえてくるのは、母親の鼻歌と鍋に水を汲む音だけだった。水音が包丁で野菜を刻む音に変わり、甘辛い醬油のにおいが漂ってくる頃になっても、山崎少年は廊下に立ち尽くしたまま動けなかった。舌のざらつきが、喉へ、胸へ、みぞおちへと広がっていく。膝が震える。板張りの廊下からたちのぼる夕暮れの冷気のせいだけではなかった。

その日を境に、チュウは山崎少年の家を訪ねなくなった。学校でもまったく話をしない。目が合うと、山崎少年のほうからうつむいてしまう。

母親にはなにも話せなかった。しばらくは母親も「チュウちゃん、最近なにやっとるんだろうねえ」と折に触れ口にしていたが、やがて高校受験や卒業のあわただしさに紛れて、チュウの名前が出てくることもなくなった。

山崎少年は、町の中学校からただ一人、旧制中学の流れを汲む県立高校に合格した。東京の自動車工場に就職の決まったチュウは、同じように中卒で社会に出る数人の同級生と一緒に上京した。クラス全員でチュウたちをバス停で見送ることになっていたが、山崎少年は風邪気味だからと嘘をついて出て行かなかった。チュウは走り出すバスの窓から身を乗り出してわんわん泣いていたと、あとで誰かに聞いた。

4

山崎さんの記憶のなかでチュウが次に登場するのは、五年後のことである。

山崎さんは二十歳になっていた。入行二年目の銀行員だった。東京暮らしも二年目になり、複雑な都電の路線図をようやく覚え込んだ頃。映画館では太陽族映画が次々に公開され、「もはや戦後ではない」と経済白書が宣言したその年の秋、母親が上京してきた。

生まれて初めての上京だった。バスに乗って隣町に出かけることさえめったになかった母親が、なぜ急に東京に行こうと思い立ったのか、あのときはどうしてもわからなかった。

上京の前日、銀行の独身寮に母親からの速達の手紙が届いた。平日だし忙しいだろうからなにもかまわないでいいという意味の言葉が、便箋一枚きりの文面に、くどいほど繰り返されていた。上野駅に早朝到着する夜行で来て、その日のうちにまた夜行で帰る。皇居と浅草を見られればそれでいい。とれたばかりの新米を少しばかり持って行く。帰る前に夕食でも一緒に食べられれば嬉しい。先の丸い鉛筆の文字で綴られた最後に、チュウちゃんに連れて行ってもらうので出迎えや案内の心配は要らない、ともあった。

チュウの奴、またウチに出入りするようになったのか――。

手紙を読んで真っ先に、おそらくは舌打ち交じりに、そう思った。

中学卒業間際の一件の負い目とは違う意味で、チュウをうっとうしく感じていた。

チュウは自動車工場を三年で辞め、高卒で上京した山崎さんと入れ替わるように帰郷していた。同僚の金を盗んで工場を馘《くび》になったという噂だった。帰郷してからも定職に就かず、ときどき営林署の臨時職員や農協のアルバイトなどで小遣い稼ぎをしては、新潟市に遊びに出かけているらしい。

そんなチュウを母親がまだ見限っていないというのが、どうにも不可解で、不愉快だった。

夕方の上野駅の雑踏に、母親がいた。いまでも残っているのかどうか、長距離列車の発着する櫛形《くしがた》のプラットホームから改札を出たところにあるホールが、待ち合わせ場所だった。母親が決めた。帰りの列車に乗り遅れてはいけないから、という理由だった。待ち合わせの時刻から夜行列車の出発時刻までは数時間あったが、隣町にバスで行くときでさえ停留所に三十分前には着いてしまう、そういう人だった。

母親はホールの隅のゴミ箱の横にしゃがんでいた。隣にチュウが、いつものとおり兄貴のお下がりなのだろう、ぶかぶかの背広姿で立っていた。母親は、故郷の寒さに合わせたのか、時季が早すぎる厚ぼったいオーバーを着込んでいた。慣れない化粧を念入りにほどこしたぶん、田舎芝居の白塗り役者のようになってしまっていた。母親もチュウも心細そうな顔で山崎青年を待っていた。気ぜわしく行き交う人混みのなか、二人のまわりだけ時間の流れが止まったような、というより二人だけ時間の流れから取り残されてしまったような感じだった。

山崎青年に気づいたのは、チュウのほうが先だった。ここだここだと山崎青年に手を振り、母親の肩をつついた。顔を上げた母親は息子を見て、心底ほっとした笑みを浮かべた。

そのとき、山崎青年はどうしたか。

オマヘハ顔ヲソムケタノダ——。

教科書を棒読みするような子供の声が、六十歳の山崎さんの体の奥底から響いてくる。文字も瞼の裏に浮かび上がる。ひらがなではなくカタカナ、「オマエ」ではなく「オマヘ」。そういう声だった。

キタナイモノデモ見テシマツタヤウニ、オマヘハ自分ノ母親カラ顔ヲソムケタノダ。

一瞬のことだ。すぐに山崎青年は母親に視線を戻し、仕事が思いのほか長引いて待ち合わせに遅刻したことを笑顔で謝った。母親は「忙しいのが一番だ、銀行員は人さまのお金を預かる大事な仕事なんだから、遊ぶ暇もないぐらい忙しいほうがいいんだ」と嚙みしめるように言った。

母親のかたわらにあった大きなボストンバッグを持ち上げると、驚くほど重かった。新米と味噌とカボチャとトウモロコシが入っている、という。

「風呂敷に包んであるから、かさばるけど持って帰って食べてくれるか?」

遠慮がちに、細い声で、悪いことをして謝るような口調だった。山崎青年は掌に食い込むボストンバッグの重さに顔をしかめながらおざなりに返事をして、「とにかくこんなところにいてもしょうがないから晩飯でも食いに行こう」と言った。

すると、母親は、さらに申し訳なさそうな顔になって、夕食の前に『虎屋』に連れて行ってほしいと言い出した。羊羹《ようかん》の老舗《しにせ》である。昔からずっと、一度でいいから食べてみたいと思っていたのだという。

「たしか赤坂にあったと思うんだけど」チュウが言った。「そっちのほう、俺、あまり詳しくないから」

山崎青年にしても、支店の受け持ち区域以外の土地勘はまったくない。だが、母親は、息子さえいてくれればもうだいじょうぶだというような表情を浮かべていた。上野駅からちょっと足を伸ばせば赤坂に着く、そんなつもりでいるようにも見えた。

それがむしょうに腹立たしく感じられた。

違フ、オマヘハソノ前カラ腹ヲ立テテヰタノダ。母親ガ東京ニ来ルトイフコトガ嫌デ嫌デタマラナカツタノデハナイカ。

認めよう。母親には東京に来てほしくなかった。東京で母親と会うことが、なにか大きなルール違反のような気がしてならなかった。子供の頃、忘れ物の弁当を届けに教室まで入って来られたときに似ている。怒る筋合いなどないことはわかっているのに、いや筋合いがないことでよけいに、腹立たしくなってしまうのだ。

親兄弟はもとより親戚を眺め渡しても、東京で暮らしているのは自分だけだった。右も左もわからない東京で、頼る者もなく、大学生のように気楽な立場でもなく、ふるさとの訛《なま》りを隠し隠し、里心を抑えつけながら働いているのだ。まだ半人前、昔ふうに言うなら丁稚《でっち》の段階である。前だけを向いていたかった。先のことしか考えたくなかった。東京で母親に会ってしまうと、その張り詰めた気持ちがいっぺんに萎えてしまいそうだった。

上野から地下鉄で赤坂見附に向かう間も、母親は窓の外の暗闇に怯えたように、おどおどしていた。上野駅ではさほど目立たなかった大きなボストンバッグが、込み合った地下鉄の車内では急に場違いなものになってしまった。オーバーからは、日なたの土のにおいがたちのぼっているようだった。

山崎青年は母親といっさい口をきかずに地下鉄に揺られた。母親も話しかけてこなかった。代わりにチュウが、ここが神田、ここが銀座、ここが新橋と、駅名を見ればわかることをいちいち大きな声で母親に説明してやっていた。周囲の乗客の視線が四方から刺さる。笑っている。田舎者が紛れ込んでいるぞ、と冷ややかに見下している。山崎青年は吊革につかまりながら少しずつ体の向きを変えていった。母親とチュウに背中を向けた。他人のふりをした。母親も息子のその態度に気づいているはずだったが、なにも言わなかった。背中に聞こえてくるのは、駅の名前を告げるチュウの声と、母親のか細い相槌だけだった。

地下鉄を降りて地上に出たら、近くに交番があった。『虎屋』の場所を尋ねようとチュウが言った。だが、山崎青年はさっさと先に立って進んでいった。交番のまわりには、いかにも遊び慣れたふうの若い男女が大勢いた。そんな連中の見ている前で道を尋ねるのが恥ずかしかったのが半分、残り半分は、母親やチュウには東京に暮らし慣れたところを見せたかった。

あてずっぽうに角を曲がり横断歩道を渡っているうちに、母親が少しずつ遅れはじめた。かまわず歩いた。むしろ、歩調をさらに速めた。

「ターちゃん！」

チュウが呼び止めた。中学生の頃と同じ呼び方をされて、思わずカッとした。にらみつける目で振り向くと、母親が路上にうずくまり、チュウがその肩を抱きかかえていた。

足にできたマメがつぶれてしまったのだという。慣れない革靴など履くからだ。しかも、その靴は近所の人から借りてきたものだった。それを聞いて、頭にさらに血がのぼった。うずくまったままチュウに体を支えてもらって傷口に唾を擦り込んでいく母親の背中は、踏みつぶしたくなるぐらい小さく、みすぼらしかった。自分と同じ年格好の通行人に追い越されるたびに、耳が熱くなった。

ここで待っていろと二人に言った。『虎屋』で羊羹を買ってくるから、ここを動かずに待っていろ。母親が「もういいから」と言うのも聞かず、一人で歩きだして、最初の角を曲がったところで足を止め、ピースを二本灰にしてから来た道を引き返した。

「もう、お店が閉まってた」

母親にもチュウにも目を向けずに言った。沈黙が怖くて、どうして昼間のうちに買っておかなかったんだと母親をなじった。

チュウがなにか言いたげな顔をしたが、母親はそれを制して「ごめんなあ、ごめんなあ」と何度も謝った。「ごめんなあ」が口から出るたびに、母親の背中がすぼんでいくような気がした。

オマヘハホンタウニ冷タイ男ダッタ、体裁バカリ気ニスル情ケナイ男ダッタ。

そこから先の記憶は急にあやふやになっている。また地下鉄に乗って上野に戻り、駅の構内か地下の薄汚れた食堂で夕食をとった。山崎青年はもっと上等な店で夕食をふるまうつもりだったのだが、母親が「ここでいい、ここで」と言い張ったのだ。たしか母親はざるそばを選び、チュウは餃子《ギョウザ》とビールだったか、いや、焼酎だったか、よく覚えていない。山崎青年はカツ丼を半分食べ残した。カツがひどく油臭かった。食事中に交わした会話も、母親が「東京は人が多いなあ」とくたびれはてた顔でつぶやいたことしか記憶に残っていない。

結局、故郷への土産は、駅の売店で買った草加煎餅《せんべい》になった。

「羊羹は重いから、煎餅のほうがかえってよかったよ」とチュウが慰めるように母親に声をかけていた。

駅のホームまで見送りに出たものの、そこでなにを話したかも忘れてしまった。おそらく母親が一人で、風邪をひくな、銀行の皆さんにかわいがってもらえ、酒を飲みすぎるな、と繰り返していたのだろう。

チュウとは、ほとんどなにも話さなかった。赤坂での山崎青年の態度を怒っていたのかもしれない。憤りは、中学卒業間際にまでさかのぼっていたのかもしれない。わからない。四十年も前のことだ。

二人が夜行列車に乗り込み、発車のベルがホームに鳴り響いた。

母親はガラス窓に顔を寄せて、じっと山崎青年を見つめていた。げんきでね、の形に口が動いた。どう応えていいかわからずに頬をあいまいに動かす山崎青年に、いいからいいから、というように何度も大きくうなずいてみせる。

列車が、ガクン、と最初に身震いして、ゆっくりと動き出す。

母親の顔が横に流れる。

ありがとう、と口が動く。

そのときになって、やっと、山崎青年は自分が母親に対してひどいことをしてしまったのだと思い知らされた。

列車と一緒になってホームを走りながら、叫んだ。

「『虎屋』の羊羹、正月に買って帰るから！　たくさん買って帰ってやるから！」

母親に聞こえたかどうかは知らない。

山崎青年はそれを確かめることも、約束を果たすこともできなかった。

わずか一ヵ月後に、母親が脳溢血で亡くなったからだ。

虫の知らせでもあったのだろうか。だから、突然東京に行ってみたいなどと言い出したのだろうか。

喜んでいた、と父親や兄は言った。東京は楽しかった、百姓の家に生まれ百姓の家に嫁いで、二人の息子を育て働きに働き詰めて、これほど楽しかったことはいままでなかった……。何度も繰り返していたらしい。隆幸が東京で元気でやっているのを見て、安心してぽっくり逝《い》ったのだろう。そんなふうに言う親戚もいた。おまえは自慢の息子だったから、とも。

チュウは母親の葬儀には参列しなかった。東京から帰ってきて何日もたたないうちに、大阪で仕事を探すと言って故郷から出て行ったのだ。ひさしぶりに都会の風にあたったせいで田舎にくすぶっているのが嫌になったんじゃないか、というのが仲間たちの見立てだった。

以来、チュウはずっと故郷を離れていた。母親の法要のたびにチュウの長兄を通じて日取りを伝えておいたが、なんの音沙汰もなかった。実家に帰省することも数年に一度あるかないかだという。

一周忌、三回忌、七回忌、十三回忌、そして三十三回忌もすでに終わった。

山崎さんは故郷の墓に入るつもりはない。近いうちに東京で分譲霊園を買う予定だ。新聞に広告が出るたびに、奥さんと二人で価格や交通の便を検討している。文字どおり、東京に骨を埋めるのである。

次男だからあたりまえだ。そう信じて疑わなかったことが、急に揺らぎはじめる。

オマヘハナゼ、故郷へ帰ラナカツタノカ——。

5

庭から、「いっちに、おいっちに」と拍子をとる奥さんの声が聞こえてくる。やわらかい声だ。笑い出したくてたまらないのを一所懸命こらえている。喉のどこをどう絞り、どこをどんな具合に開けば、そういう若づくりの声が出るのだろうか。

いっちに、おいっちに。山崎さんはそっとつぶやき、自分のしわがれた声を自分で聞いて、違うんだよなあ、と小首を傾げた。

「おじいちゃんもこっちに来れば？　ぽかぽかしてて、気持ちいいわよ」

濡れ縁に腰掛けた千穂が、居間のガラス窓を顔の幅だけ開けて、声をかけてきた。

「まあ……いいよ、あとで行くから」

土曜日の午後。千穂の一家が遊びに来て、ひさしぶりににぎやかな週末になった。庭では孫の貴弘がおばあちゃんによちよち歩きを披露し、それを娘婿の伸弘が八ミリビデオに収めている。

山崎さん一人、居間に残って、手持ちぶさたに朝刊を読み返す。ふだんなら一緒に庭に出て、植木鉢が危ないからどけろだのスズメバチが飛んで来ないか気をつけろだのと口うるさく言って、奥さんや千穂を辟易《へきえき》させているところだが、今日はいまひとつにぎやかに過ごす気にはなれない。

町会議員の電話を受けて、すでに十日目になる。チュウからの連絡は、まだ、ない。

「厄介事に巻き込まれずにすんでよかったじゃない」と奥さんは言うものの、このままではどうにも収まりが悪い。苦い記憶を胸の底から引っぱり出されたあげく、それにけりをつけることができないのでは、いわば思い出し損ではないか。

窓が開き、千穂が濡れ縁から入ってきた。

「どうしたの？　なんか機嫌悪そうだけど」

「そんなことないだろ」

「タカくんうるさいから疲れちゃうでしょ、ごめんね」

「なに言ってるんだ、だいじょうぶだいじょうぶ、男の子は元気なのが一番じゃないか」

笑って応えたが、千穂は、気持ちはわかるわよというふうにうなずき、声をひそめて言った。

「万里のことでしょ？」

子供の頃から早合点の多い、おっちょこちょいなところのある娘だった。

打ち消すのも面倒で黙っていたら、千穂は卓に身を乗り出してきて、さらに声を低くしてつづけた。

「その後どうなったの？」

「べつに、どうもなってないよ」

「相手の人、ちゃんと離婚できそうなの？」

山崎さんはかぶりを振り、「わからん」と言い添えた。

「向こうも意地になっちゃってるんだろうね、ああなると、もう、理屈じゃなくなるから」

「だろうな」

「でもね、ウチの人に訊いたら、なんとかなるみたいよ。民法が改正されて、何年か別居したら離婚が成立するんだって。もう決まったのかどうかは知らないけど、やっぱりね、戸籍だけ夫婦でも気持ちが離れたら……」

「ちょっと待て」口に運びかけていた湯呑みを卓に戻した。「おまえ、伸弘くんにしゃべっちゃったのか？」

「だって、そんなの隠すようなことじゃないでしょ」

「いや……それはそうだけど……」

しかめつらになった。勝手に舌が鳴る。仲弘くんは他人じゃないか、と喉元まで出かかった言葉をこらえた。

千穂はため息をつき、その息の尻尾で、「ねえ、お父さん」と言った。貴弘が生まれてからは千穂に「おじいちゃん」としか呼ばれなかった山崎さんが、ひさしぶりに父親として声をかけられた。

「お父さんは、万里のこと恥だと思ってるの？　みっともないことしちゃった、って」

「なに言ってるんだ。そんなこと思うわけないだろう」

「うそ、思ってるわよ、絶対」

山崎さんはむっとして押し黙った。黙ることで認めてしまった。

千穂はもう一度、今度は薄笑い交じりのため息をついた。

「お父さんってそういう人だもんね、昔から」

「なにがだ」声を荒らげた。「どういう意味だ、それ」

「人が良さそうに見えて、意外と冷たいところあるのよ。違う？」

山崎さんは、また押し黙った。

「私は、万里が悪いことをしてるとは思わないけどね。好きになった人にたまたま奥さんと子供がいたっていうだけなんだし、バツイチなんて、もう、ふつうなんじゃない？」

千穂はそう言って、腰を浮かせながら「相手の人と会ってあげたら？　このままじゃ万里がかわいそうだと思うけど」と奥さんと同じことを付け加えた。最初から返事はあてにしていなかったのだろう、無言でお茶を啜る山崎さんをちらりと見ただけで、三度目のため息とともに立ち上がる。

窓が外から軽くノックされた。振り向くと、伸弘が濡れ縁に片膝をついて、庭に出てきてほしいとうながすような仕草をしていた。

「お父さん、お客さん来たんじゃない？」と千穂。

「え？」

「お母さんが男の人と挨拶してるわよ」

山崎さんも立ち上がり、千穂が「ほら、あそこ」と顎をしゃくる先に目を移した。

玄関と庭の際に、男がいた。奥さんと話していた。野暮ったいグレイの背広、短く刈り込んだごま塩の髪、小柄な体、浅黒く日に焼けた首筋……。

千穂が窓を開けると、その音で客がこっちを向いた。山崎さんに気づき、嬉しそうに笑いながら手を振った。

チュウだ――。

二階で服を着替える山崎さんに、奥さんは心配顔で言った。

「ほんとうにだいじょうぶ？　やっぱり警察に連絡したほうがいいんじゃないの？」

「ばか、べつにこっちが被害に遭ったわけじゃないんだし、田舎の連中だって被害届も出してないんだぞ。いいから、おまえはよけいなことするなよ」

「それにしても、詐欺なんてするような人には見えないんだけど、逆にあいう人だから成功するのかもねえ」

庭から、貴弘の笑い声が聞こえてくる。チュウが肩車をしてやっているのだ。

チュウには孫がいるのだろうか。結婚したという話は聞かなかったし、帰郷したときは一人きりだったというから、たとえ結婚していたとしても幸せな家庭は築けなかったのかもしれない。

奥さんはタンスからハンカチを出して山崎さんに渡し、「懐かしいからって、あなたまで騙されたりしないでよ」と念を押した。山崎さんは黙ってうなずき、しかし、胸の中では違うことを考えていた。

近くまで来たので寄ってみた、とチュウは言った。それが四十年ぶりの再会の第一声だった。あまりにも不自然な口実だ。本気で詐欺をはたらこうとするのなら、もう少しうまい言い方があるはずだ。騙しに来たのではない。予感というより、確信に近い。チュウは、昔の友だちに会いに来てくれたのだ。

「どこで話をするの？」

「くぬぎ台じゃあ店もないから、電車で少し出るよ」

「そんなことするぐらいなら、ウチで話せばいいのに。どうせいまからタカくん連れてみんなで公園に行こうって話してたんだし、追い返すみたいで失礼じゃない？」

「いいよ、外で話したほうがいいんだ」

背広の内ポケットに入れた財布には、一万円札が数枚あるはずだ。電車で二駅の街はくぬぎ台よりひらけているから、昼間から酒を飲める店ぐらいあるだろう。

「それにしても、岸本さんも電話ぐらいしてから来ればいいのに」

「昔からそうなんだ。黙って縁側から上がり込んで、それでべつにかまわないんだ」

「あの人が？」

「いや……」背広の襟をピンと引っ張って整えた。「みんな、そうだった。田舎の友だちは、みんな同じだよ」

6

出がけに「ちょっと電車に乗るけど、寿司屋あたりで一杯飲《や》ろうや」と山崎さんが言ったときには「いいねえ」と応えたチュウが、駅前ロータリーの横断歩道を渡る段になって、急に「わざわざよそに行かなくてもいいだろう」と言い出した。

「突然訪ねてそこまで付き合わせるのも悪いしよ、こんな高級住宅街に来ることなんて、もう一生ないかもしれねえんだしな」

へへへっ、と鼻を鳴らして笑う。駅へつづく急な下り坂を並んで歩いているときにも、家並みをきょろきょろと見渡しては、いい街だいい街だと繰り返していた。

「喫茶店もないんだぞ、ここは」

「あそこでいい、ほら、看板が出てるだろ」

チュウが指差したのは、駅に隣接するスーパーマーケットの中にあるスナックコーナーだった。淡くブルーがかったガラス壁越しに、ハンバーガーを頬張る若者グループの姿が見える。その隣のテーブルでは、若い母親が子供たちに焼きそばを食べさせている。さらにその隣は、買い物の袋をいくつも足元に置いておしゃべりとアイスクリームの食べ比べに興じる中年の奥さん方だった。

「なんだよ、チュウ。せっかく来てくれたんだから……」

山崎さんは少し憮然として言った。

チュウはそれをいなすようにまた鼻を鳴らして笑いながら、「せっかく来たんだから、よそへは行きたくねえんだ」と言う。

「たいした街じゃないだろう」

「そんなことねえさ。街もそうだし、家だって立派なもんだ。なにせ天下の丸の内銀行だからな、同級生の出世頭だよ」

声にも表情にも皮肉めいたものは感じられなかった。

だが、横断歩道を渡り終えて、ふと思い出したように「俺は同級生の落ちぶれ頭だけどな」と付け加えて笑った、その笑い声は微妙に歪《ひず》んでいた。

まだ夕方には間があったが、毎週土曜日恒例の特売の時刻が近づいているせいか、スーパーマーケットはかなり込み合っていた。スナックコーナーの空席も窓際にひとつしかなく、通信販売のカタログでよく見かけるような安っぽい円テーブルは先客の食べこぼしたソフトクリームで汚れていた。

「ほんとうにいいのか？　こんなところで」

「上等上等。すました店より、こういうにぎやかな店のほうが気楽でいいんだ、俺は」

山崎さんがセルフサービスのカウンターでコーヒーを二杯注文している間に、チュウはテーブルに備え付けの紙ナプキンを何枚も使ってソフトクリームを拭き取った。カウンターからテーブルまではだいぶ距離があったが、チュウの手の甲が節くれだっているのがわかる。小柄な体に不釣り合いな、分厚い掌をしている。くぬぎ台の住人がほとんどの店内で、チュウの顔の浅黒さはひときわ目立っていた。

いくつも職を変わったすえに、四十歳過ぎからずっと工事現場で働いているのだと言っていた。大阪や名古屋だけでなく、全国の現場を転々としてきたらしい。「工事の仕事だけだったのか？」と山崎さんがカマをかけると、「まあ、いろいろな」と鼻を鳴らして笑った。子供の頃には、そういう笑い方はしていなかった。そして、たとえば銀行員なら、決して人前でそんなふうには笑わない。

バブル景気の頃は、東京にも一年あまり住んでいたらしい。「まわりがガイジンばかりだったから大変だったよ。ガイジンっていってもアジアな、アジアのガイジンさん」。東京で工事にかかわった建物の名前もいくつか挙げた。どれも有名なビルだった。有名すぎてかえって真実味が薄かったが、山崎さんはなにも言わなかった。

チュウの話し方に故郷の訛《なま》りはなかった。全国をまわっているうちに消えてしまったのか、意識的に消しているのかは、わからない。山崎さんも子供の頃のようには話さない。十八歳で上京して四十二年。もはや故郷のアクセントや言い回しでしゃべるには、頭の中で言葉を一度組み立て直さなければならなくなった。

二客のカップをトレイに載せてテーブルに戻ったものの、コーヒーでは乾杯というわけにもいかない。「それじゃ、まあ」「うん、とりあえず」とぼそぼそと言い交わして、それぞれコーヒーを啜った。保温の時間が長すぎたのだろう、コーヒーは苦く、酸味も立っていた。

奇妙な気分だった。四十年前のあの夜を、もう一度なぞっているようだ。同じ台本に従って、舞台は上野駅の食堂からスーパーマーケットのスナックコーナーへと変わったものの、チュウの隣の空いた席には、母親が四十年前の姿のまま座っているような気さえした。

「ターちゃん」

チュウがカップを置いて、初めて昔のあだ名で山崎さんを呼んだ。胸の奥でなにかがぐらりと揺れたのを、山崎さんは感じた。

「ここに引っ越してきたのって、いつごろなんだ？」

「家を建てたのが二十五年前だな。土地はその前に買ってたけど」

「おっかさんが生きてたら喜んだだろうな」

「ああ……」

「ターちゃんが東京に出てったあと、ずっと心配してたから。俺の顔を見るたびに、東京はどんな街だ、怖くないか、悪い奴はいないか、寒くないか暑くないかって、同じこと何度も何度も訊くんだよ」

山崎さんにもその光景が目に浮かぶ。心配性の母親だった。東京に米や野菜を送ってくるときには、いつも正露丸が一瓶入っていた。

「優しいおっかさんだったよな、ほんとうに優しかった」

チュウの声は、まわりのざわめきや店内に流れるＢＧＭに半ばかき消されていた。そのほうがいい。静かな店で、しかも酒が入ってしまったら、こんなふうに平気な顔で向き合ってはいられなかったかもしれない。

「さっき庭にいたのって、娘さんだろ。目元のあたり、おっかさんにちょっと似てたな」

そんなことはない。千穂も万里も、父親側の顔立ちはほとんど受け継いでいない。それでも山崎さんは黙ってうなずいた。顔が似ていようといまいと、二人は山崎さんの母親の孫娘なのだ。

「一緒に住んでるのか?」

「いや、今日はたまたま遊びに来てただけだ。娘は二人いるけど、女房と二人暮らしだ」

「そうか、じゃあ、いまはターちゃんが娘さんのこと心配する番だ」

「もう二人ともオトナなんだから、心配なんかしてないさ」

ちくり、と万里のことが胸を刺す。

「幸せだな、うん、ターちゃん、あんた幸せいっぱいだよな」

山崎さんはなにも応えず、コーヒーを啜った。

「東京でがんばって、こんないい街に家を建てて、子供も一人前になって、奥さんと二人で悠々自適で……」

「もういいよ、やめろって」

「田舎のことなんか、もう思い出さねえだろう?」

「やめろって言ってるだろう」

思わず強い口調になった。チュウも一瞬ひるんだように身を引いた。「どうしたんだ？　俺、なにか悪いこと言っちゃったかな」と尋ねる顔には、調子が良くて小心者だった中学生の頃の面影が宿っていた。

山崎さんはうつむいて息を継ぎ、「そうじゃないんだ」と吐き出す息に載せた。「忘れてないよ、全部覚えてる。田舎のことや昔のこと、ちゃんと覚えてるんだ」

悔しそうな声でしか語れない思い出がある。それが、なによりも悔しかった。

山崎さんが『虎屋』の一件を話し終え、チュウが口を開くまでの沈黙は、長かったけれど決して空白の時間ではなかった。どんな言葉を並べ立てても伝え残してしまう山崎さんの思いが、そこには満ちていた。

チュウは深く息を吸い込み、もっと多くの息を吐き出して言った。

「おっかさん、全部知ってたよ。ターちゃんがまわりの目を気にしてたことも、『虎屋』のことも。ターちゃんが一人で羊羹を買いに行ったあと、俺、通りかかった人に『虎屋』の場所を訊いたんだ。そうしたら、まるっきり違う方角だった」

山崎さん、まなざしを窓の外に向けた。

「でも、おっかさんは俺に、なにも言うな、って。ターちゃんに無理を言った自分が悪いんだからって、ターちゃんは優しいから場所を知らないって言えなかったんだからって」

ガラスの向こうを、野球帽をかぶった男の子が一人、自転車で駆け抜けていく。

「おっかさん、ほんとうに喜んでたんだ、浅草をまわって、皇居も見て、俺のおとうちゃんのために靖国神社にもまわって、最後にターちゃんが元気で、一所懸命東京でがんばってるのを見たんだから」

山崎さんはゆっくりとチュウに向き直った。相槌を打つことができなかった。喉を震わせたり顎や頬を動かしたりしたら、その弾みで胸の中の熱いものが流れ出てしまいそうだった。

「あの日はターちゃん、力んでたからなあ。ちょっと見ただけで、すぐわかった。肩がつっぱって、こんなになってたから」

チュウはパントマイムのように上体をこわばらせて笑う。そうだったよな、と山崎さんも少しだけ頬をゆるめた。

また、いつかの子供の声が聞こえてくる。

オ母チヤン、モット長生キシテホシカツタデス、何度デモ何度デモ東京ニ遊ビニ来テホシカツタデス、ボクガ少シヅツ東京ニ慣レテ、仕事ニモ慣レテ、オトナニナツテイクトコロヲ見テモラヒタカツタデス。

やっとわかった。まだ幼い子供だった頃の山崎さん自身の声だ。カタカナの文字は、おそらく、字の書き方を覚えていた頃の、母親が書いたお手本。冬の朝、夜なべ仕事でつくってくれた藁半紙《わらばんし》のお手本帳が枕元に置いてあったとき、山崎さんは飛び上がって喜んだものだった。

ボクガ結婚スル人ニモ会ツテホシカツタデス、オ母チヤンガツクルカボチヤノ煮物ノ味付ケヲ教ヘテホシカツタデス、娘ガ二人デキマシタ、抱イテヤツテホシカツタデス、イマハ孫モヰマス、オ母チヤンノ曾孫デス、ボクハモウ定年ニナリマシタ、最後マデ銀行デ、最後マデ東京デ、勤メ上ゲマシタ、オ母チヤン、モツトモツト親孝行シタカツタデス、オ母チヤン、オ母チヤン、オ母チヤン……。

7

「ここは、いい街だな」

チュウはそう言ってスーパーマーケットの店内を眺め渡し、「俺みたいな奴が一人もいねえもんなあ」と付け加えた。

「ふつうのサラリーマンだよ、みんな。特に金持ちってわけじゃないし、平凡そのものだよ」

「でも、俺みたいな奴はいねえさ」

チュウは残りわずかになったコーヒーを惜しむように軽く口をつけて、「みんな勝ってるんだろうな」と言った。

「勝ってるって、なにがだ？」

「いろんなことだよ。だってそうだろ、負けた奴は最初からここには住めないし、途中で負けたら出て行かなくちゃいけない。いい街だけど、つらい街だよな」

「べつに勝負してるわけじゃないけどな」

「してるよ。自分でも知らないうちに勝負してるんだよ、それで、知らないうちに勝ちつづけてるんだ」

「……なんだよ、それ」

へへへっ、と鼻が鳴った。「頭悪いくせに難しいこと考えるとよ、途中でわかんなくなっちまうんだよな」とチュウは鼻の頭を指でしごき、それでもしばらくじっと考え込んでから、顔を上げた。

「要するに、ターちゃんのおっかさんみたいな人は、こういう街にはいねえってことだ」

「田舎者がいないってことか？」

「違う違う、負けた奴やがんばれなかった奴を許してくれる人がいねえから、なんのことはねえ、勝った奴とがんばってる奴しか住めねえ街になっちまうんだ。わかるか？」

山崎さんはあいまいにうなずいた。

するとチュウは、「いいこと教えてやろうか」とテーブルに頬づえをついた。「これならターちゃんにもわかると思うから」

「俺にも関係あるのか」

「ああ。ターちゃんに俺がどろぼうって呼ばれた日のことだ」

笑いながら言った。山崎さんは思わず、なにを言っていいかわからないまま口を開きかけたが、チュウは、最後まで聞けよ、と言うように小さくかぶりを振る。

「砂糖を盗んだんだ。なんでだろうな、おっかさんが帰ってくるのを待って、砂糖を嘗《な》めさせてくれって頼めばいいのにな、おっかさんはいつだって嘗めさせてくれたのにな……待ちきれなかったんじゃなくて、急に盗みたくなったんだ。そういう病気ってあるのかな。ターちゃんに見つかりそうになって、砂糖壺をそのままにして逃げたんだけど、戸のガラスが曇ってたから、ごめんなさい、って指で書いたんだ。それでも怖くてよ、怖いんなら遠くに逃げりゃいいのに、庭の隅に隠れて台所を見張ってたんだ。ばかだな。そしたらおっかさんが帰ってきて、台所に入ってきて、すぐに見たんだよガラスの字を。それで……平気な顔して、掌で拭いて消した。大騒ぎもなんにもしなくて、砂糖壺をまた戸棚にしまって、晩めしをつくりはじめたんだ」

話しているうちに、チュウの声はしだいにくぐもっていった。最初は山崎さんに向いていたまなざしも、途中からコーヒーカップに落ちた。

「……おっかさんは、なんで怒らなかったんだろうな……なんで、俺をとっつかまえなかったんだろうなあ……」

「チュウのことが、好きだったんだよ」

それだけ言うのがやっとだった。もっと別の、もっとふさわしい言葉があるようにも思ったが、考えを巡らせる余裕はなかった。

チュウは少しはにかんだように首を傾げ、「いまでもわかんねえんだよ、それが」と言った。「還暦過ぎてもわかんねえんだ、死ぬまでわかんねえかもしれねえな」

「わかんないことは、たくさんあるよ、みんな」

「ターちゃんもか?」

「ああ。俺もだ」

「でもなあ……」首の後ろを分厚い掌でポンと叩く。「あのときのおっかさんの気持ちがわかってりゃあ、俺もちょっとはましな人生を送れたのかもな」

沈黙がつづいた。さっきよりさらに深い静けさだった。耳には始終ざわめきや音楽が聞こえているのに、音はすべて体の奥へ染み込む前に消えてしまう。

チュウはコーヒーの最後の一口を飲んで、言った。

「ターちゃんもどうせ知ってるんだろ、田舎で俺がやったこと」

山崎さんは無言でうなずいた。

「いい歳して、子供みてえなことやっちまったよ。ひっかけるほうもひっかかるほうも、子供じみてるよな。監獄に放り込まれても笑われるだけだ」

「なんでやったんだよ、あんなこと。おまえ、せっかく田舎に帰ってきたのに。あんなことしたら、もう帰れなくなるじゃないか」

「帰らないほうが」チュウはそこで息を継ぎ、沈んでいくものを無理に持ち上げるように「いいんだ」と言った。

「なんで……」

「なにをやってても、どんなに負けつづけの人生でも、最後の最後に田舎に帰れば、俺のことを許してくれる人がいる。そう思ってられるじゃねえか、遠くにいれば。実際にはそんなお人好しは誰もいねえんだよ。わかってるんだよ。でも、思ってるだけでいいんだ、それだけで……俺はもう、いいんだ……」

チュウは空のカップを口に運びかけ、途中で気づいて舌打ちした。

「なあ、やっぱりどこかでビールぐらい飲まないか」と山崎さんは言った。夕方に近づき、スナックコーナーはさらに込み合ってきた。話しているうちに、使っていなかった椅子を二脚とも隣のテーブルに持って行かれてしまっていた。

だが、チュウは「じゃあ、コーヒーをもう一杯飲もう」と言う。

「いや、でもなあ……」

「今度は俺が買ってくるから」

「ちょっと待ってくれ、コーヒー代は出すよ。チュウはお客さんなんだから」

席を立ったチュウを呼び止めて、背広の内ポケットから財布を取り出した。千円札が残っているかと思ったら、財布の中身はすべて一万円札だった。小銭もコーヒー二杯分には足りない。

「悪いけど、細かいのがないから」と一万円札を渡すと、チュウはうやうやしい仕草でそれを受け取り、「さすがに銀行員は札を持つ手つきが違うな」と笑った。

「元・銀行員だよ。いまじゃ、ただのじいさんだから」

「あ、そうだ。忘れないうちに、ちょっと奥さんや娘さんや孫の名前を書いといてくれよ」

「うん？」

「おっかさんの墓参りするときにでも報告するからよ。ターちゃんは東京でこんなに幸せですよ、って」

たったいま故郷にはもう帰らないと言っていたくせに、あいかわらず調子のいい男だ。

「チュウ、なにか書くもの持ってるのか？」

「いや……じゃあ買ってくるよ。ここ、文房具も売ってるんだろ。メモ帳とボールペンの金は、俺が出すから」

「そんなのべつにいいよ、さっきの金から払ってくれればいい」

「ま、とにかく、すぐ買ってくるから」

チュウは小走りに売場に向かった。せっかちで落ち着きのないところも昔と変わらない。

山崎さんは苦笑交じりに椅子に座り直し、窓の外を眺めた。さっきのチュウの話を思い出す。すべてを許してくれる人がいるんだと信じていられる場所が、ふるさと。なるほど、悪くない。チュウにしては上出来すぎるほどの言葉だ。

五分が過ぎ、十分が経った。

母親のことを、また思い出した。チュウのどこが気に入っていたのか、生きているうちに訊いておけばよかった。その答えは、還暦を過ぎた息子がいまもふるさとを忘れきれない理由も、一緒に教えてくれたかもしれない。ひょっとしたら、息子が母親からなにを学び、なにを受け取りそこねてしまったか、も。

十五分。

チュウは、まだ戻ってこない。

立ち上がってレジのほうを見渡したが、順番待ちの行列の中にチュウの姿はなかった。しかたなく席を離れ、文房具売場に向かった。

そこにも、チュウはいなかった。

文房具売場の前に、どれくらいたたずんでいただろう。呆然としたまま、怒りも、悲しみも、湧いてこなかった。

店内に響き渡ったマイクのハウリング音で、ようやく我に返った。

「えっ、ただいまからぁ、当店鮮魚売場におきましてぇ、富山湾直送ホタルイカァ、お刺身用生ホタルイカをワンパック二百八十円、当店通常価格五百六十円のところを二百八十円にてご奉仕いたしますぅ、四時半までのタイムサービスにつきぃ、どちらさまもお早めにお買い求めくださいませぇ」

店員の跳ねるような濁声《だみごえ》を聞いているうちに、山崎さんの頬はしだいにゆるんでいった。

そうだ、そうなんだよ、と大きくうなずいた。

勝ち負けは知らない、ただ、あの夜耳に突き刺さった夜行列車の発車ベルの音が、四十年後にスーパーマーケットの呼び込みの声に変わった、それがすべての答えだと思った。

母親は四十年前に亡くなり、山崎さんもチュウもそれぞれの四十年間を生きてきた。長い年月だ。ばかにしたものではない。脳裏にいまだ鮮やかな光景も、薄れつつある場面も、忘れてしまったということにすら気づかない出来事も、まるごと全部含めて、暮らしを紡《つむ》いできたのだ。そのことが、むしょうにいとおしかった。

まいったな、あの野郎、ふざけた真似しやがって……。

故郷の同級生たちも、そんなふうに思っていたのだろう。

どこかでチュウが笑っている。母親の話も、すべてつくりごとだったのかもしれない。金を騙し取る算段をこっそりたてながら、せめてもの昔のよしみで、こっちをいい気分にさせてくれたのかもしれない。それでもいい。かまわない。胸の奥の四十年ぶんの苦みが消えた。チュウのおかげだ。

だから、きっといま母親は、遠い遠いどこかで、山崎さんとチュウをいっぺんに抱きしめるように笑っているはずだ。

8

ホタルイカの刺身を提げて家に帰ると、すでに千穂の一家は引き揚げて、奥さんが居間で「もう、タカくんの抱っこもいつまでできるかわからないわねえ」と腕に湿布薬のローションを塗っていた。

被害額一万円。正直に話した。奥さんは山崎さんの不注意を責めなかった。「あなたの機嫌が良くなっただけでも安いものじゃない」と笑ってくれた。鼻がツンとする。湿布薬のにおいが強すぎる。

「もし渡したのが千円札だったら、逃げなかったかしら」

「いや……千円が百円でも、同じようにやったんじゃないかな。なんとなく、そんな気がする」

「岸本さんって、人と別れるのが苦手なのかもね。ほら、ちっちゃい男の子が好きな女の子に意地悪するみたいに、すごく人恋しいから、最後にいつもあんなことやっちゃうんじゃない？」

嬉しかった。奥さんと母親は、似ている。そう口にしたら、奥さんは「還暦過ぎたマザコンなんて最低よ」と唇を尖らせるだろうか。だが、やはり、いつも思う、いまも、これからもずっと思う、一度でいい、母親に奥さんを見てもらいたかった。

その夜の晩酌は、ふだんより酔いが早くまわった。夕食の後片付けを終えて台布巾で卓を拭く奥さんを見ていると、ふと懐かしい歌の一節が浮かんだ。

「……いかにいます、ちちはは、つつがなしや、ともがき」

「なに？　いまの」

「知らないのか、『故郷《ふるさと》』って歌だよ、昔学校で習っただろう」

「それくらい知ってるけど、うさぎ追いしかの山、じゃないの？」

「いまのは二番の歌詞だ。ともがきっていうのは、友だちの意味なんだけど」

「二番なんてあったっけ」

「しょうがないなあ、惚《ぼ》けの始まりじゃないのか？」

山崎さんは目をつぶって、一番から三番まで通して口ずさんでみた。ちゃんと覚えているかどうか自信はなかったが、歌い出すと言葉が滑るように喉から出た。

夢はいまもめぐりて、忘れがたきふるさと。一番の後半で、胸が熱くなった。

雨に風につけても、思いいずるふるさと。二番の後半で、声が震える。

三番に入る前にゆっくりと息を継いだ。

こころざしを果たして、いつの日にか帰らん。

もうチュウと会うことはないかもしれない。だが、忘れない、俺たちはいまも、同じふるさとの友だちだ。

歌い終えて目を開けると、空いたお銚子やぐい呑みは片付けられ、奥さんが下から顔を覗き込んでいた。

「泣いてるの?」

「そんなことないって、ばか、変なこと言うな」

「でも、うん、田舎のある人が歌うと味わい深いわよね。私なんか横浜でしょ、学校で歌わされても、ぜんぜんピンと来なかったもん。東京にこころざしを持って出てくる感覚がわからないし、こころざしを果たして田舎にUターンするっていうのも、どうもねえ……ふつう、東京で成功した人は田舎になんか帰らないと思うんだけど」

「俺みたいにか?」

冗談めかして言うと、奥さんも「あなた、いつ成功したっけ?」とからかうように笑った。

「なあ、千穂や万里のふるさとって、どこなんだろうな」

「ここなんじゃない？」

「そうだよな、ここだよな……」

すべてを許してくれる人がいるんだと信じていられる場所がふるさとならば、この街の、この家を、娘たちのふるさとにしてやりたい。信じさせてやりたい。どんなに困り果ててしまっても最後の最後に帰っていける場所が、ここにあるのだと。

山崎さんは立ち上がり、電話台に向かった。

コードレスの受話器を手に取って、通話ボタンを押し込みながら、奥さんに訊いた。

「万里の短縮番号、２番でいいんだよな？」

第五章　憂々自適

1

情けない。

町内会長は何度もそう言った。

六十七年生きてきて、今日ほど情けなかったことはない。チューハイをぐいぐい呷《あお》りながら、うめくように繰り返す。

雨のなか隣町の寿司屋に山崎さんを呼び出して酒を飲み始めた頃は、「悲しい」だった。次いで藤田さんが「どうしたんですか？」と怪訝《けげん》そうに暖簾《のれん》をくぐった頃には、「悲しい」が「腹立たしい」に変わっていた。さらに野村さんが「えらいすんまへん、遅れてもうて」と店に駆け込んできたあたりから「腹立たしい」が「悔しい」に変わり、ときおり卓に拳を打ちつける音も交じるようになった。寿司屋を出て居酒屋の座敷に腰を据えても町内会長は同じ話をえんえんとつづけ、決まり文句は「悔しい」から再び「悲しい」をへて、ついに「情けない」にまで至ったのだった。

「屈辱だよ、はっきり言って。アタマ来るだろう？　来ない？　来るよねえ、ふつう来るよ誰だって、来なきゃバカだよ、バカ。男のプライドだよ、自尊心の問題なんだよ」

「もうよろしいやおまへんか、さっきからなんべん同じこと言うてまんねや」

野村さんがあきれ顔で言う。

「言葉の綾ってやつですよ、そんなの気にすることありませんよ」と藤田さんがなだめ、山崎さんもつづけて「古葉さんが町内会の仕事で毎日忙しくやってらっしゃるのは、みんな知ってるんですから」と元気づけようとする。

しかし、駄目なのだ。なにを言っても町内会長は「あんたらはいいんだよ、あんなひどいこと言われてないんだからさ。はいはい、幸せ者だよ皆さん。幸せなじいさんばっかりだ、いいねえいいねえ、こっちにもお裾分けしてほしいもんだ」と子供のようにいじけるのである。

山崎さんら三人は、いいかげん辟易《へきえき》しながらも、町内会長の愚痴に律儀に耳を傾ける。見捨てるわけにはいかない。明日は我が身という思いが誰の胸にもある。町内会長の言う「あんなひどいこと」は、そういう種類の言葉だった。

昼間のことだ。町内会長は買い物に出かけた道すがら、学校帰りの孫娘の姿を見かけた。

小学一年生の孫娘は、二世帯住宅で同居しながらもなにかと折り合いの悪い町内会長夫妻と長男一家の、いわば潤滑油である。「杏奈《あんな》がいるから我慢してるんだよ、俺もばあさんも」というのが町内会長の口癖で、本音では「杏奈」といういかにもいまふうの名前が不満ではあるらしいのだが、「アンちゃん、アンちゃん」と目の中に入れても痛くないほどの可愛がりようなのだ。

当然、そのときも、町内会長は満面の笑みを浮かべて孫娘に声をかけた。梅雨入りしてから一週間、連日の雨である。重たいランドセルを代わりに提げて帰ってやろう、とも思っていた。

連れ立って帰っていた友だち数人が「アンちゃんのおじいちゃん?」「アンちゃんって、おじいちゃんと一緒に住んでるんだあ」などと孫娘に声をかけた。「素敵なおじいちゃんだね」ぐらい言ってくれたらみんなにお菓子をごちそうしてもいい、と町内会長は自慢のちょび髭を指先で撫でつけながら心ひそかに期待していたのだという。

友だちの一人が言った。

「ねえ、アンちゃんちのおじいちゃんって、なにやってるの?」

すると、孫娘は「うーんとねえ……」と少し考え、古い漫画なら頭上で電球がピカッと光るような調子で元気いっぱいに答えたのだ。

「ぶらぶらしてるの!」

町内会長は目が据わり呂律《ろれつ》があやしくなっても、しつこく繰り返す。

「あんな言葉、一年生が知ってるわけないんだ。母親だよ、母親が吹き込んでるんだ。直接あの子に教えなくても、どうせ電話なんかで言ってるんだよ、ウチの舅《しゅうと》は昼間からぶらぶらしてるから、って。それをあの子が聞きかじっちゃったんだよ。ひどい嫁だよ、人をなめるにもほどがあるだろうが」

最初は苦笑交じりだった山崎さんたち三人の相槌も、しだいに重くなってきた。すでに、町内会長の口にする「情けない」は「むなしい」に変わっている。

「なあ、俺、つくづく思ったよ。長生きするってのは、むなしいなあ。むなしいよ、うん。三十年も四十年も馬車馬みたいに働いてきてさ、やっとお役御免になったら、あとは『ぶらぶら』なんて、こんなにむなしい話はないよなあ」

現役時代の町内会長は広告代理店に勤めていた。野村さんは運送会社、藤田さんは私鉄の沿線開発部、そして山崎さんは銀行員、いずれも「ぶらぶら」とは無縁の忙しい職場だった。

「やっぱり再就職したほうがよかったかなあ。話がないわけじゃなかったんだよ。でも、ほら、第二の人生ってものがあると思ってたんだよ。趣味や自分の楽しみのための生活っていうかさ、悠々自適っていうか……」

町内会長はつづく言葉をチューハイで喉の奥に押し戻し、空のグラスを振ってお代わりを注文した。

「そげなこと言うても、古葉さん、あんた趣味やこう持っとりゃあせんでしょうが」と野村さんが関西弁から岡山弁に変えて言った。方言がちゃんぽんになるのは、酔いが回った証拠である。

「あると思ったんだよ、あのときは」町内会長は憮然として応え、野村さんをにらみつける。「じゃあ訊くけど、ノムちゃんだってあるのかよ、趣味なんて洒落たものがさ。デパートの物産展巡りが趣味だなんて言ってくれるなよ、あんなもの」

「あんなもの、いうことはないでしょうが。あんたァ、八つ当たりもええかげんにせられえよ」

「まあまあまあ」と割って入った藤田さんも、とばっちりをくってしまった。

「フーさん、あんた他人事みたいな顔してるけどさ、はっきり言ってあんたにも責任がないわけじゃないんだぜ。くぬぎ台は理想の街だったんだろ？　あんたらが精魂傾けて計画したニュータウンなんだろ？　ローン組んで家を買った我々がリタイアして居心地の悪くなるような街をつくってもらっちゃ困るんだよ」

「住民の趣味まで面倒見られませんよ、なに言ってるんですか」

八つ当たりの矛先は、日本酒をちびちび飲《や》りながら静観を決め込んでいた山崎さんにも向けられる。

「ヤマちゃんよ、あんたのご趣味はなんだい？　散歩以外になにかあるのかい？　あったらひとつご教示願えないかなあ。まあ、ないと思うけどさ。ないでしょ？　ね？　ちゃんと知ってるんだよ俺、あんたは趣味のあるような男じゃないよ、わかるんだ、うん……」

やがて町内会長は、卓に突っ伏して寝入ってしまった。背中を丸め、歯ぎしりしながら、寝言なのか最後の繰り言なのか、ときどきしわがれた声の「情けねえよなあ」が漏れる。

「古葉しゃんのこぎゃん悪酔いばすっとは、見たことなか」

野村さんが博多弁でつぶやく。

「よっぽどショックだったんでしょうね」と応える山崎さんも、うなずきながら煙草をふかす藤田さんも、皆、表情が重く沈んでいる。

衝立《ついたて》で仕切られた隣の座敷から、どっと笑い声があがった。若い男女のグループだ。近くにある私立大学の学生なのだろう、さっきは就職活動や卒論の話も聞こえていた。

山崎さんは壁を埋め尽くす品書きの短冊を上から順に読みながら、ぬるくなった酒を啜る。藤田さんと野村さんも、「雨、まだ降ってますかね」「梅雨じゃけん」「明日も雨でしょうね」「梅雨じゃけんのう」と、意味のないやり取りをぼそぼそとつづける。

そして。

三人は、まるで示し合わせたかのように同じ言葉をつぶやいた。

「……ぶらぶら、かあ……」

虚空をぼんやりと見つめるまなざしも、わずかに持ち上げた顎の角度も、妙に似通っていた。

2

翌日も朝から雨だった。しかも、山崎さん、ひどい二日酔いである。それほど飲んだつもりはなかったが、なにしろ話題が話題だった。家に帰ってからもなかなか寝付かれず、一人でダイニングキッチンに降りたり居間で夕刊を読み返したりした。日付の変わった頃、もう寝ないと明日がつらいぞと思って、半月前に千穂が「動脈硬化の予防になるんだって」と送ってきた漢方の薬用酒をお猪口《ちょこ》一杯飲んだ。意外とそれが、二日酔いの原因だったのかもしれない。

「こんな日ぐらい、もっとゆっくり寝てればいいのに」

朝食のとき、奥さんが言った。

「いいよ、だいじょうぶだ。動いたほうが早く楽になるんだから」

山崎さんはネギをたっぷり入れた味噌汁を啜る。銀行員時代から、これが二日酔いの特効薬だった。

「でも、今日はふつうの日じゃないんだし……」

奥さんが言いかけるのをさえぎって、「ふつうだよ、ふつう」と重い頭を横に振る。「なにも特別なことなんてありゃしないんだ」と付け加えたとき、吐き気が喉元にこみ上げた。

今日が大切な一日だということは、奥さんに言われるまでもなくわかっている。だからこそ、ふだんどおりに過ごしたい。気負いたくない。気負ってたまるか、とも思う。

味噌汁二杯とお新香をきゅうり一切れ、ご飯やおかずには手を付けられないまま、朝食を終えた。ダイニングキッチンから居間に場所を移し、奥さんがＮＨＫの連続ドラマに見入るのをよそに、これも二日酔いの朝には欠かせない梅干し入りの熱い番茶を飲みながら朝刊の隅々まで目を通す。

新聞は、三十二年前に結婚したときからずっと朝日と日経の二紙を購読している。結婚前は、独身寮のロビーに備え付けてある日経をぱらぱらめくるだけですませていた。新婚のアパートで迎えた初めての朝、郵便受けから朝刊を抜き取ったときの「俺もいよいよ日経をとる身分になったんだ」という武者震いにも似た身の引き締まる思いが、いまも忘れられない。

八時四十五分、新聞を畳んで二階に上がり、服を着替える。ゴルフズボンに長袖のワイシャツ。定年生活の長い町内会長や野村さんはトレーナーを愛用しているのだが、定年一年目の山崎さんはまだ、襟のない服を着るとどうにも首筋が落ち着かない。

「じゃあ、行ってくるから」

玄関でウインドブレーカーを羽織りながら声をかけると、奥さんが洗面所からタオルを持ってきて手渡す。ウォーキングシューズを履き、膝を軽く屈伸させる。八時五十分。すべていつもどおりの行動、いつもどおりの時刻である。

「二日酔い、ほんとうにだいじょうぶ？」

「ああ、平気平気」

「雨もけっこう降ってるわよ」

「まあ、でも、どしゃ降りじゃないんだし」

「雨の日ぐらい休めばいいのに。藤田さんたちだって休んでるんでしょ？」

「いいんだよ、人は人、俺は俺だ」

傘立てから傘を抜き取り、玄関のドアを開けると、湿った冷気とともに雨粒が頬に吹きつけてきた。思いのほか雨脚が強い。風もある。山崎さんは一瞬たじろぎながらも外に出た。

これでまた一日、定年退職以来の散歩の皆勤記録が更新された。誰に命じられたわけでも誰と競っているわけでもないのだが、易《やす》きに流れてはならない、毎朝自分に言い聞かせている。

ストイックと呼ぶのは格好のつけすぎでも、勤勉ではある。実直である。真面目である。昔からそれが自他共に認める信条だった。

「山崎さんは真面目だから」「課長、堅いですねえ」「おたく手抜き知らずだもん、まいっちゃうよ、ははは」「次長って、冗談とか言うときあるんですかあ？」……。

必ずしも褒められていたわけではないのだと、いまになって、ときどき思う。

それにしても、今日は雨風ともに強い。柄をしっかり握っていないと傘が風にあおられ、吹き込む雨でズボンの裾の後ろがじっとり濡れている。気温も下がっているようだ。手の甲がかじかみ、鼻の頭が少し重い。頭上に垂れ込めた雲の様子からすると、今日いっぱいはこの天気がつづきそうだ。

都心はどうだろう。くぬぎ台から新宿までは、電車で一時間半、距離にして約六十キロ。山が近いぶん、気温は都心より二、三度低い。春や秋の夜中にタクシーで都心から帰宅すると、高速道路のインターチェンジの手前で窓ガラスが急に曇り出すことがある。梅雨時の電車の冷房も、くぬぎ台の三つ前の駅でスイッチを切られてしまう。そのくせ夏の盛りには、大まかな地形が盆地になっているせいで都心より高い気温を記録する日がしばしばなのだから、まったく割の合わない話だ。

まあ、でも……と山崎さんは寒さしのぎに足を速めて坂道を上りながら、思う。新宿駅からは地下道を通れば、雨に濡れることはない。

夕方、都心に出向くことになっている。西新宿のホテル内のティーラウンジで、万里と、万里の付き合っている男性と会う。万里と同じアパレルメーカーに勤める、須藤康彦という三十六歳の男だ。万里が企画開発部で、彼は営業部。社内で最年少の課長だと、いつか奥さん経由で聞いた。

山崎さんが彼の話を聞かされたのは四月の初めだった。二ヵ月半たって、ようやく初めての顔合わせである。

最初は、認めよう、山崎さんが逃げていた。「女房子供がありながら人の娘に手をつけやがって。会ったらぶん殴ってやるからな」だの「おまえがいつも甘やかしてるから、万里があんなことになったんだ」だのと奥さんには毒づいても、実際に本人たちと会ってしまうと言いたいことの半分も言えずに、なしくずしに二人のことを認めざるをえなくなりそうな気がしていた。

それでも、いつまでも放っておくわけにはいかない。なにより万里が一番かわいそうだと思い直して、「会うだけなら会ってやる」と伝えたのが、五月の終わり。そこから先は、須藤康彦が海外出張に出かけたり万里の仕事が立て込んでいたりで「お父さん、ごめん！　延期にして！」とキャンセルの電話が何度かつづき、六月も半ばを過ぎた今日まで来てしまった。

満を持して、という気分ではない。むしろ待ちくたびれて、なぜ俺がこんなに苦労しなくちゃいけないんだ、と愚痴りたくもなる。

しかし、とにかく、今日である。

甘い顔は見せず、といって頭ごなしに怒鳴るのでもなく、旨い飯でもごちそうしてやりながら、六十年の半生が培《つちか》った叡智を武器に、冷静に、おだやかに、しかし毅然たる厳しさをもって、おそらくいまは惚れたはれたで舞い上がっているはずの二人に社会の倫理というものをだな、ビシッと言ってやってだな、それから、うん、それから、えーと……。

頭の中でもつれそうになった筋道を、くしゃみが吹き飛ばした。

雨はあいかわらず降りつづいている。風も強く、冷たい。吐き出す息まで、白かった。

坂の多いくぬぎ台の街を、一丁目から五丁目までひと巡り。ふだんなら道のりの半分まで来る頃には背中が汗ばんでいるのに、今日は頬も手もかじかんだままだ。体の奥の温もりが肌まで沁《し》み出していかない。

坂の下にある駅から、いつもはもう少し寄り道をするところだが、今日は最短距離で二丁目の我が家へ帰ることにした。

途中で、ご近所の高橋さん夫妻とすれ違った。会釈を交わす程度の付き合いだが、先月ご主人が定年を迎えてからは、よくこの道で行き会う。たいがい買い物帰りで、二人とも駅前のスーパーマーケットのポリ袋を提げている。今日は、これから買い物なのだろうか。どことなく奥さんが仏頂面で、ご主人のほうは少し遅れて居心地悪そうな顔で歩いているのも、いつものことだ。

ふだんはマメなダンナだなと思うだけの山崎さんが、今日はすれ違ったあと足を止めて振り返り、高橋さん夫妻の後ろ姿をしばらく見送った。

あれが「濡れ落ち葉」というやつかもしれない。定年退職後、暇を持て余し人恋しさを募らせて、妻の出かける先々へ用もないのについていく、車のボンネットに貼りつく濡れ落ち葉のような夫。妻にとっては最もうっとうしい存在なのだという。山崎さんも常日頃から「『濡れ落ち葉』にだけはならないでよ」と奥さんに釘を刺されている。

「ぶらぶら」も確かにしょぼくれているが、一人で歩いているだけでも、「濡れ落ち葉」よりはましだろう。そんなふうに自分を納得させ、励まして、また歩き出す。

一時間たらずの散歩の間に、雨脚は目に見えて強くなっていた。都心に降る雨と比べると、くぬぎ台の雨粒はひとまわり大きいような気がする。若い頃より体が縮んだせいか？

まさか、と苦笑したら、鼻の奥が不意にむずがゆくなって、派手なくしゃみが出た。

3

「風邪でっか？」

野村さんが隣の席から顔を覗き込んで訊いた。

「ええ……どうもね、たぶん……」

うなずくそばから、またくしゃみをしそうになり、あわてて鼻の頭を手の甲で押さえた。ぐじゅぐじゅと、音が聞こえる。ポケットティッシュ一袋では新宿まで持たないかもしれない。

「今日も散歩しはったんでっしゃろ」

「早めに引き揚げたんですけどね、ちょっと寒かったかなあ」

「四月半ば頃の気温やて、昼の天気予報で言うてましたで。ほんまあんた、風邪ならよろしおまっけど、肺炎にでもなったらおおごとでっせ。散歩で肺炎になるて、もう、洒落にもなりまへんがな」

山崎さんはうなずきながらネクタイの結び目を少しだけゆるめ、コートの襟を掻き合わせた。クリーニングして洋服ダンスにしまっておいた合いのコートである。奥さんにはハイネックのセーターも勧められたが、ネクタイを締めなければ人と会うわけにはいかない。それが山崎さんの性格である。

「山崎はんも根気のつづくお人でんなあ。一日も散歩休んではらしまへんのやろ。なんぞ願掛けでもしてはりまんのかいな」

くねくねと曲がるような関西弁の響きに、「願掛け」という古い言葉が不思議と似合う。

山崎さんは苦笑いで問いをかわし、「それより」と逆に野村さんに訊いた。「なにか用事でもあったんですか？」

野村さんも背広にネクタイ姿だ。手には鞄も提げている。しかも、くぬぎ台駅で一緒になったのではない。隣町の駅から電車に乗り込んできた。新宿へ向かうのはデパートの九州物産展がお目当てだとは聞いたが、隣町の件はまだなにも話していなかった。

「いや、まあ、たいした用やおまへんのやけど」

「買い物かなにかで？」

「違《ちゃ》いまんね、ほんま、つまらんヤボ用でんねん。そんなあんた、ひとさまに話すほどのこっちゃおまへんのや、かなわんなあ」

言葉とは裏腹にいそいそと鞄のファスナーを開けた野村さんが取り出したのは、隣町にある私立大学のパンフレットだった。表紙には青空を背景にした校舎の写真と〈社会人講座のご案内〉の文字。

「……ちゅうこってすわ」

野村さんは照れくさそうに笑って、パンフレットを山崎さんに手渡した。考古学と中世ドイツ史と万葉集と非ユークリッド幾何学と後期印象派概論。文系理系、古今東西を問わずに週五コマ、月曜日から金曜日まで毎日通うことになる。「事務室のあんちゃんもたまげてましたわ」とおどけるものの、競馬新聞よろしく講義一覧表に丸をつけたり消したりしているあたり、相当な入れ込みようだ。

「言うときますけど、ゆうべ古葉はんに言われて発奮したんと違《ちゃ》いまっせ。五月頃から考えとりましたんや。この歳になって体を動かすこと始めるんは難儀やけど、頭なら、まだなんとかなりますやろ」

なるべく現役時代には無縁だったジャンルの講義を選ぶようにしたという。現実の生活にあまり役立ちそうにないもののほうがいい、とも思った。「要するにゼニカネ勘定のない学問ちゅうこっちゃ」とおかしそうに笑う。その気持ちは、なんとなく、山崎さんにもわかる。

「六十の手習いやさかい、どこまでつづくやらわかりませんし、脳味噌にもだいぶ鬆《す》ゥが入っとる思いますけど、しばらく気張ってみよ思うとるんですわ。笑わんといておくんなはれや」

「そんな、とんでもない。偉いですよ、うん」

「よろしかったら山崎はんもどないでっか？　まだ定員に空きのある講座もおまっせ」

「僕ですか？　いやあ、僕は……」

言い淀んだ声が鼻の奥に回り、くしゃみに変わった。

わざと、派手な音を出した。重く痺《しび》れた鼻の頭をこすりながら「まいっちゃうなあ、夏風邪なんて」と笑い、そのまま話題を変えていった。


新宿駅で野村さんと別れ、待ち合わせのホテルに向かう途中、薬局で風邪薬のアンプルを買ってその場で服《の》んだ。空き瓶をカウンターに置き、眠くなったり頭がぼうっとしたりするとまずいぞと思って、店員に声をかける。

「スタミナドリンクのよく効くやつ、ひとつ」

店員は「じゃあ、これかな」とガラス張りの冷蔵庫の最上段、〈5000円〉の値札がついた棚のドリンクに手を伸ばした。

「いや、あの、下の八百円のやつで……」

「こっちでいいんですか？」

「あ、いや、申し訳ない、やっぱりさっきのほうにして」

黒地に金色の竜が躍るパッケージのドリンクを受け取り、ストローで一息に飲み干した。喉からみぞおちにかけて、カアッと音が聞こえそうなほど熱くなる。

よし、と下腹に力を込めて店を出た。地下道をホテルに向かって歩く。高まっていく胸の鼓動に合わせて、足の運びが徐々に速くなる。ひさしぶりに履く革靴の、カツカツという堅い靴音が、耳に心地良く響く。

丸の内銀行新宿西口支店に勤務していたのは、もう二十年近く前の話だ。建物も道路も、いまでは往時を思い出すよすがもないほど変わってしまったが、この地下道を毎日毎日歩いていた。重い書類鞄を提げてまっすぐに前を見つめ、ときには鼻息荒く、ときには暗澹《あんたん》とした気分で、けれどいつもせいいっぱいの歩調で歩きつづけた。手帳を真っ黒に埋めるスケジュールに腕を引かれ、預金ノルマに尻を叩かれながら、革靴の踵を磨り減らしていた。そう、こんなふうにだ、と背筋を伸ばす。子供の頃からの癖で、放っておくとすぐに背中が丸まってしまう。貧相な歩き方になる。だからいつも、胸を張れ、下を向くな、と自分に言い聞かせていたのだった。

まだ老いぼれてはいない。いまだって、あの頃と同じように歩ける。だいじょうぶだ。若いサラリーマンを追い抜いた。何人も、何人も、何人も、何人も……。

ホテルに着いたのは、約束の時間の十五分前。

それから、ティーラウンジで四十五分。

万里と須藤康彦が連れ立って姿を現したのは、二杯目のコーヒーを飲み干した山崎さんが、マメのできかけた右足の小指の痛みに耐えきれず、テーブルの下でこっそり靴を脱いだ、ちょうどそのときだった。

4

三十六歳という年齢は、もちろん最初から知っている。だが、いざ須藤康彦と向き合うと、どんな顔をすればいいのかわからなくなってしまった。この男は、一人前のオトナだ。あたりまえのことが、あたりまえ以上の重みを持って、山崎さんの背中にのしかかる。

千穂の夫の伸弘のときとは違う。伸弘は、千穂が短大に通っていた頃からの付き合いだった。千穂が「同じサークルの、ワセダのコなの」と伸弘を最初に家に連れてきたとき、二人はまだ十八歳だった。十二年前のことだ。山崎さんは四十八歳。現役の銀行員だった。社会人と学生、オトナとコドモ、その差ははっきりとあった。若者ならではの不作法や考えの甘さにいらだつことも多かったが、鼻白む気分も、まんざらではなかった。プロ野球の話をしたり雨どいの修繕を手伝わせたり帰りにウイスキーを一本持たせてやったりするたびに、息子がいるというのはこういう感じなのだろうかと、嬉しいような照れくさいような気分にひたっていた。

二人は二十六歳で結婚した。サークルの仲間から始まって、ボーイフレンド、恋人、婚約者、と段階を踏んで伸弘は娘婿になったのだ。学生時代は家に来るたびに焼肉をがっついて食べていた伸弘が、三つ揃いを着て「千穂さんと結婚させてください」と頭を下げたときには、あの頼りなかった少年がここまで成長したかという感慨すら覚えたものだった。

だが、いま目の前にいる須藤康彦は、オトナである。スーツをきちんと着こなし、初対面の挨拶や遅刻を詫びる言葉にも社会人としての誠実さと責任感が漂っている。それが逆に、山崎さんをむしょうに落ち着かなくさせていた。

遅刻の弁解は、万里が一人でしゃべった。須藤康彦の仕事の都合だった。午前中にトラブルが起きて、その処理に追われていたのだという。ふだんなら地下鉄を乗り継ぐより速いはずのタクシーも渋滞に巻き込まれてしまった。

「電車のほうが確実なのはわかってたんだけど、ほら、地下鉄だと携帯電話が使えないでしょ。車の中でも、彼、ずーっと電話してたのよ。とにかくすごいトラブルで、彼には全然責任ないんだけど、部長が頼りきってるから……」

もういいから、というふうに須藤康彦は万里に目配せして、あらためて山崎さんに頭を深々と下げた。

「ほんとうに、すみませんでした」

「いや、もう……こっちこそ忙しいところを……」

思わず、お辞儀を返してしまった。顔を上げたときにそれに気づき、ばか、とあわてて自分を叱った。急に高まってきた動悸が、耳を内側から叩く。くしゃみは止まっていたが、さっきから両方の鼻が詰まってしまって息苦しい。

その苦しさに追い打ちをかけるように、万里が言った。

「私だって今夜は徹夜覚悟だもん」

「そんなに忙しいのか」

「とーぜんじゃない、もう毎日毎日駆けずり回ってるわよ。とにかく忙しいの。できれば、土日のほうがよかったんだけど」

今度も半ば無意識のうちに「すまん」と詫びてしまった。この日のこの時間を指定したのは万里だったということも忘れていた。

おかしい。こんなはずではなかった。もっと毅然《きぜん》としなければ。二人の今後のことを問いただし、須藤康彦の離婚交渉がどこまで進んでいるかを確かめ、相談に乗るところは乗ってやり、咎めるべきところは咎める、そんな父親でなければならない。

だが、話を切り出す言葉が見つからない。頭がぼうっとして、考えがまとまらない。瞼が重い。舌がざらつく。寒気がするのに、首から上は熱くてたまらない。風邪薬とスタミナドリンクが体の奥で陣取り合戦をしているみたいだ。

山崎さんはちらりと須藤康彦に目をやった。妻子ある身で会社の同僚に手を出すぐらいだからどんな二枚目気取りの男だろうかと思っていたが、肩をすぼめてアイスコーヒーを啜る彼は、拍子抜けするくらい平凡な、どこにでもいそうなサラリーマンの風采だった。

間をとるだけのために空のコーヒーカップを口に運び、ため息とともにカップをテーブルに戻すと、それを待っていたように万里が「それでね、お父さん」と身を乗り出した。「離婚のこと、仲人だった人にも間に入ってもらってるんだけど、向こうも意地になってるみたいでまだ決まらないのよ」

須藤康彦も苦渋に満ちた顔と声で「もう去年から別居をしていまして、お互いに愛情というようなものはないんですが……」とつづけた。

「慰謝料のことも養育費のことも、条件は全部呑むって言ってるのよ。それでも駄目なんだから、はっきり言って、もうどうしようもないよねえ」

「僕としてはなるべく泥仕合は避けたいんですが、場合によっては家庭裁判所の調停も考えてるんです」

「だいいち、先に別居してくれって言い出したのは向こうなんだから、身勝手よ、いまになってあんな意地張るのって」

頬がこわばったのが、自分でもわかった。万里の父親として、万里の幸せだけを考えるべき山崎さんが、ほんの一瞬だけ、顔も名前も知らない須藤康彦の妻の不幸せを思った。どこにでもいそうな平凡なサラリーマンの家庭を思った。たとえばそれは、千穂の一家でもよかった。

「あーあ、ほんと、まいっちゃう」

あっけらかんとした万里の言葉を聞いた瞬間、頬がカッと火照《ほて》り、背筋は逆に寒気に震えた。

万里がさらになにか言いかけたとき、携帯電話の呼び出し音が鳴った。須藤康彦が、しまった、という顔で背広の胸を押さえる。

「すみません、電源切り忘れてました、すぐ切りますから……」

だが、万里は「ロビーで話してくれば？」と須藤康彦に、「いいでしょう？」と山崎さんに言った。

須藤康彦は恐縮しきった様子でバッグを手に席を立ったが、「どうした？」と電話の相手に応じたとたん、顔も声も引き締まる。ティーラウンジを出てロビーに向かう足取りにも、緊張感と自信がみなぎっていた。

その背中を見送りながら、万里が言った。

「ほんとうに忙しいのよ、あの人。日曜日もたいがい会社に出てるし、先週なんかずーっと会社に泊まり込んでたんだから」

山崎さんは、また空のコーヒーカップを口に運ぶ。

「だから奥さんと駄目になっちゃったんだけどね。ほら、家庭を顧みず、ってやつ」

「仕事のことが原因だったのか」

「他にもいろいろあるんだろうけど、直接の理由は、それだと思う。子供が生まれたときにも立ち会わなかったって言ってたし、ちっちゃなことだけど、子供の誕生日とか幼稚園の運動会とか、奥さんが風邪をひいたときとか、そういうのも全然かまわなかったんだって」万里は視線を山崎さんに戻し、肩を軽く上げ下げして「でも、それ、お父さんだって同じだったよね」と笑った。

山崎さんはなにも応えず、万里と入れ替わるようにロビーに目をやった。

須藤康彦はフロアにしゃがみ込んで、電話をつづけながら膝に載せたノートパソコンを操作していた。三十六歳の課長。現場の最前線で陣頭指揮をとる、おそらくは人生のうちで最も忙しい時期だ。山崎さんもそうだった。子供の起きている時間になど帰ったことがなかった。掛け値なしに、寝る間も惜しかった。充実していたとは言わない。そんな言葉はきれいごとだと、いまになって思う。仕事のために犠牲にしたこと、やり残したこと、あきらめたこと、たくさんある。けれど、これもいまになって思う、もう二度と自分はあの頃のような濃密な時間を過ごすことはないのだろう。

「だけどね」と万里がつづける。「やっぱり仕事が好きなんだよね。見ててわかるんだ、仕事が楽しくてしょうがないっていうのが。奥さんは専業主婦だから、そういうのがわからないかもしれないけど、一度でいいから会社にいるときのダンナを見てみればよかったんだと思う。いつも寝不足でバテてるんだけど、やっぱりカッコいいと思うんだよね、私なんかから見ると。お父さんも銀行にいた頃、そうだったのかな、なんてね」

なにか言わなければいけない。言いたいことは、喉の、ここまで出ている。黙っていてはいけない。万里に伝えなければならないことがある。須藤康彦に告げたい言葉がある。確かに、喉の、ここにある。だが、その言葉は、唇の手前まで来ると泡が弾けるように消えうせてしまう。

「お父さん、さっき離婚の話をしてたとき、怒ってたよね？」

「……ああ」

「お父さんの言いたいこと、わかる。私たちのことひどい奴らだって思ってるでしょ、それ、ちゃんとわかってる。でも、もう壊れてるのよ、彼と奥さんの関係は。それを無理やりつづけてもしょうがないじゃない。奥さんだって早く新しい人生を考えたほうが幸せだと思わない？　こんな中途半端な状態がいつまでもつづくと、子供もかわいそうじゃない」

違う。山崎さんは顔をゆがめた。万里の言っていることは正しいのかもしれない。いや、きっと、正しいのだろう。しかし、どこかが違う。山崎さんが胸の内に持っているなにかを、万里は持っていない。足りないのだ。思いがひとつ、足りないのだ。

万里はアイスコーヒーを一口飲んで、つづけた。

「私、そこまで奥さんが意地を張るんなら、籍のことはどうでもいいと思ってるの。こっちもそのほうがいいかな、って」

「どういう意味だ？」

「だから、夫婦じゃなくてもパートナーとして一緒に暮らす、って感じ。そっちのほうが人間同士の関係として正しいような気もするし、仕事もずっとつづけたいし、苗字も変えたくないし……ウチの業界って、そういう人けっこういるのよ。考えてみれば、大好きだから一緒に暮らしはじめたはずなのに、一緒に暮らすことが重荷になって別れちゃうなんて、すごくばからしくない？　だから、なるべく軽やかな関係っていうか、そういうのでいいんじゃない？　子供も……悪いけど、お姉ちゃんのところにタカくんがいるから、私のほうの孫は、いいよね？」

聞いているときには、万里の声が音だけになって耳に流れ込んでいた。違うぞ、違う、おまえはなにかを忘れてるぞ、自分の胸の内の声のほうがくっきりと響く。

電話を終えてテーブルに戻ってきた須藤康彦を万里が笑顔で迎えた瞬間、意味がいっぺんにつながった、と気づく間もなく、首から上が急に熱くなった。頭に血がのぼるというのを初めて実感した。

「ふざけるな！」

怒鳴り声は、外に出ていくぶんより体の中にこもってしまったほうが多かった。耳鳴りがする。飛行機に乗っているときのように、耳に内側から蓋をされた感覚だ。

「ちょっと、そんな大声出さないでよ」

「うるさい！」

鼻の奥で、なにかがプツンと切れた。詰まっていた右の鼻腔《びこう》から空気が抜けたのもつかの間、追いかけて湧き上がってきた熱いものが再び鼻腔を満たし、あふれ、唇へ伝い落ちていく。

「やだ、お父さん、鼻血！」

万里が甲高い声をあげた。

5

奥さんは、山崎さんが熱にうなされながら伝えた万里の言葉を、軽く笑い飛ばした。

「それくらいの覚悟なんだって言いたかっただけよ。あの子だってちゃんと考えてるわよ。昔からよく、あなたをからかってたじゃない。彼氏ができたとか日曜日はデートだとか、それと同じだってば」

「……ばか言え」

山崎さんは額に載せた濡れタオルの縁で、両方の瞼を軽く押さえた。頭が痛い。新宿からタクシーでくぬぎ台に帰り着いたときには三十八度を超える熱があった。

「とにかく万里のことより、いまは自分の体のことを考えてよ。今度、血圧計ってもらったほうがいいんじゃない？　ほら、今年は銀行で健康診断も受けられないんだし。鼻血ですんだからまだいいけど、脳溢血とかクモ膜下出血とかだったらどうするの？」

「枕元でしゃべるなよ、頭に響くから」

寝返りを打とうにも、背中が布団に沈み込んで動かない。

「万里も心配してたわよ」

奥さんが立ち上がる気配がする。

襖が開く音につづいて、「あの子、なんのかんの言ってもお父さん子だから」。声が揺らいで聞こえた。

発熱はその後三日間つづき、定年退職以来八ヵ月におよぶ散歩の皆勤記録もついに途絶えてしまった。

皮肉なことに、山崎さんが寝込んでから天気は日ごとに回復し、三日目の夕方、ようやく平熱に下がった頃には薄陽も射してきた。

山崎さんは布団からゆっくりと体を起こし、こわばりの残る肩の関節を何度も回した。

床をのべた二階の和室は、千穂が使っていた部屋だ。家具は新居へ運んだり処分したりでなにも残っていないが、ポスターを何枚も貼っていたせいでまだらになった壁の色が、一家四人で暮らしていた頃を偲《しの》ばせる。二十歳頃から床を流行《はや》りのフローリングにしてくれとねだられていたが、贅沢だのまた今度だのと言っているうちに、結局それっきりになってしまった。

隣の万里の部屋は、去年の三月に家を出たときのまま、ほとんど手付かずにしてある。一人暮らしを始めても、せいぜい半年で帰ってくるだろうと思っていた。しっかり者の千穂とは違って子供の頃から甘えん坊で、そのくせ冒険好きなところもあり、いつも山崎さんをはらはらさせていた。会社の総合職試験を受けると聞いたときには「おまえが総合職？」と驚き、合格したときにはもっと驚いてしまい、「お父さんって私を過小評価してるのよ」とふくれつらをされた。

　また布団に横たわる。氷枕が頭の下でぐにゅぐにゅと揺れる。氷はすでに溶けきっているようだ。ゴムのにおいが、かすかに鼻を刺す。どこか懐かしいにおいだった。

　長女と次女という感覚ではなかった。二人の娘を見るときにはいつも、初めての子供と最後の子供という思いがあった。仕事にかまけて、育児と呼べるほどの接触はなかったが、それでも千穂のときには子供にまつわるすべてが初体験の戸惑いと感動があった。万里のときは逆だ。オシメも哺乳壜も這い這いもよちよち歩きもすべて、もうこれでおしまいなのだという寂しさにも似た感慨とともに記憶に刻み込まれた。千穂は、這えば立て、立てば歩めで育った。だが、万里は違う。立つようになれば這い這いをしていた頃が懐かしくなり、よちよち歩きを始めればつかまり立ちをもう一度してくれないものかと思ったものだった。

　そんな万里も、もうオトナになった。まだまだ危なっかしいところはあっても一人前のオトナなのだ。

寝返りを打ち、窓の明るさに背を向ける。万里と須藤康彦にあの日伝えたかったことは、いまも喉につっかえている。けれど、それはもう言葉としての輪郭を持っていない。

奥さんが、着替えの下着を持って部屋に入ってきた。

「氷枕は、もういいわよね？」

「ああ、だいじょうぶだ」

「さっき千穂から電話があったわよ。あなた寝てたから起こさなかったけど、高血圧の検査は絶対に受けてよ、って」

優しい子供だ、千穂も万里も。叱りつけたこともたくさんあったはずなのに、笑っている顔ばかりが記憶に残っている。といって、じゃあどういう場面の笑顔なのかと振り返ってみると、なにも浮かんでこない。

寝込んでいる間ずっとそうだった。娘たちとの思い出をとりとめなくたぐり寄せ、どれもこれもあやふやなことに気づいて、寂しさを募らせる、その繰り返しだった。

起き上がってパジャマのボタンをはずしながら、つぶやいた。

「俺、千穂と万里に、なにもしてやれなかったのかな」

「はあ？」

「仕事仕事でろくに遊んでもやれなかったし、躾《しつけ》のことも学校のことも全部おまえに任せっぱなしだったし……」

「どうしたの？　急に殊勝になっちゃって」

パジャマを脱ぎ、ランニングシャツ一枚になって、ふう、と息を継ぐ。身長百七十センチ、体重は五十三キロ。この世代にしては長身の、痩せた体だ。中年太りとは無縁だったが、五十代になった頃から、薄い胸板のまま下腹だけがぷくんと出てきた。

「歳、とっちゃったよなあ」

小首を傾げながら笑うと、奥さんは「この細腕で家族を支えてきたんじゃないあい」とおどけた声で、歌うように言った。

6

翌日はまた、朝から雨だった。朝刊を取りに出た奥さんが、玄関先に人差し指ほどもあるなめくじが這っているのを見つけた。

殺虫剤を買ってくるというのを大義名分に、「風邪は治りかけが一番危ないのよ」という奥さんの声をやり過ごして、いつもどおりの時間に散歩に出かけた。

四日ぶりの外出ともなると、見飽きたはずの家並みも多少は新鮮に感じられる。六月に入ってから長く目を楽しませてくれていた角の家の紫陽花《あじさい》は、散歩を休んでいる間に花の盛りを過ぎてしまったが、入れ替わるように別の家の泰山木のつぼみがふくらんできた。鉢植えだがなかなか立派な朝顔を育てている家もあり、こちらは梅雨明けが楽しみだ。

くぬぎ台にマイホームを建ててから定年まで二十四年間、毎日毎日、同じ道を通ってきた。紫陽花も泰山木も毎年同じ時季に同じように花を咲かせていたはずだが、それを目にした記憶がない。朝は六時五十七分発の新宿行き急行に乗るために、ときに小走りになって駅へ急いでいた。夜は夜で、一日の疲れを背負い込んで、いつもうつむいて坂を上っていた。坂を下りて、駅に着いた。改札脇の売店の前を通りかかるたびに、新聞スタンドに目が行ってしまう。スポーツ新聞や夕刊紙ともずいぶんごぶさたしている。退職したばかりの頃はときどき散歩のついでに買って帰ったものだが、居間で読むとどうも勝手が違うというか、込み合った通勤の車中で読んでいたときに比べて、どこを読んでも面白くないのだ。

山崎さんはもう駅の改札に駆け込むことはない。掲示板の観光案内のポスターを、いまならゆっくりと眺められる。線路脇の切り通しの斜面に小さな花壇がつくられていることを知ったのも、つい最近だ。忙しさに紛れていままで気づかなかったものがたくさんある。だが、それをひとつずつ見つけだしていくごとに、逆になにかが視界から消え失せてしまう、そんな気もする。

だからいま山崎さんは、くぬぎ台駅のたたずまいがよそよそしく見えてしかたないのである。

駅を横切って、三丁目、四丁目、五丁目とまわり、大きくUターンする格好で一丁目に入る。町内会長の家の前を通り過ぎたら、呼び止める声が聞こえた。振り向くと、町内会長が庭のテラスから、ちょっと待っててくれというふうに手をかざしていた。「ぶらぶら」をめぐる一夜以来である。

町内会長は折り畳み傘を開きながら通りに出て、「どうもどうも、こないだはみっともないところお見せしちゃって」と照れくさそうに笑った。起き抜けなのか、目が腫れぼったい。

「奥さんから聞いたんだけど、ヤマちゃん、風邪ひいちゃったんだって？」

「ええ、もうだいじょうぶなんですけど」

「あれだよ、散歩もほどほどにしとかないと。適当にさぼりながらやるってのが、趣味を長続きさせるコツなんだからさ」

「趣味じゃないですよ、ただの運動不足の解消なんですから」

少しだけ、あの夜のからみ酒への皮肉を込めて応えたが、それを聞いているのかいないのか、町内会長は髭に息を吹きかけて、「結局、適当っていうのが難しいのかなあ」とひとりごちる。

「どうしました？」

「いや、ちょっとね、ゆうべノムちゃんと遅くまで飲《や》ったんだ。無理やり付き合わされたんだけど、俺もこないだの借りがあるからしょうがなくてさ」

「野村さん、なにかあったんですか」

「ノムちゃんが大学の社会人講座受けてるって知ってる?」

「ええ、こないだ、ちらっと」

「昨日、初日だったんだって。朝見かけたときにはずいぶん張り切ってたんだけどさ、夜になって、べろんべろんに酔っぱらってウチに来たんだよ。ひどかったよ、あれに比べりゃ俺の酔い方なんてかわいいもんさ。もう、泣くわ怒るわテーブルを叩くわ畳の上を転げ回るわ、大騒ぎだったんだから」

「泣いたんですか?」

「そう。自分が情けないって、涙ぼろぼろ流してた」町内会長は顔をゆがめ、傘の柄を握り直した。「勉強なんか、教室で先生の話をじーっと聴くのなんか、向いてるわけないんだよ、ノムちゃんにはさあ。それなのに初っ端からあんなにたくさん授業とって、ばかなんだよ……」

昨日の講義は万葉集だった。ノートを教科別に揃え、万年筆を新調し、予習復習も必要だろうと電気スタンドまで買った野村さん、教室の最前列中央の席に陣取って講義に臨んだ。

中卒・中途採用のハンディを背負いながらも、業界大手のマッハ通運の部長まで務めた辣《らつ》腕《わん》の野村さんである。典型的な叩き上げ、現場主義者だ。研修だの講習だのが大嫌いで、

「理屈で荷物が運べるかアホンダラァ」というのが口癖で、マッハ通運西日本進出の立役者でありながら取締役に残れなかったことからも察せられるとおり、人の忠告やアドバイスを素直に聞き入れるタイプでもない。

そんな野村さんが、一コマ九十分の授業を受けるのだ。いままでの人生にはなんのかかわりもなく、今後の人生にも役立ちそうにない和歌や考古学や非ユークリッド幾何学の教養を深めるのだ。あの日電車の中で聞いたときにはただ感心するだけだったが、冷静に考えてみれば、これはずいぶん無謀な試みではないか……。

「ノムちゃん、授業中に寝ちゃったんだよ」

町内会長がぽつりと言った。腫れた瞼を絞るように強く瞬いて、わかるだろう？　と言いたげなまなざしを山崎さんに送る。

わかる。その光景が目に浮かぶ。だからこそ、山崎さんは笑えなかった。

「膝をつねったりしてだいぶ我慢したらしいんだけど、なにせ万葉集だからな、そりゃあキツいわ。最後のほうはいびきもかいてたらしい。その音で目が覚めたっていうんだからさ、まったくもう、へたなコントじゃあるまいし」

言葉とは裏腹に、町内会長の声は少しずつ沈んでいく。山崎さんの相槌も傘に落ちる雨音に紛れてしまう。

町内会長は、重く沈んだ声のいっとう底のあたりで付け加えた。

「前の晩に一所懸命予習して、それで寝不足になったんだってさ」

今度は山崎さん、笑った。おかしくてそうしたのではない。頬や顎や肩から力が抜けてしまったせいで、勝手に笑顔になった。

「ノムちゃんって張り切りすぎるんだよ。しょせん六十過ぎの手習いなんだから、もっと気楽に、適当にやればいいのにさ」

山崎さんは七割うなずき、残り三割、かぶりを振った。町内会長も、そのあいまいな応え方にむしろ得心した表情になる。

「できないんだよなあ、それがお互い。ヤマちゃんの散歩だって似たようなところ、あるんじゃない？」

「そうなんですよね、ほんとうに……」

「歳のせいなのかな、世代ってやつなのかな」

「両方でしょうね」

「うん、俺も、そう思う」

「適当にやるって難しいんですよ、不器用だから」

そうだよなあ、と町内会長は口の動きだけで応え、傘を少しあみだにして、雨空を見上げて言った。

「こないだ話してたことと矛盾してるかもしれないけど、俺たちって、ほんとうにぶらぶらしてるのかなあ。ヤマちゃんが風邪ひいたっていう話を聞いたり、ノムちゃんの居眠りのこと聞いたりすると、わからなくなっちゃうんだよ」

「ええ……」

「俺たち、ぶらぶらすることにも一所懸命になってるんじゃないのかな。必死になって、ぶらぶらしてるような気がする。どんなふうに必死なのかはわからないんだけど、とにかく、ほんとうのぶらぶらじゃないんだよ。わかる？　骨休めに温泉に行ってさ、風呂に何度も何度も入って結局のぼせちゃうみたいな感じ」

言葉の最後は笑い交じりだった。だが、笑い声はすぐに消える。まぶしそうに目を細めた町内会長は、もう一度、なにかを思い出したように短く笑い、「なあ、ヤマちゃん」と山崎さんを振り向いた。

「『余生』って嫌な言い方だと思わないか。余った人生だぜ？　ひでえこと言いやがるな、昔の奴は。でも、うまいこと言うもんだよ。余りだ、余り、俺たちがいま生きてるのは、自分の人生の余った時間なんだよ。そんなの楽しいわけないよな」

そしてまた、まなざしが空へ向く。

「俺、思うよ。何歳まで生きられるか知らないけど、六十歳から先の時間を削って若い頃に回すことができてりゃあな、って。一日がせめて二十五時間あれば、仕事も、家のことも、もっともっとたくさんできたんだよな。悔しいよ、いまこんなに時間が余ってるのが」

山崎さんは黙ってうなずいた。今度は同意が十割。そこに寂しさが加わって、うなずいた後でため息も漏れた。

7

ぐずついた天気は六月いっぱいつづいた。それでも、厚い雲の裏側で季節は確実に夏へ向かっているのだろう、雨のなか散歩をしていても肌寒さを感じることはなくなった。

晩酌が、燗をつけた日本酒からビールに変わった。枝豆の旨い時季である。

新潟の農家の生まれのせいか、山崎さんは枝豆には少々うるさい。スーパーマーケットの総菜や冷凍物など言語道断、文字どおり枝付きのやつをたっぷりのお湯で茹であげたものでなければいけない。茹で時間や塩加減など、奥さんに合格点を出すのは三度に一度あるかないかだ。

六月最後の日も、また——。

「しょうがないでしょ、ウチは小料理屋や割烹じゃないんだから」

奥さんは憮然として立ち上がり、立ったついでにカレンダーの六月のページを破り取った。

「あと半つまみなんだよ、もうちょっとだけ塩を利かせれば完璧なんだけどなあ、なんでそこがわからんかなあ……」

山崎さんは首をひねりながら、豆を前歯でしごき取った後の殻を小皿に捨てた。

「『たぬき』だか『きつね』だか知らないけど、そこに行って食べてくればいいじゃない」

「『むじな』だって」

「似たようなものよ」

「わざわざ枝豆食いに新宿まで行けるかよ」

口ではそう言いながらも、急に『むじな』の枝豆が恋しくなってきた。新宿西口の線路沿い、闇市の風情をいまなお残す一角にある小さなスタンド割烹である。七十歳過ぎのばあさんが一人で切り盛りする、十人も座れば満杯のしょぼくれた飲み屋で、料理もたいして手の込んだものは出てこないのだが、その味わいが絶品なのだ。冬の鱈《たら》ちり、春の山菜、秋にはキノコの和《あ》え物、そして夏場の枝豆。考えてみれば『むじな』の常連になって以来二十数年、山崎さんにとっての夏はいつも、『むじな』で初物の枝豆を食べることから始まっていたのだった。

「ねえ」座り直した奥さんの口調があらたまる。「枝豆はともかく、万里のことはなんとかしてくださいね。向こうはいつでもいいって言ってるんだから。せめて電話だけでもしてやって」

「今度晴れれば、な」

「天気なんて関係ないじゃない」

「あるさ。どうせだったら気分のいいときに会いたいじゃないか」

「気分の問題にしないでくれる？　大事な話なんだから」

奥さんはそう言って枝豆を口に運び、「美味しいじゃない、食べ物のことで文句言うのって贅沢よ」と山崎さんに向けるまなざしをさらに尖らせた。

山崎さんは黙ってグラスに残ったビールを飲み干した。枝豆の味が物足りないわけではないのかもしれない。ふと思ったが、口には出さなかった。


翌朝、山崎さんを起こしに来た奥さんが言った。

「約束したんだから、電話よろしくね」

言葉と同時に雨戸が開き、まぶしい陽射しが起き抜けの目に注ぎ込んできた。ひさびさの晴れ、それも雲ひとつない快晴である。「いまの時間なら、まだ家にいると思うわ」と言って階下に降りた奥さんは、手回しよくコードレスの受話器も枕元に置いていった。

しかたない。目をこすり、パジャマの胸のボタンを一つはずして、いい天気だものな、と覚悟を決めた。あの日言いたくて言えなかった言葉がなんだったか、いまもまだわからない。だが、自分でもわからないなにかを俺はおまえたちに伝えたくてたまらないんだ、それを言うだけでもいいかもしれない。

布団に体を起こし、ことさらに大きく伸びをした。あぐらをかいたまま受話器を手にとって、短縮番号2番を押した。呼び出し音が聞こえるまでの短い静けさのなか、そうだついでに『むじな』に枝豆を食いに行ってみるか、と思い立った。生ビールに枝豆、ミョウガを載せた冷や奴、塩で焼いた鶏の砂肝も悪くない。

枝豆と並べることで、いっぺんに気が楽になる。万里にも電話がつながってすぐに「今朝は機嫌いいじゃない」と言われた。半分は皮肉だったのだろうが、それをわかったうえで「今日ぐらいは得点を稼いでくれよ、最後のチャンスかもしれんぞ」と笑う余裕もあった。

待ち合わせは夕方、この前と同じホテルのティーラウンジ。

——今日なの？　ちょっと待ってよ。そんなこと急に言われても忙しい時期だし、彼のほうだって……。

「一生の問題なんだぞ、融通つけろ」

——じゃあ、十時頃、行けるかどうか私のほうから電話する。それでいい？

「駄目だ。こっちだって忙しいんだから」

——どこが忙しいのよお。

「忙しいんだよ。お父さんは、ずうっと忙しいんだ」

——……なに言ってるんだか。

「とにかく今日だったら会ってやる。いいな」

——ねえ、それって身勝手じゃない？

気色ばんできた万里の声が耳に届くか届かないかのうちに電話を切った。受話器を枕に放り投げて、もう一度、窓の外の空を見上げながら大きく伸びをする。

快晴かと思った空だったが、よく見ると薄く雲がなびいていた。しょせん梅雨の晴れ間だ。いまの上機嫌と同じ、長くはつづくまい。

ひさしぶりに傘を持たずに散歩に出かけた。定年仲間とは行き会わなかった。藤田さんは三日前に夫婦で北海道に出かけた。少し長逗留になると思うので皆さんによろしく、と出発前に電話がかかってきた。梅雨のない北海道で、夫婦共通の趣味のバードウォッチングを楽しんでいるのだろう。野村さんは眠気覚ましのメンソレータム持参で大学の授業を受けているはずだ。町内会長は先週から、八月に催されるくぬぎ台祭りの協賛金集めで市内の主だった企業や店舗を回っている。さすが元・広告代理店営業部長、去年は前年比倍の協賛金を集め、今年はさらにその倍額を目指すのだと張り切っていた。

仲間は皆、長い一日のそれぞれの過ごし方を見つけている。

ひとりぼっち、取り残されてしまった気もしないではない。

自分と同じように散歩中の、自分と似たような年格好の男性とすれ違うたびに、山崎さんはその人の後ろ姿を足を止めて見送った。誰の背中も寂しそうに見えてしまうのは、こっちの勝手な思いこみなのだろうか。

駅前のスーパーマーケットの前で、高橋さん夫妻を見かけた。奥さんは店先にワゴンを並べた百円均一雑貨市でアク掬《すく》いやシャモジを品定めしていて、ご主人のほうは少し離れた場所にあるベンチに座り、所在なげに煙草を吸っていた。山崎さんが会釈をしても、ご主人に気づいた様子はなかった。奥さんを見ているわけでもなさそうなぼんやりしたまなざしは、ひょっとしたら、どこにも据えられていないのかもしれない。

スーパーマーケットを通り過ぎて、また住宅の建ち並ぶ静かな一角に入った。上り坂の途中で、近くに人がいないのを確かめてから、歩きながら一発放屁した。

いいかげんでいいんだぞ、力んだり気を遣ったりしてもしょうがないんだぞ、今日は枝豆を食べるついでなんだからな、軽い気持ちで会えばいいんだ……。

繰り返し繰り返し、一所懸命、自分に言い聞かせた。

8

約束の時間どおりにロビーを見渡せる位置のテーブルにつき、まあのんびり待つとするか、とゴルフシャツの襟の開き具合を指で確かめていたら、注文したコーヒーが届く間もなく〈ヤマザキ・タカユキ様〉と記された紙を掲げたボーイがベルを鳴らしながら近づいてき山崎さんが軽く手を上げて腰を浮かせると、慇懃な笑顔とともに「お電話が入っております」と言う。

ラウンジの奥まったところにあるテレフォン・ブースに向かった。その時点で、電話の主と用件については見当がついていた。失望や落胆はない。最初から覚悟はしていたし、「なに勝手なこと言ってるのよ」と万里は怒るかもしれないが、こんなことで端折《はしよ》れるような仕事など仕事のうちに入るものか、とも思う。

予想は半分当たって、半分はずれた。電話の用件は約束のキャンセルだったが、それを伝えたのは万里ではなく須藤康彦だった。

——ほんとうに申し訳ありません、いろいろ調整してみたんですが、どうしても都合がつかなくて……。

携帯電話からなのか、声は遠く、ざらついたノイズも交じっていたが、須藤康彦が本気で詫びていることはちゃんと耳に届いた。

「いや、こっちこそ忙しいのに急に呼び出したりしてすみませんでした。また、日をあらためて会うことにしましょう」

そのまま電話を切ろうとしたが、受話器を耳にあてた手がなかなか動かない。須藤康彦も同じなのだろうか、ノイズ交じりの沈黙がしばらくつづいた。

山崎さんは、ふーう、と尻尾の長い息をついた。

須藤康彦が「え？」と聞き返してくる。

山崎さんも思わず「え？」と声を出してしまった。

「あの、いま、なにかおっしゃいませんでしたか？」と須藤康彦が遠慮がちに尋ね、山崎さんが「いえ、なにも」と応え、またしばらく、さっきよりもぎごちない間が空いた。

沈黙を破ったのは、須藤康彦のほうだった。

――今夜、妻に会うんです。万里さんには話してないんですが、離婚の話と、それから……。

つづく言葉を一瞬言い淀んだ須藤康彦は、ためらいを振り切るように早口に言った。

――あさって、息子の誕生日なんです。

山崎さんは黙っていた。「それで？」と先をうながすことも「どういうことですか？」と問うこともしなかった。ただ、無言で大きくうなずいただけだった。

顎を倒すと喉がすぼまる、そのとき、喉につっかえていた思いが、小さく動いた。

これだ、と気づいた。簡単な言葉だった。ありふれた言葉だった。

「須藤さん」声が、すうっと滑り出た。「ひとつだけ、約束してください」

――……はい。

「ゆっくり、時間をかけて話し合ってください。私は待ちます。万里にも待たせます。だから……あなたがつくった家庭です、あなたの家族です、最後まで責任を持って奥さんと話し合ってください。お願いします」

須藤康彦の返事は、なかなか返ってこなかった。かまわない。人の声より沈黙のほうがはっきりと伝わる、そんな電話だって、きっとある。

山崎さんは息を深く吸ってつづけた。

「万里とも、家庭をつくってください。子供をつくるとかつくらないとか、そんなのはどうでもいい、でも、あなたと万里が家族であってほしいんです。パートナーだとかそんなもの、私にはわかりません。時代遅れでもなんでも、とにかく、私は、万里を……あの子がいつか誰かと、どんな家庭でもいいから、自分たちの新しい家庭をつくるのを、ずっとですね、ほんとうにちっちゃな頃からずうっと……」

くぐもっていった山崎さんの声を引き取って、須藤康彦は「わかりました」と言った。話はそれで終わった。受話器を持つ右手は動かないままだったが、山崎さんは左手で電話機のフックを倒した。

意外と、あいつも同じタイミングで携帯電話の通話ボタンをオフにしたのかもな。そんなことを思い、おいおいあんまり甘い顔見せるんじゃないぞ、とゆるんだ頰を平手で軽く叩いた。

テーブルの上でぬるくなっていたコーヒーには口をつけず、ホテルを出た。喉はからからに渇いていたが、水を飲むのも我慢した。生ビールをグイッと飲《や》るには、そのほうが好都合である。

地下道を駅まで引き返し、線路沿いに折れる。

残業のないサラリーマンたちが何組も連れ立ってそれぞれの行きつけの飲み屋の暖簾をくぐっている。小さな、くたびれた店ばかりだ。サラリーマンが小遣いと電車の時刻を気にしながら、今日一日の自分自身にささやかな「お疲れさま」を言うための店が、互いにもたれかかって崩れるのを防いでいるような様子で建ち並んでいる。

『むじな』の前に来た。山崎さんの頰はまたゆるみはじめる。見知った顔の常連客に会えるかもしれない。今夜の突き出しは、炒《い》りオカラだろうか、レンコンのピリカラ煮だろうか……。

磨《す》りガラスの塡《はま》った引き戸は閉じていたが、満員に近いことは外から透けて見える背広の紺とワイシャツの白の重なり具合から察しがついた。もとの藍地が長年雨風にさらされて灰色に近くなった暖簾を軽くめくり上げれば、髪の毛が寂しくなった頭が鉤形《かぎがた》に並んでいるのも、見て取れるはずだ。

山崎さんは店の前にたたずんだまま、長年の経験をもとに、外から見える混み具合と空き席の有無を照らし合わせた。だいじょうぶ、一人なら、なんとかなる。おそらくトイレのドアの前、誰かが用足しにたつたびに椅子ごとどいてやらなければならない席だが、そこなら空いているだろう。

戸に手をかけようとしたら、店の中で笑い声があがった。その声に、山崎さん、思わず手をひっこめてしまう。手だけではない、足も一歩後ずさっていた。

うつむくと、ゴルフシャツのストライプが目に入った。ニットのズボンのくっきりしすぎる折り目も、大ぶりなベルトのバックルも、カジュアルシューズの円いつま先も。

店内では、また笑い声があがっていた。話の内容はわからないが、誰かが「課長、課長」としきりに別の誰かに声をかけている。

山崎さんはうつむいた顔をゆっくりと上げていった。暖簾を通り過ぎたまなざしは、暮れなずんだ西の空に向いた。午後から目に見えて雲が増えてきた。明日からまた、いや今夜のうちにも雨になるかもしれない。

「……傘、持ってないぞ、俺」

つぶやいて、踵《きびす》を返した。

9

くぬぎ台まで駅にしてあと六つというところで、電車の窓に雨粒が落ちてきた。一駅ごとに雨脚は強くなり、気温も下がってきたのだろう、窓が白く曇りはじめた。

隣町の駅で電車を降りた。くぬぎ台駅から自宅までタクシーを使うと距離が近すぎて、運転手に嫌な顔をされてしまうのだ。ふだんなら、一、二分我慢すればいいことだと思って運転手の舌打ちや急発進をやりすごすのだが、今夜は気分よく帰りたかった。上機嫌を最後まで保っていたいのか、逆にこれ以上落ち込みたくないと思っているのか、それは自分でもよくわからなかったのだが。

駅前のタクシー乗り場には行列ができていた。さほど長くはないが、そのぶん屋根も短い。行列の最後尾のサラリーマンは傘を差していて、客待ちのタクシーはすべて出払っていた。

改札を抜けたところで立ち止まった。赤い光が、視界の隅で気ぜわしく瞬《はずむ》く。駅の斜向かいに建つ雑居ビルの電飾看板だった。町内会長の愚痴酒に付き合わされた、あの居酒屋だ。ふと、いいアイデアが浮かんだ。そうか、そういう手もあるんだな、と頬がまたゆるんだ。

駅の構内の公衆電話から、奥さんに電話をかけた。居酒屋の名前と場所を伝え、「ちょっと傘持って迎えに来てくれよ。ついでに、ビールでもどうだ?」と誘ってみた。

奥さんはすぐさま、「なにのんきなこと言ってるのよ」と叱りつけるように言って、早口につづけた。

——万里と会うんじゃなかったの? さっき電話かかってきたわよ。三十分遅れでホテルの喫茶店に行ったら、もうお父さんいなかったって。会議、途中で抜け出してきたって言うじゃない、かんかんに怒ってたわよ、あの子。あとでまたウチに電話するって言ってたから、まっすぐ帰ってきてくださいね。

うなずきかけた山崎さんは、途中で思い直して、「いや、いいよ、軽く飲んでいくから」と言った。「今夜は外で飲みたい気分なんだ。おまえも付き合ってくれよ」

すると、電話の向こう側で、奥さんがクスッと笑った。

——あのね、さっき万里もおんなじようなこと言ってたの。せっかくお父さんと飲もうと思ってたのに、って。

「……口で言うだけだって、そんなの」

——あなた、須藤さんとなにか話したの？

「とにかく、傘忘れずに持って迎えに来てくれ。頼んだぞ、来るまで飲んでるからな」

奥さんの返事を待たずに、電話を切った。

居酒屋のカウンター席に座って生ビールと焼き鳥を注文し、熱いおしぼりで顔を拭いていたら、座敷のほうから名前を呼ばれた。

振り向くと、野村さんがいた。

男女半々、中高年ばかりの、十人ほどの団体で飲んでいた。だいぶ盛り上がっている。卓の中央に鎮座する舟盛もあらかた片付いていたし、なにより野村さんの顔が真っ赤だ。

「珍しいでんな、一人酒でっか。後ろ姿だけなら高倉健か鶴田浩二でっせ」

野村さんは山崎さんに声をかけ、両脇を固める中年のおばさんたちを左右交互に見やって
「いまのも関西弁ね、いいですね、『でんな』と『でっか』、それから『でっせ』。はい、ご一緒に」と言った。おばさんたちも照れくさそうに笑いながら、「でんな、でっか、でっせ」と拍子をとって唱和する。

きょとんとする山崎さんに、野村さんは胸を張り、声高らかに言った。

「山崎はん、大学いうたらクラスコンパでっせ、見てみなはれ、女子大生の皆さんがズラーッと並んでまんがな！」

「やだあ、うば桜ですよ、もう」ときれいな銀髪のおばあさんが掌を振りながら言い、それを縦より横の方が長そうな五十がらみの男性が「違う違う、枯れススキ」と混ぜっ返す。

「伊東はん、そういうときはやな、こない言い返しまんねな、『好っかーん、タコ』。『かーん』のところで声高うして、『タコ』でストンと落とすんがミソでっせ」

「好っかーん、タコ……ですか？」

「そうそうそう、伊東はん、スジがよろしおまんなあ。よっしゃ、あんたに『優』あげまひょ、首席でっせ」

「いよっ、野村教授、えこひいき！」

「違《ちゃ》う違《ちゃ》う、吉田はん、わし、えこひいきやのうて面食いなんですわ。なあ?」

山崎さんの表情は、「きょとん」から「ぽかん」に変わった。

そして、笑いが、頬ではなく腹の底からこみ上げてくる。

体の向きを元に戻し、中ジョッキの生ビールをグイッと飲んだ。グイッ、グイッ、グイッ、グイッと喉を休ませずに呷った。いっぺんに軽くなったジョッキをカウンターに置き、天井を見上げると、げっぷが気持ちよく鼻に抜けていった。


二杯目からは燗の日本酒にした。焼き鳥をたいらげると、つづいて、モズク酢、板わさ、モツ煮込みとカウンターに並んだ。しょせんは学生相手の居酒屋である。どれもたいした味ではない。けれど、いまは『むじな』を懐かしいとは思わない。

きっと、いまだけだろう。あと二、三年もすれば、素直に『むじな』の暖簾をくぐれるようになるだろう。古き良き時代のOBとして、不祥事つづきの昨今の銀行業界の体たらくを嘆き、金融ビッグバン後の丸の内銀行の行く末を案じつつ、居合わせた若いサラリーマンに説教ぐらいぶつかもしれない。だが、たぶん自慢話はしないだろうし、そのネタもないだろうな……。そんなことを考えながら、一合のお銚子を三本、空にした。

奥さんはまだ来ない。電話をしてから、すでに一時間が過ぎている。怒っているのかもしれない。それでもまあ、いいか、と四本目の酒を注文する。

座敷から、野村さんの音頭で三本締めの声と手拍子が聞こえる。クラスコンパはお開きになったようだ。立ち上がったり靴を履いたり、トイレに向かったり割り勘の会費を集めたりするざわめきを聞きながら、モツ煮込みのネギを箸の先でつついていたら、野村さんが背中を軽く叩いてきた。

「いやあ、ひさしぶりに騒いでもうた。これ、お裾分け」

山崎さんの肩越しに腕を伸ばし、軽く握った拳を板わさの皿の上で開くと、枝豆が一摑みぶん、ばらばらと落ちた。

「皆さん、大学でご一緒なんですよね」

「そう。万葉集の授業の後、せっかくのご縁やさかい親睦深めまひょかて有志が集まりましてん。まあ、万葉集の話は最初だけで、途中からはわしの関西弁講座でんねん。今度から月にいっぺんは飲みましょうやいう話になって、来月は博多弁講座でっせ。他の講座でもコンパすることになったら、ほんま、かなわんなあ」

「でも、楽しそうでなによりですよ」

「ほんま、ごっつ楽しいですわ。通いはじめた最初は、どないなるやろか思うとったんですけど、だんだん昔の勘も戻ってきましてん」

「昔の勘といいますと？」

「わし、小学生の頃から、授業中より昼休みや放課後のほうが元気のええ子ォやったんですわ」

野村さんはそう言って自分の顔を指さし、目をクリクリさせて笑った。半世紀前のガキ大将の面影が、一瞬だけでも感じ取れた。

「山崎はん、どないでっか？　毎日いうんは難儀でも、興味のありそうな講座一つ二つとってみるんも面白いん違いますか？」

いつかのときには、その誘いをあいまいにしか断れなかった。

だが、いま、山崎さんは笑顔で、「僕は、大学はいいや」と応える。「時間はかかるかもしれませんけど、のんびり探しますよ」

野村さんは「なにを？」とは訊かなかった。ほんの少し寂しそうな表情になったけれど、すぐに笑みを浮かべて、うんうんとうなずいた。

一人酒に戻ると、まるで野村さんのぶんの酔いまで背負い込んでしまったみたいに、目に映るものが急に揺らぎはじめた。

しかし、そこからも山崎さんは酒を飲みつづけた。飲むといっても、ピッチのほうは、ちびちびにも至らないゆっくりとしたものだ。酔いを深めなくてもいい。ただ、このままもう少し酔っていたかった。

野村さんが置いていった枝豆を口に入れる。冷凍物だろう、皮と実の間に水が溜まっていた。塩気も甘みも薄い。なるほど、こうしてみると、我が家の枝豆も捨てたものではないのかもしれない。

山崎隆幸、六十歳。夏の趣味、枝豆に生ビール。

まあいいかと笑ったとき、カウンターの中にいた若い店員が「はい、いらっしゃあい！」と出入り口に声をかけた。

さして期待もせずに目を向けると、戸口にたたずむ万里も、こっちを見ていた。頬をふくらませて、山崎さんを軽くにらんでいた。

驚かなかった。酔って頭の芯が痺れているせいかもしれない。

万里は傘を二本持っていた。一本は自分が差していた傘で、もう一本は透明のビニール傘。

「さっき、お母さんから携帯に電話があったの。お父さんに傘持っていってやれ、って」

万里はふくれつらのまま、山崎さんの隣に座った。

「新宿から来たのか」

「まあね、ひさしぶりに乗ったけど、やっぱり遠いなあ」

注文を取りに来た店員に、万里はお猪口を一つ頼んだ。「おまえ、日本酒飲めたんだっけ」と山崎さんが訊くと、「最近ね」と、やっとふくれつらがゆるんだ。

山崎さんはお銚子に手を伸ばそうとする万里を制し、お猪口が届くのを待って、酌をしてやった。お猪口の持ち方も、意外と堂に入っている。万里が酌を返そうとするのをまた「いいよいいよ」と制して、手酌で自分のお猪口を満たす。乾杯をするのも照れくさく、さっさと飲んだ。

そんな山崎さんをあきれたように見つめた万里は、酒を一口飲むと、すっと視線を横にそらして言った。

「お父さん、なんか、彼にカッコいいこと言ったんだって？」

「……ばか、そんなのじゃない」

「喜んでたよ、彼」

軽く腰を浮かせて、カウンターの上に並ぶ大皿の料理を覗き込みながら、つづける。

「感動しながら、しっかりミニ四駆にリボンかけてもらってた」

椅子に座り直して、酒をまた一口。山崎さんも一口。温かい酒は、いい。酔いごこちは円いほうがいい。

「あ、そうだ、お父さん知ってる？　今日、沖縄のほう梅雨明けしたって」

「東京は雨ばっかりだけどなあ」

万里はため息をついてうなずき、「でも」とつぶやくように言った。「もうすぐ明けるよね」

顔を上げ、そうでしょ？　と笑った。その笑顔が、ゆっくりとすぼまっていく。

山崎さんは黙って万里のお猪口に酒を注ぎ足した。お猪口の底に描かれた青い蛇の目が、ゆらゆら、揺れていた。

第六章　くぬぎ台ツアー

1

野村さんは怒っている。相当に怒っている。もう、端《はな》っから怒っているのである。

「これじゃ戒厳令でっせ」と吐き捨てるように言う。

なにを大袈裟な……と笑いかけた山崎さんは、野村さんの険しい視線を察して、あわてて頰を引き締めた。

くぬぎ台は、いま、三十年の歴史の中で最大の危機を迎えている、存亡の危機に瀕している。野村さんは冗談抜きで心の底からそう思っているのだ。

「古葉はん、とにかく、あんたが悪い」

町内会長をにらみつけて、ぴしゃりと言う。

「いや、まあ、ノムちゃんの気持ちもわかるけどさ……」と町内会長はたじろぎながら、助けを求めるように山崎さんを見やった。だが、山崎さん、気づかないふりをして目をそらす。実際、助けようにも助けられない。誰がどう見ても、悪いのは町内会長だ。

「街を裏切る町内会長がどこにおりまんねや。古葉はん、あんたは、くぬぎ台を売ったんや、わしらのことを売り飛ばしたんでっせ」

町内会長もさすがにむっとした顔になったが、なにも言い返さない。もはやその気力も失せているようだ。これで三日間、朝の散歩のたびに同じやりとりを繰り返してきた。

なおも文句を言い募ろうとした野村さんを、山崎さんは身振りで制した。すぐ先の四つ角に、大学生が数人立っている。広げた地図を指でたどっている者もいれば、カメラを肩から提げた者もいる。携帯電話を耳にあてた男は、今後の行動を指示されているのかもしれない。

学生たちから「おはようございます」と挨拶された町内会長は「やあ、ご苦労さん」と愛想笑いで応じ、四つ角を通り過ぎるとすぐに「しょうがないだろ、俺は連中に面が割れてるんだから」と野村さんに言い訳して、また山崎さんに「な？　しょうがないよな？」と助けを求める。これも三日間、何度となく繰り返されてきたことだった。

「くぬぎ台も有名になりまんなあ。ありがたいこっちゃ、ほんま、涙が出まっせ」

「あと四日だよ、我慢してくれよ、な？」

「我慢した挙げ句にボロクソに言われるんは、情けない話でんな」

「ボロクソかどうかなんてわからないだろう。ひょっとしたら、すごく理想的なニュータウンってことになるかもしれないんだし……」

言葉の尻尾が力なくすぼまった。そこが町内会長の正直なところだ。野村さんもあきれたように短く笑うだけで、それ以上はなにも言わなかった。

沈黙のなか、小さな公園にさしかかる。小学生の女の子たちが遊んでいた。「学校も夏休みに入ったんですね」と山崎さんが言うと、野村さんは「ガキが昼間からうろうろしとると、ろくなことありゃせんのや」と舌打ち交じりに応じた。

「タイミング悪いよな、いまは特に。通り魔だのなんだの、嫌なニュースがつづいてるし」と町内会長。

「これであんた、今週中に変な事件でも起きてみなはれ、もうおしまいでっせ」

うなずきかけた町内会長は、ふと思い出したように山崎さんを振り向いた。

「ヤマちゃん、ちょっと悪いけどさ、今夜からパトロールしてくれないか。車でササッと回るだけでいいから、気は心ってやつで」

「僕がですか？」

「だって、ほら、ヤマちゃんは町内会の防犯委員だろ。そうだよ、うん、それくらいやったほうがいいよ、防犯委員なんだからさ、それが仕事なんだから」

「……はあ」

予想外の展開だった。ずいぶん身勝手な展開でもある。野村さんも「ヤブヘビでんな」と山崎さんに同情するように、ひるがえって町内会長には「ドロナワでんな」と嫌みたっぷりに言う。

やれやれ、と山崎さんは天を仰いだ。梅雨が明け、いよいよ夏本番だ。まだ午前九時を回ったばかりだが、白く色が抜けたような陽射しが街に降りそそぐ。

今日は火曜日。『週刊ＰＡＳＳ』の発売日は、明日だ。今週もまた、どこかのニュータウンが徹底的に批判されているのだろう。

そして再来週発売の号で、おそらく、くぬぎ台も——。

二十代後半から三十代半ばのサラリーマンを読者層とする『週刊ＰＡＳＳ』は、数年前の創刊当初から「ビートルズを聴いた奴らを信じるな！」を謳《うた》い文句に、旧世代の生活や価値観をまっこうから否定しつづけてきた。年功序列、終身雇用、愛社精神、ワーカホリック、専業主婦、学歴信奉、左翼幻想、戦後民主主義神話……『週刊ＰＡＳＳ』に言わせれば、戦後を生きてきたサラリーマンこそが、いまのニッポンの混迷の元凶ということになる。

そんな『週刊ＰＡＳＳ』で、半年ほど前から《ニュータウン・ミシュラン》という連載が始まった。その名のとおり首都圏や関西のニュータウンを採点する企画だが、住宅雑誌の記事ではないので、美辞麗句は並ばない。調査は微に入り細をうがち、評価はとにかく辛口。住民の年代別構成や職業、年収、地価などはもちろん、過去の犯罪発生数や民事訴訟の数まで調べ上げて、不動産会社の営業マンが頭を抱え込んでしまうほどの厳しい格付けをおこなうのだ。

執筆者は、私立R大学人文学部社会学科・宮田真理子助教授。年齢はまだ三十代後半だが、ニュータウンを舞台にした事件が起きるたびにマスコミに登場するスター学者である。俎上《そじょう》にのぼったニュータウンは、AからEまでの五段階で評価される。最低のEは〈十年後にはゴーストタウン〉、Dは〈事情さえ許せばいますぐにでも引っ越すべき〉、Cは〈住んでしまったものはしかたない〉、Bが〈「住めば都」を信じよう〉、最高のAですら〈現時点でとりあえず引っ越しを考える必要はない〉という皮肉なトーンで、連載開始以来Aを得たニュータウンはまだひとつもない。

当然、ニュータウンの住民からすれば不愉快きわまりない企画である。編集部サイドでは無用のトラブルを避けるべく取材前に必ずニュータウンの町内会や自治会に挨拶をしているのだが、最近では地元の協力はいっさい得られなくなっているのだという。

ところが、東京の西のはずれに、奇特なニュータウンがあった。マスコミの取材というだけですっかり舞い上がってしまったお人好しな町内会長が、どういう趣旨の連載かを確かめもせず、全面的なバックアップを約束したうえに町内会が管理する集会所の使用許可まで与えてしまった街がある。

それが、くぬぎ台だったのだ。

「知ってれば、俺だって最初から断ったさ。『週刊PASS』なんて読んでないんだから、しょうがないだろう」

町内会長は何度も言う。だが、そんな言い訳では野村さんは収まらない。

「ほんま、無知いうんは怖いもんや。喧嘩売りに来る連中に据え膳出してどないしまんねや。あのセンセ、こないだテレビのニュースに出たの観ましたけど、言いたい放題でしたで。雨が降るんもニュータウンのせい、風が吹くんもニュータウンが悪い、て。最近絶好調でんがな」

「いや、でもさ、たとえ町内会が門前払いを食らわせても、どうせ取材されちゃうんだぜ。隠密だよ、ゲリラだよ、そんなのかえって気分悪いじゃないか。堂々とやってもらおうじゃないの、うん」

「なに言うてまんねや、どうせあんた『会長さん、会長さん』ておだてられて、ほいほいOKしたんでっしゃろ。調子に乗って『くぬぎ台の隅から隅まで見てくれたまえ』やら『町内会長のわしがうんと言えば住民はみんな従うから』やら言うたん違《ちゃ》いますか？　もう、わし、その絵ェが見えるような気ィしますわ」

山崎さんにも、はっきりと想像できる。町内会長は決して悪い人ではない。しかし、あまりにも単純な性格なのだ。

「わし、センセに言うたりますわ。わしら理屈で家買うたん違《ちゃ》うどアホンダラァ、て。なんなら一発かましたりまひょか」

野村さんはそう言って、半袖シャツから覗く太い二の腕に力瘤《ちからこぶ》をつくる。なんのことはない、野村さんだって町内会長に負けず劣らずの単純明快な性格の持ち主なのだ。

「ヤマちゃん、もうあんただけが頼りだよ。なにかあったら協力してくれ、な？　ほんと、ヤマちゃんに見捨てられたら孤立無援になっちゃうんだからさ」

町内会長に拝まれて、山崎さん、「ええ」と「はあ」と「いえ」のすべてが入り交じったか細い声で応え、横から「生意気な学生どもをどついて根性叩き直したるんもオトナの責任でっせ」と言う野村さんを苦笑いでなだめ、二人の視線からはずれたタイミングを見計らって、そっとため息をつく。損な性格なのである。

水曜日。三人は駅の売店で『週刊ＰＡＳＳ』の最新号を買い、《ニュータウン・ミシュラン》のページを開いた。

今週は、千葉県のニュータウンがこてんぱんにやられていた。

バブル景気を挟んで開発・分譲が進められたそのニュータウンでは、分譲時期による価格の差が甚だしく、バブル前・バブル期・バブル後の三層に住民が分割され、それが街に透明な壁をつくりだしている。外周道路は暴走族の集会ルートになっていて、ニュータウン内にもメンバーが十人近くいる。バブル期に分譲された地区では、すでに五世帯がローン破綻で家を手放し、業者の建て急ぎや売り急ぎの相次いだバブル後分譲の地区では、手抜き工事をめぐって地元の工務店を訴えている家もある。町内会の活動内容からすると町内会費は割高で、駅前の居酒屋の価格も高い。風俗業者の捨て看板が三十本、ゴミ収集所もきわめて不潔。昨年一年間の救急車の出動回数は八件で、うち二件が交通事故。見通しの悪い交差点が多く、カーブミラーも不備が目立つ。ニュータウンに隣接して公営墓地、半径三キロ以内に市営のゴミ焼却場と民間の産業廃棄物処分場あり。公園は四つあるが、うち三つには暴走族の落書きあり。南公園ではスケートボードや花火の騒音が問題になっている。写真は、公園の落書きと、ゴミ収集所、さらに朝の通勤のピークだという六時二十二分発のバスの混雑した車内……。

評価は、E。ゴーストタウン化を宣告されてしまったわけだ。

町内会長はほとんどヤケクソになって言った。

「そうだ、俺、くぬぎ台会館に差し入れするよ。ビールとかアイスクリームとか、学生さんも多いんだから、そういうのって割と効果あるんじゃないか？　人間っていうものはだな、世話になった相手のことをなかなか悪くは言えないものだよ。町内会の予算じゃなくて、俺の自腹で奢《おご》る、それなら文句ないだろ？・な？鰻重《うなじゅう》でもとってやれば、そりゃあ喜ぶよ、な？　な？」

「……やめときなはれ」

ため息が、野村さんから山崎さん、町内会長へと巡っていく。

「フーさんがいてくれればなあ」

町内会長がぽつりと言う。野村さんも山崎さんも、気持ちは同じだ。くぬぎ台開発の担当者、いわばニュータウンのプロの藤田さんなら、宮田助教授の批判を切り返す理論武装ができているだろう。少なくとも、この街のどのあたりが弱く、どこをアピールすればいいかぐらいはわかっているはずだ。

だが、いま、藤田さんはくぬぎ台にいない。六月の終わりに夫婦で北海道に出かけて、三週間を超える長逗留である。夫婦ともどもバードウォッチングを堪能しているのだろう。

とにかく――もはやいまは「とにかく」でしか話をまとめられない。取材は始まってしまったのだ。我らがマイホーム・タウン、くぬぎ台の評価は、あと数日のうちに決するのである。

2

くぬぎ台駅の掲示板に掲げられた〈取材協力のお願い〉の貼り紙が、何者かに破られた。山崎さんがそれをデパートに出かけた奥さんから聞いたのは、水曜日の夜のことだ。最初は酔って帰ってきたサラリーマンの仕業だろうと思った。だが、奥さんは「朝はなんともなかったから、たぶん昼間よ」と言う。

「じゃあ、奥さん方がやったのか？」

「子供でしょ、中学生とか高校生とか。破られる前から落書きがたくさんしてあったし」

貼り紙は『週刊ＰＡＳＳ』編集部から住民に宛てた形になっていたが、〈町内会（古葉和正会長）の全面的なご協力をいただき〉という文言の、古葉さんの名前の脇に、〈バカ〉や〈死ね〉とあったらしい。

「町内会長さん、すっかり悪者になっちゃったわね。商店街でもみんな怒ってたわよ。場合によっちゃ責任を問うって」

「電話もかかってきてるみたいだな、古葉さんち」

「抗議の？」

「ちゃんと文句を言うんなら、まだいいさ。ここのところ毎晩、夜中に無言電話だ。奥さんもすっかり参っちゃって、今朝から寝込んでるらしい。古葉さんも散歩の終わり頃になって言うもんだから、野村さんも俺もなにも知らなくて、古葉さんにポンポン言いたいこと言って、悪いことしちゃったよ」

山崎さんはリモコンを手にとって、エアコンの風を強くした。今夜もおそらく熱帯夜になるだろう。蒸し暑さで眠れない夜の腹立ち紛れに電話機のプッシュボタンを押し、電話がつながると同時に受話器を置いて薄笑いを浮かべる、そんな奴がこの街にいる。男か女か、年齢はいくつか、なにもわからない。わからないからこそ、怖い。

「くぬぎ台がこんなに嫌な街だとは思わなかったよ、俺」

「どこにだってそういう人はいるわよ」

「じゃあ、嫌な国になったんだ、嫌な時代になったんだよ」

「そんなこと言ったら、きりがないじゃない」

山崎さんにしても、くぬぎ台が理想郷だなどと言うつもりはない。先月、四丁目に痴漢が出た。夜道を歩いていて後ろから抱きつかれた程度のことだったが、犯罪は犯罪だ。一丁目には、年老いた母親を田舎から引き取って同居を始めたものの、ほどなく母親が惚《ぼ》けてしまった家もある。夜中に徘徊して近所の家の庭に入り込み、パトカーも何度か出動したはずだ。

奥さんが仕入れてくる噂話も含めれば、もっとある。五丁目に登校拒否の中学生がいる、二世帯住宅に建て替えた後の日照権をめぐって隣家と揉《も》めている家が一丁目にある、五丁目に住む小学五年生の女の子が学校帰りにワゴン車に無理やり乗せられそうになった、真夜中に奇声を発しながら自転車を乗り回す青年が三丁目にいる、二丁目のはずれにある一軒が自宅にあやしげな宗教の看板を掲げている……。

一丁目から五丁目まで総数約二千戸の街は、噂に尾鰭《おひれ》がつくにはじゅうぶんな広さだが、流れてくる話をテレビのニュースと同じように他人事として聞き流せるほどには遠くない。そして、真偽を確かめるには、やはり、広すぎる。

奥さんはキッチンで夕食の後片付けにとりかかり、山崎さんは居間に残って夕刊を広げた。社会面には嫌な事件が、いつだっていくつも載っている。若者がゲーム気分で大人を襲い、大人が自分の子供ぐらいの年齢の少女を金で買い、親が子供を殺し、子供が親を殺し、家に火が放たれ、電車の車内で催涙スプレーが撒き散らかされ、梅雨明け前には子供が子供を惨殺した事件がこれでもかと言うくらい大きく報じられていた。

「昔はよかった」とニュースキャスターのようなことを言うつもりはない。昔だって嫌な事件はたくさんあった。それは認めたうえで、「しかし、まあ、なんなんだろうなあ……」と意味のない言葉をひとりごちて、新聞をめくる。

同じつぶやきは、髪を染めた若者が二人乗りの自転車で駅前商店街を突っ切っていくのを見かけるたびに、プリクラの機械の前に群がる女の子たちのスカートのとんでもない短さにどぎまぎするたびに、ため息と一緒に漏れる。

千穂に万里、二人とも真面目な娘だった。男友だちとの長電話を叱ったことや終電間近まで遊びほうけていて心配したことは何度もあったはずなのだが、いま、昔を振り返ってみると、素直で明るい子供たちだったとしか感想が出てこないのだ。

食器を洗う水音に、電話の呼び出し音が重なった。無言電話の話が蘇り、とくん、と胸が高鳴る。三度目のコールで、奥さんがキッチンに置いてあるコードレスの子機を取り、すぐに「あ、どうも、こんばんはあ」と甲高い声が聞こえてきた。

ほっとして息をついたとき、奥さんが保留音の鳴る受話器を手に居間に戻ってきた。

「藤田さんよ。夕方、北海道から帰ってきたんだって」

受話器を山崎さんに渡しながら、困惑顔で「かなり酔ってるわよ」と付け加えた。

くぬぎ台の夜は早い。駅前商店街の店はどこも九時にはシャッターを下ろしてしまい、十時をまわると街ぜんたいが寝支度を始める。都心からの電車もその頃には極端に本数が減り、二十分に一本の電車が着いた直後は駅から住宅街へ向かって何本かの人の流れができるが、それも交差点に出るたびに枝分かれして、数分もすれば街はまた、しんと静まり返る。

そんなくぬぎ台を、山崎さんは徐行運転の車で回っていく。目はフロントガラス越しの風景を見つめ、耳はカーラジオのスタンダード・ナンバーを聴いているのだが、頭の中では別のことを考えていた。

さっきまで、助手席に藤田さんが乗っていた。五丁目のはずれまで連れて行き、家に送って、それからあらためてパトロールに出かけたのだった。

「山崎さん、僕はあそこに行きたいなあ、夕涼みにはちょっと時間が遅いけど、付き合ってくれませんか」

電話で聴いた藤田さんの声が蘇る。「あそこ」が五丁目のはずれの空き地だと知るために言葉が何往復も必要だった。それくらい酔っていた。酒が強くなく、あまり好きなほうでもない藤田さんにしては、珍しいことだった。

たまたまパトロールがあったので車で往復できたが、たとえ山崎さんが晩酌でほろ酔いだったとしても、「じゃあ歩いて行きましょう」と藤田さんは言っただろう。「歩きだと二十分ぐらいかかりますよ」と諭《さと》したり「明日にしましょうよ」となだめたりしても、無駄だっただろう。

「とにかく、いま行きたいんです、いま。明日になれば駄目なんですよ、もう」

強引だった。これも、万事控えめな藤田さんには珍しい。しかたなく……というより、藤田さんの様子に尋常ならざるものを感じて、電話を切るとすぐに迎えに行った。

車の中で何度も「どうしたんです？」と訊いたが、藤田さんは「着いたら話しますよ」と言うだけで、あとはずっと「北海道は空が広いんですよお、ほんとーに広いんですよお」と間延びした声で繰り返していた。

　空き地の前で車を停め、藤田さんにうながされるまま外に出た。数区画ぶんまとまった、広い空き地である。くぬぎ台の北東の端、その先は崖になっていて、市街地が一望できる。都心の夜景とは比ぶべくもないが、夜空の眺めも街の灯もなかなかのものだった。

　雑草の茂みから虫の声が聞こえていた。まだ七月の下旬だが、季節は夜ごとに、少しずつ、移り変わっている。

「今夜で見納めですよ、ここからの景色も」

　ぽつりと言った藤田さんは、しゃっくりをひとつ挟んで「明日の朝から工事が始まります」とつづけた。

「家が建つんですか？」

「ええ。夕方、家に帰ったら、不動産部の後輩から留守番電話が入ってました。建売で四軒、十月には完成です」

「お買いになるんですか？」

　違いますよと笑った声が、しゃっくりと一緒に跳ねた。

「この空き地、五丁目の分譲をするときに売れ残っちゃったんです。しょうがないんで系列の不動産部に買い取ってもらったんですけど、バブルの頃は売るに売れず、地価が落ち着いたら不況でしょ、どうなることかと思ってずーっと気になってて、不動産部にも申し訳なかったし、開発担当者としても心残りだったんです」

「心残りなんて縁起でもないですよ」と山崎さんは笑った。

だが、すぐに知った、藤田さんは「心残り」という言葉を選んで遣っていたのだ。

胸を叩いてしゃっくりを抑えた藤田さんは、夜空を見上げ、市街地の夜景を見渡し、初めて山崎さんを振り向いて言った。

「僕ね、引っ越そうと思ってるんです」

声は届いたが、意味を受け取り損ねた。

「北海道に引っ越します」

今度は、返す言葉が見つけられない。

「東京に帰ってくるまでは気持ちが半々だったんですが、留守番電話を聞いて、この空き地が売りに出るって……くぬぎ台で最後の新規分譲です、これで、僕の仕事も終わるんです」

藤田さんは気持ちよさそうに、ほんとうに気持ちよさそうに両手を広げて伸びをして、夜空をまた見上げた。

「北海道の空は広いんですよ、広くて、青くて、高い。変な言い方ですけど、空がまるごとぜーんぶ空っていう感じなんですよねえ……」

三丁目の四十六番地に蛍光灯が瞬いている街灯をひとつ見つけた以外には、今夜のくぬぎ台、異状なし。

十一時前に帰宅して、ウイスキーを啜りながら奥さんに藤田さんのことを話した。

「あれだけ酔ってたんだから、明日になれば忘れてるんじゃない？」

奥さんは、北海道土産のバターサンドクッキーを頬張って笑った。

山崎さんも半分はそう思う。だが、残り半分は、きっと本気だろう、と別れを覚悟している。藤田さんの言う「まるごとぜーんぶ」の空を自分なりに思い描いてみると、生まれ故郷の新潟の空が瞼の裏に広がる。あれは確かに「まるごとぜーんぶ」の空だった。懐かしさというより、いとおしさのほうがつのる。そのいとおしさを藤田さんに重ねると、気持ちはわかりますよ、としか言えない。

いつだったか、藤田さんと「ニュータウンはふるさとたりうるか」という話をした。そのときは結論は出ずじまいだったが、藤田さんはくぬぎ台を終《つい》の住処《すみか》には選ばなかった、それがいま、わかった。

「クッキー食べないの？　美味しいわよ」

「いいよ、明日で」

「北海道って涼しいんでしょ、夏場は最高よね」

「そのかわり冬は寒いさ」

「でも、二重窓なんかになってるんでしょ。よく言うじゃない、北海道の人、家の中だと暑いくらいだ、って」

「外は寒いんだよ、凍え死ぬほど寒いんだ」

グラスの底に溶け残っていた氷を口に含み、奥歯で嚙み砕いた。いま、思い出した。五丁目のあの空き地は、去年の十一月、藤田さんと初めて言葉を交わした場所だった。

3

木曜日の夜、宮田助教授が突然くぬぎ台に来ることになった。

――まいっちゃうよ、センセイに目をつけられちゃったみたいだ。これ、はっきり言って死刑宣告だぜ。

町内会長の声は、困惑と疲れで重く沈み込んでいた。昼間の散歩を休んだのも、奥さんの看病のためだけではなさそうだ。

――ほんとうは金曜日と土曜日の二日だけ来るはずだったのに、学生の集めたデータを見て、くぬぎ台はひじょうに面白いニュータウンである、ってことになってさ……。

スケジュールが急に空いたので、いまからくぬぎ台まで車を飛ばしてくるのだという。町内会長は「『面白い』って言われても、困っちゃうよなあ」と力なく笑い、山崎さんも「なんだかアタマに来ちゃいますね」とため息交じりに応えた。

宮田助教授が「面白い」と感じたのは、くぬぎ台の世代別構成だった。

藤田さんをチーフとする武蔵電鉄沿線開発課くぬぎ台プロジェクトチームは、土地購入者を「都心の一流企業に通う三十代半ばの夫と専業主婦の妻に子供が二人の四人家族」と想定し、それに合わせて一区画の広さや価格を決めていた。そのため、一丁目から五丁目までの分譲時期の違いは、ほとんどそのまま住民の年齢差に重なる。大ざっぱに区分けするなら、一丁目世代は六十代後半、二丁目世代が六十代前半、以下五十代後半の三丁目、五十代前半の四丁目、四十代後半の五丁目となる。

——地域が広がっていくんじゃなくて、世代が連なっていく形のニュータウンなんだってさ、ここは。こんなにきれいに分かれているのは、特に珍しいらしい。

電話の本題は、そこからだった。

山崎さん、宮田助教授の道案内役に指名されてしまったのだ。

——俺が行けば一番いいんだけどさ、女房の具合もあまりよくなくて、留守にできないんだ。

「いたずら電話、ゆうべも来たんですか」

——五、六回だけどな。でも、ヤマちゃん、そのことセンセイには絶対に黙っててよ。ね？　わざわざ恥をさらすことないからさ。

「ええ、それは……わかってます」

――どうせ今夜もパトロールするんだろ、ほんとうに重ね重ね申し訳ないけど、助けてよ。ノムちゃんはあの調子だし、フーさんもいないし、頼りになるのってヤマちゃん一人なんだから。

町内会長は「明日も外に出られないと思うから、散歩の途中にでもウチに寄って今夜の話を教えてくれよ」とも言った。藤田さんのことが喉元まで出かかったのをこらえて、山崎さんは電話を切った。町内会長にこれ以上やっかいなことを背負わせたくなかった。

宮田助教授との待ち合わせは一時間後。時間は、ある。

いったん戻した受話器をまた取り上げて、藤田さんの家の電話番号を押していった。

長旅の疲れと二日酔いで朝からダウンしていたという藤田さんは、しかし、昼間のうちに武蔵不動産に電話を入れて売却の査定を受けていた。やはりゆうべの話は本気だったのだ。

「バブルの頃に比べると冗談みたいな値段ですけど、そのぶん早く売れそうですよ」

藤田さんは応接間のソファーに座る山崎さんに背中を向け、つくりつけの本棚に並ぶ本の背表紙を目と指でたどりながら言った。

「北海道の家は、もう決めてるんですか」

「とりあえず札幌でマンションを借りて、腰を据えて探します。自分でもちょっと驚いてるんですよ、北海道なんてね。でも、僕も女房も、とにかくあの空に惚れちゃいましてね。多少苦労しても、ああいう空の下で暮らしたら長生きできるかもな、って。還暦過ぎて、生まれて初めての無謀な大冒険ですよ」

「子供さんは、どうおっしゃってるんですか」

「いやあ、息子は自分でさっさとマンション買いましたし、娘も嫁に行ったから、もう関係ないですよ。親は親、子供は子供。これでいかなくちゃね」

藤田さん宅は、全体としてはごくふつうの和風建築だが、応接間だけは山小屋のような板張りで、野鳥の写真やデコイが飾られた壁にはランプも取り付けてある。ひょっとしたら、北海道に引っ越すことはずいぶん前から考えていたのかもしれない。それを訊いてみようかとも思ったが、よく冷えた麦茶を一口飲むと、言葉も一緒に喉からみぞおちへ流れ落ちてしまった。

「二、三年前の本ですけど、言ってることは、いまとたいして違いませんから」

藤田さんはソファーに戻り、書棚から抜き取った宮田助教授の論文集をテーブルに置いた。藤田さん宅を訪ねた口実は、これで役目を終えたことになる。山崎さんは麦茶をもう一口、意識的にゆっくりと飲んで、「助かります、読んだらすぐにお返ししますから」と頭を下げた。

「よかったら差し上げますよ。どうせ本はほとんど処分するつもりですし」と藤田さんは煙草をシャツのポケットから出す。

煙草の最初の煙が吐き出されるのを待って、山崎さんは言った。

「僕は門外漢なんでさっぱりわからないんですが、どうなんですか、学説っていうか、センセイの言ってることって、正しいんですか？」

藤田さんは少し考えてから、「間違ってはいませんね」と言った。微妙な言い回しだったが、表情にはもっと微妙な翳《かげ》りが宿っていた。

「そうですか、センセイに一言ぐらい文句が言えないかなと思ってたんですが……」

「やめといたほうがいいですよ。理屈じゃ勝てません」

「藤田さんでも？」

「駄目ですね」

「負けを認める、というわけですか」

勢い込む山崎さんをいなすように、藤田さんは苦笑いを浮かべ、煙草の煙を目で追いながら言った。

「宮田さんの言ってることは、ジャンケンの後出しと同じなんです。僕らは先にグーを出して、宮田さんはそれを見てパーを出す。パーを出したニュータウンがあれば、宮田さんはチヨキを出せばいい。最初から、僕らは勝てないようにできてるんです」

「でも、後出しってルール違反じゃないですか」

「ふつうのジャンケンならね。でも、僕らがやってることは、『ジャンケン、ポン』の『ポン』がずうっとつづくんです。『ン――』と余韻が残ってるから、後出しをしてもルール違反にはならない。わかります？」

山崎さんは無言でかぶりを振った。

「要するに、どこのニュータウンも、開発の時点ではベストを尽くしてるんです。たんに土地を切り売りするんじゃなくて、住民がどんな暮らしを求めているかをリサーチして、住民にどんな生活を送ってもらいたいかを考えて、街をつくるんです。図面を広げて、さあどこにメインストリートの線を引けば一番いいんだろう、とね」

藤田さんの煙草が二本目になり、山崎さんはグラスに残った麦茶を飲み干した。藤田さんの肩越しに、デコイの鴨が山崎さんをじっと見つめる。ガラスの目玉が、部屋の明かりを鈍く弾いていた。

藤田さんは淡々とした口調のままつづける。

「ただ、それはあくまでも開発の時点の社会状況や価値観に基づいたベストなんです。五年で街をつくり変えられるんなら、ずっとベストを保てます。でも、街っていうのはそういうものじゃない。住民だって歳をとる。エレベータのない古い団地が、いまどんどんゴーストタウンになってるのは、山崎さんだってご存じでしょう。駐車場のない団地の不法駐車も問題になってる。でもね、昔の団地は若い家族が住むことを想定してつくってあるんです。階段がのぼれなくなるなんて考えられなかった。エレベータのコストも高かった。どこの家でもマイカーを持つ時代になるなんて、三十年や四十年前には思いも寄らなかった……」

「わかります、それは」

「宮田さんが批判するように、誤算や後悔はたくさんあるんです。目に見えることだけじゃなくて、僕らが理想だと思っていたライフスタイルや価値観そのものが、いまにして考えるとずいぶん間違っていたのかもしれない」

「藤田さんは、どういう理想をくぬぎ台に……」

「きれいな街、かな。農村とも下町とも違う、スマートな街」

藤田さんは自分の言葉をからかうように肩をすくめ、火を点けたばかりの煙草を灰皿に捨てて、「くぬぎ台も、三十年前だと絶対にAランクなんですけどね」と笑う。

「いまは、もう駄目ですか」

「おそらく、D。下手をすればEになる可能性もあるでしょう」

さらりと言った。他人事のような冷静さが寂しかった。

「藤田さんは、それでいいんですか」

思わず声が高くなった。藤田さんもその勢いにつられたのか、初めて感情のこもった声で言い返した。

「悔しいですよ、僕が一番悔しいんですよ。でも、後出しジャンケンには勝てないんですよ、しようがないじゃないですか……」

山崎さんは麦茶のグラスを口に運びかけ、空だと気づいて、ため息交じりにテーブルに戻した。藤田さんは「もう一杯いかがですか」とは言ってくれなかった。

4

駅前ロータリーに車を停め、宮田助教授を待ちながら、街灯の明かりを頼りに本をぱらぱらめくった。書店で立ち読みをするときよりもいいかげんな斜め読みだったが、宮田助教授のニュータウン批判の辛辣《しんらつ》さは字面からも感じ取れた。

曰《いわ》く、ニュータウンとは戦後民主主義と資本主義に基づく単一の価値観に覆われた街である。

曰く、ニュータウンとは過度の学校信仰により「オトナ」の役割をすべて学校教育に委ね、自らの義務を放棄した「オトナ」たちによって構成された街である。

曰く、ニュータウンとは立地条件や家の広さ、その他もろもろの生活の快適度が、すべて収入によって決められる競争原理に貫かれた街である。

曰く、ニュータウンはその設計思想において、街が本来持つべきさまざまな要素を排除してきた。たとえば、死と老い。夫婦に未成年の子供二人を「標準世帯」とするニュータウンは、老人（＝旧世代）の存在を無視することで成り立っていた。祖父母・子・孫とイエの系譜が連なることを前提とした旧来の農村を蓄積の街とするならば、ニュータウンは流動の街である。しかるに、戦後の政府の土地政策と連動した形で、ニュータウンにおいても持ち家信仰は根強い。かくして、通過点であるべき街に縛り付けられる住民という矛盾が生じるのである。

曰く、ニュータウンの住民は、ほぼ例外なくローンを組んで土地および家屋（含む集合住宅）を取得している。ローン審査・返済システムの大前提にあるのは、企業における終身雇用と年功序列制度の堅持である。いわば、イデオロギーの左右を超えた「生活保守」の思想がニュータウンを形成しているのである……。

まだ序論の半分にも来ていなかったが、うんざりして本を閉じた。

藤田さんが話していたとおり、宮田助教授の主張に間違いはない。だが、だったら俺たちはどうすればよかったんだ、とも言いたくなる。なるほど確かに、後出しジャンケンだった。

午後十時。約束の時間どおりに、宮田助教授が学生を一人伴って姿を現した。

山崎さんが車から降りると、「今夜はよろしくお願いします」と丁寧に挨拶をする。テレビで見たときにはずいぶん派手な顔立ちだという印象だったが、いまはジーンズとTシャツ姿で化粧気もなく、髪も無造作に束ねただけで、新進気鋭の若手学者より学生劇団のマネージャーのほうがピンと来る。

しかし、車の後部座席に乗り込むと、すぐさま宮田助教授は学生から住居地図を受け取り、くぬぎ台駅発のバス便の終バス時刻を確認した。学生は分厚いノートを繰って答える。三路線とも、すでに運行が終わっている。宮田助教授は地図を広げてバス停をペンライトでたどり、学生は午後十時台のタクシー乗り場の状況について報告していった。空車の数、行列の長さ、客待ちの車が出払ってから新しい車が回ってくるまでの所要時間、バスの終点までタクシーを使った場合の料金……。

数字を読み上げる学生の声を聞いていると、なんとも言えず嫌な気分になった。宮田助教授の持つ地図が、がさがさと音をたてる。その音も、耳に障る。

数字だけで、なにがわかる。地図を眺めるというのは、要するに高みから見下ろすということではないか。

もちろん、言えない。「いやあ、よく調べてるんですねえ」と、話し好きのタクシー運転手のような愛想笑いまで浮かべてしまった。町内会長の人選は、やはり正しかったわけだ。

五丁目から四丁目、三丁目へと、ゆうべよりも念入りに回った。宮田助教授が山崎さんに声をかけてくることはなく、山崎さんも黙って運転をつづけた。途中で車を降りたほうがよりパトロールらしいだろうかとは思ったが、こういうときにかぎって蛍光灯が瞬いている街灯が見つからない。

代わりに、舌を打ちたくなることはいくつもあった。禁止されている夜間のゴミ出しが目立つ。歩きながら火の点いた煙草を投げ捨てるサラリーマンもいた。無灯火の自転車もある。大通りに出ると、自動販売機の前で中学生のグループが遊んでいた。

宮田助教授も当然そのあたりはチェックしているのだろうが、ルームミラー越しに探る範囲では、目立った動きはなかった。

五丁目を回るとき、例の空き地の前も通った。ゆうべとは、もう違う。ユンボが停まり、簡易トイレのボックスが設えられ、掘り起こされた土が小山になった光景は、もう「空き地」ではない、「工事現場」だった。

藤田さんに一緒に来てもらいたかった。あらためて思う。宮田助教授に反論しなくてもいい。自分の手がけた街のことを、ちゃんと話してほしかった。聞きたかった。去っていく藤田さんのためよりも、むしろこの街に残る自分たちのために。

二丁目のパトロールを終えて一丁目もほとんど回り、なんとか無事にすんだようだと安心しかけたとき、宮田助教授が、ふうん、とあきれたような声を出した。

「相当、無神経な街だよね」

話しかけた相手は隣の学生だったが、声の大きさがいままでとは違う。山崎さんに聞かれてもかまわない……いや、あえて聞かせているのかもしれない。

「二丁目、三丁目に路上駐車が多い」

宮田助教授の言葉を学生がノートに書き留める。

「車庫スペースが一台ぶんの家が多く、免許を取った子供の車を停めているものと思われる、と。月極駐車場の場所と台数、調べといてくれる？」

山崎さんはハンドルを持つ手に力を込めた。

「街のバリアフリーが全然できてない。坂道も急だし、駅前のスロープもベビーカーしか通れない幅だったでしょ。スーパーマーケットに駐車場が併設されてないし……あと、雛壇《ひなだん》になった家が多いね。なに考えて設計したんだろう」

「雛壇はまずいんですか？」山崎さんは思わず訊いた。「私の家も二丁目で、雛壇の土地なんですが」

宮田助教授はさほど驚いた様子もなく、逆に山崎さんに訊く。

「道路から上がるときの段差、最近、面倒じゃありません？」

言葉に詰まった。図星だった。ほんの数段のことだが、奥さんは膝を悪くして以来、その上り下りがきつくなったようだ。山崎さん自身、冬の朝や雨の日には足元が危なっかしくてしょうがない。朝晩二回しかそこを通らなかった現役時代にはわからなかったことだ。

「雛壇は毎日の生活によけいな一手間が増えることになるんです。いまは面倒くさい程度でも、歳をとるとそれが苦労に変わって、車椅子なんか使えないでしょう、大変ですよ」

「……そうですね」

「雛壇は陽当たりはいいんですけどね。メリットとデメリット、どっちを選ぶかですよ。長い目で見たら答えは明らかですけど」

山崎さんは黙ってうなずき、それでも思う。二十六年前だったか、七年前だったか、初めて土地の下見に訪れたとき、武蔵不動産の担当者が力説し、山崎さんも一番に気に入ったのは、陽当たりの良さだった。引っ越す前のアパートは窓から手を伸ばせば隣の家の壁に届くような立地で、しかも一階の奥の部屋だった。庭の土はいつもじっとりと湿り、奥さんは毎日のように、千穂の服が乾かなくて困るとこぼしていた。

引っ越したら庭に芝生を敷こう、窓を大きくとろう、夏には庭にビニールプールを出せば子供たちが喜ぶだろう……。下見の帰り道、山崎さんは、万里がおなかのなかにいた奥さんと、そんなことをずっと話していたのだった。

そうだ、とあらためて気づく。俺たちは子供のためにこの街にやってきた。ローンを背負い、長い通勤時間を受け入れたのも、千穂と万里のためだった。だが、ローンの返済も終わり、満員電車に揺られることもなくなったいま、子供たちはこの街にはいない……。

駅前ロータリーに戻り、車を停めると、山崎さんは「じゃあ、くぬぎ台は若い人向けの街ってやつですかね」と言った。軽く、冗談めかして。それがせめてもの意地だった。

宮田助教授はなにも応えず、型どおりの挨拶とともに車を降りた。

5

くぬぎ台会館前の路上に野村さんの怒声が響き渡った。

「もういっぺん言うてみんかい、われ!」

目は赤く血走り、太い眉が興奮でひくついている。

「ですから……違うんです、そんな意味じゃないんです、すみません、すみません……」

ひょろりとした長身の学生が、声を震わせながら後ずさる。野村さんにつかまったときには道路の真ん中あたりにいたが、いまはもう、あと少しでくぬぎ台会館の塀に背中がつくところまで追い詰められている。

山崎さんは野村さんの腕を後ろから引いた。

「もういいじゃないですか、学生さんも謝ってるんですし」

だが、野村さんは山崎さんの手を無言で振りほどき、さらにまた一歩、学生に詰め寄った。学生も両手で顔をかばいながら後ずさる。

すべてのタイミングが最悪だった。ゆうべのパトロールの話を山崎さんから聞いた野村さんが、くぬぎ台会館の前ということもあって「なに偉そうなこと言うてんねや、あのセンセ。わしんとこかて雛壇や、文句あるんかい」と聞こえよがしにぶつくさ言っていたところに、学生が携帯電話で話しながらやってきた。すれ違うとき学生の声がちらっと聞こえ、その直後、野村さんは「ちょっと待たんかい！」と凄みを利《き》かせた声で学生を呼び止めたのだった。

「このクソガキ、人をなめくさってから……いてもうたるど……」

野村さんは、じりじりと学生を塀に追い詰めていく。腕を伸ばせば届く。学生は、すでに半分泣き顔になっていた。

「野村さん、お願いです、やめましょう」と山崎さんが二人の間に割って入る。

「なんでやねん。あんたかて聞いたやろ？　ドタマに来るやろ？　一発どついたらな気がすまんやろ？」

山崎さんも聞いた。確かに、聞いた。

サンプル——という言葉を、学生は遣ったのだ。住民の世代別のサンプルをもっと拾ったほうがいい、と。

「おう、こら、わしら実験材料かい、モルモットと同じかい」

「……あのですね、さっきも言いましたけど、『サンプル』っていうのは『調査抽出』っていう意味で、学術用語っていうか、なにもそんな……」

「じゃかあしい！」

学生に殴りかかろうとする野村さんと、それを止める山崎さんが揉み合うような格好になったとき、騒ぎを聞きつけた他の学生たちが会館から道路に出てきた。十人近くいる。野村さんもさすがに一瞬ひるんだが、もう後には退けないと覚悟を決めたのか、学生たちに向かって声を張り上げる。

「おう、こら！ 自分らニュータウンになんの恨みがあんねや！」

学生たちは黙っていた。頬をあいまいにゆるめ、なにか遠い世界の出来事を見ているようなまなざしを向ける。謝るでもなく、怒鳴り返しもせず、野村さんの怒りを受け止めることすら、しない。

「サラリーマンの街やからあかんのかい！ ほな、わしら、どこに住め言うねん！ 言うたってくれや！ サラリーマンがあかんのやったら、わしら、どないやって女房子供食わしたったらええねや！」

人垣の後ろのほうで、誰かの携帯電話が鳴る。おう、いまヤベえんだよ、キレたおっさんがいてさあ……。ガムを嚙んでいるような、ねちゃついた声が聞こえる。

「新しい街が気に食わんのか！ 昔からの街やないとあかん言うんかい！ 歴史やら人情やらがないとあかんのか！」

怒鳴り声が裏返る。肩がぶるぶる震えている。

「せやったらひとつ言うたるけどな、ほんま、言うたるけどなあ……」

肩の震えが全身に伝わり、それを無理やり押さえつけるようにグッと息を詰めてから、野村さん、渾身《こんしん》の力を込めて怒鳴った。

「江戸かて京都かて、でけた頃はニュータウン違《ちゃ》うんかい!」

学生たちは肩を揺すり、嘲るように笑いながら互いに顔を見合わせた。さっきの学生も笑った。鏡の前でポーズをつけるみたいに、つるんとした頬をもぞもぞと動かして、笑った。

紅潮していた野村さんの顔から、血の気が退いた。山崎さんの体をかわして、一歩、横に出る。まずい、と山崎さんが身をひるがえしたときは、もう遅かった。

野村さんの右腕が学生の頰に突き刺さった。鈍い音と同時に、赤い血が飛び散った。

「駄目です! 野村さん! 駄目!」

山崎さんが脇腹に抱きついたが、野村さんは「いてもうたるど、わりゃ!」と怒鳴りながら、路上に倒れ込んだ学生をさらに蹴りつける。

会館の前にいた学生たちが怒号をあげて詰め寄ってきた、そのときだ。

「やめなさい!」

宮田助教授が学生たちの背後から叫んだ。その声を追いかけるように、カメラマンが人垣の最前列に飛び出してシャッターを切る。

野村さんの動きが止まった。山崎さんも野村さんに抱きついたまま、呆然《ぼうぜん》とカメラマンを見つめる。倒れた学生が、顔を覆っていた手をはずした。鼻血なのか口を切ったのか、顔は血まみれになっていた。それを狙って、カメラマンはシャッターを切った。しゃがんだり立ち上がったりしながら、何度も何度も切った。

野村さんは覚悟を決めたのか、ひとつ大きな息をついて、しわがれて裏返った声で怒鳴った。

「生身の人間が生きとるんや、そこんとこ忘れなや！」

学生たちは、今度もまたあいまいに頬をゆるめるだけだった。

6

「とんでもないことしてくれたよなあ……」

町内会長は、もはや起き上がっている気力も萎えたように畳に寝転がり、泣き出しそうな声で言った。野村さんも、山崎さんも、そして先客だった藤田さんも、肩をすぼめてうなだれる。

「なんなんだよ、あんたたち、俺の味方じゃなかったのかよ。なんで俺をこんなに困らせるわけよ、なあ、教えてくれよ。俺、もう疲れ切って死にそうだよ」

ゆうべも無言電話が数回かかってきた。夏バテと心労で寝込んでしまった奥さんともども睡眠不足でぐったりしていたら、藤田さんが訪ねてきた。北海道土産のバターサンドクッキーを受け取ったところまではよかったが、《ニュータウン・ミシュラン》対策の知恵を借りる前に藤田さんは引っ越しの件を切り出した。そのショックも消えやらぬうちに、「すんまへん、古葉はん。わし、えらいことしてもうた……」と野村さんと山崎さんの来訪である。

さらに、もうひとつ。

ゆうべのパトロールの様子を山崎さんが報告する必要はなかった。藤田さんが来る少し前に、宮田助教授から電話が入っていた。

「ゆうべのお礼と、あと、ヤマちゃんのパトロールはパトロールのうちに入らないってさ。あんた、ちゃんと回ってくれたの？」

「ええ、いつもどおりに」

「でもさ、あんた、パン屋のシャッターに暴走族みたいな奴らがスプレーで落書きしてるの知らないだろ。あと、南海屋と佐伯毛糸店の間に細い路地があるよな、あそこにさ、咳止めの薬の瓶が転がってたって。煙草の吸い殻やガムがかなりまとまって落ちてたから、たぶんあそこがガキどもの溜まり場だろうってさ。そういうの、ヤマちゃん、なんにも見てないだろ。それで若い人向けの街だって言ったんだって？　笑ってたぜ、センセイ」

「でも、商店街は車で通れませんし……」

「中学生や高校生は車には乗らないんだよ。自転車やバイクだろ？　狭い道だって入れるんだよ、それが奴らの行動範囲なんだよ。車で通れるところだけ見て回って、はいパトロールおしまいっていうのは、オトナの理屈で考えてるだけなんだ」

山崎さんは反論の言葉を呑み込んで、「すみません」と頭を下げた。野村さんも学生を殴ったことを一言も弁解していないし、藤田さんも「生みの親が逃げ出すような街なんだもんなあ、もうどうしようもないよ」だの「昔の船長は沈む船と運命をともにしたものだけどなあ」だのといった子供じみた嫌みを黙って聞いている。

町内会長は寝返りを打ち、三人に背中を向けた。

野村さんが顔を上げてなにか言いかけたが、声にはならなかった。

「俺はなあ……」

町内会長が、片頬を畳につけたまま、くぐもった声で言った。

山崎さんも野村さんも藤田さんも声に出しては応えず、うつむいて言葉を待った。

「あんたたちは笑うかもしれないけど、俺はくぬぎ台のことが好きなんだよ」

沈黙のなか、どこか遠くで蟬の声が聞こえる。

「去年、二世帯住宅に建て替えたときに、ここをいったん更地《さらち》にしたんだ。そのときに、つくづく思ったよ。六十坪の土地なんて、信じられないぐらいちっぽけだった。買ったときにはもっと広いと思ってたし、実際に家を建てて住んでからも、狭いとは一度も思わなかった。でも、更地になると、わかるんだ。な一んだ、って思うよ。これっぽっちの土地にしがみついて、十年も二十年もローンを払ってきたのかよ俺は……。どう、その感覚って、わかんない？」

三人は揃って小さくうなずいた。壁を向いたままの町内会長には確かめることはできなかったはずだが、「そうだよな、みんな同じなんだよ」と安心したように言って話を継ぐ。

「でも、いいよな。これっぽっちの街の、これっぽっちの土地の、これっぽっちの暮らしだよ。それでいいよな。俺、満足。よかったよ、俺の人生」

蟬の声が増えた。最初はか細い一筋だったのが、二つ、三つと重なり合っていく。

「俺は昭和一桁の生まれだぜ、出発点からマイナスだよ、町工場だらけのごみごみした街でさ、埃っぽくて煙たくて油臭くて、それも空襲で全部焼けちまって、ガキの頃からさんざっぱらひもじい思いしてきたんだ。それがどうだよ、おい、こんなきれいな街に六十坪の土地持ちだ、地主さんだよ、子供も大学まで出してやってさ、立派なもんじゃないかよ。死んだおふくろなんて、初めてウチに来たとき、家を見上げて涙流して拝んでたんだぞ」

町内会長は「なに言ってんだろうな、話、どんどんずれてっちゃったよ」と自分の言葉に自分で茶々を入れ、肩を揺すって笑った。

それきり町内会長の話は途切れ、代わりに野村さんがうめくような声で言った。

「わし……センセに頼んでみますわ。さっき撮られた写真、使うてもらいます。なんぼでも使うてもろうて、どないなふうにでも書いてもらえばええんですわ。くぬぎ台にはヤクザな奴がおりましたいうて、わしのことぎょうさんぎょうさん書けば、それでもうページは埋まりますやろ。くぬぎ台の悪口書かんでもすみますやろ。なあ、それ、ええ考えでっしゃろ?」

口先だけではない。町内会長さえ「うん」と言えば、いますぐにでもくぬぎ台会館に駆け出しそうな表情だった。

だが、町内会長の肩は、また揺れた。

「ばかなこと言っててんじゃないよ、ノムちゃん」

「せやけど……」

「いいんだ、俺、あんたの気持ちもわからないわけじゃないから。フーさんも、ヤマちゃんも、悪かったな。疲れてたからひどいこと言っちまったよ。勘弁してくれ」

三人は、また黙りこくる。蟬の声だけが聞こえる。

町内会長は体の向きを変えずに、あくびの尻尾を呑み込みながら言った。

「悪いけど、少し昼寝するから、適当に帰ってくれや」

山崎さんは、皺《しわ》の寄った町内会長の首筋をじっと見つめる。宮田助教授の論文集に、さっきの話をまっこうから批判する文章があったような気がする。持ち家信仰だったか、ニュータウン神話だったか、それとも高度成長幻想だったか……どれでもいい、「信仰」でも「神話」でも「幻想」でも、つまりは夢だ。夢があったからこそ、がんばれた。夢を追い求めるだけでなく、たぶんそこにすがりつかなければ乗り切れないことだって、あった。

夢は、叶ったのか。

それとも、夢じたいが幻だったのか。

生きるために胸に思い描くものと、目覚めれば消えてしまうものが、なぜ同じ「夢」という言葉なのだろう……。

藤田さんが黙って立ち上がった。町内会長の背中に会釈をしながら、じゃあ僕はこれで、と息だけの声で言って部屋を出る。つづいて野村さん、最後に山崎さん。それぞれ、先に立ち去った人が玄関を出る物音を聞いてから、無言で腰を浮かせた。

山崎さんはウォーキングシューズをつっかけて外に出て、踵を靴の中に収めながら空を見上げた。太陽はすでに空のてっぺんにさしかかり、まぶしい陽射しが照りつけてくる。

昔は、この街も、もっと空が広かった。ほんとうだ。まだこんなに家が建て込む前、電線が縦横に伸びる前、山崎さんは休日に子供たちを連れて四丁目や五丁目へ出かけ、よりどりみどりの空き地で弁当を広げてピクニック気分を楽しんだものだった。

この街の空がいっとう広く、高く、青かったのは、一面の雑木林だった頃なのかもしれない。

7

断られて元々だと思っていた。非常識だと咎められてもしかたない頼みごとだった。

夕方、くぬぎ台会館に電話を入れて、今夜もう一度パトロールに付き合ってほしいと宮田助教授に頼んだ。昼間の野村さんのことやゆうべのパトロールの失点を挽回しようというのではない。失点が重なるだけかもしれない。それでも、ひとつだけ、伝えたいことがあった。

「今日ですか？」と宮田助教授が戸惑った声で言った。

「今日です」と山崎さんは即座に返す。明日は土曜日だ。ウィークディの夜でなければ、意味がない。

「できれば学生さんも連れてきてもらえますか」とも言った。「サラリーマンと同じように新宿から電車に乗って、くぬぎ台まで来させてください」

宮田助教授はしばらく考えてから、「なんとかしてみます」と言った。山崎さんは詳しいことはなにも説明しなかったし、宮田助教授も尋ねなかった。

午後十時。

宮田助教授とともに改札の脇にたたずんでいた山崎さんは、準急電車から降り立った人込みの中に見覚えのある学生を見つけた。昼間、野村さんに殴られた学生だった。

「三年生のモリナガくんです」と宮田助教授が言った。

「怪我のほうはいいんですか？」

「だいじょうぶですよ。若いんですから、あれくらい」

「いや、でも……」

改札を抜けるモリナガくんとは少し距離があったが、左頬に青紫色の痣《あざ》が浮いているのが見てとれる。山崎さんたちに気づいて黙って会釈をする仕草も、少しふてくされているようだった。

だが、宮田助教授は念を押すように「全然気にしないでください」と言って、含み笑いで山崎さんを見た。「絶妙の人選でしょう？」

山崎さんも笑顔で認める。どうやら宮田助教授は山崎さんの目論見を察しているようだった。

改札を出てきたモリナガくんは相当疲れている様子だった。「お帰り」と山崎さんが声をかけても、憮然とした表情はゆるまない。

「夜九時から十一時までにくぬぎ台に着く電車は、全部準急か各駅停車なんだ。時間もかかるし、込んでるし、吊革につかまってると駅に停まるときのブレーキがキツいだろう」

新宿からくぬぎ台までは、準急だと二時間近くかかる。山崎さんは二十年以上、その往復を毎日繰り返してきたのだ。

「明日からズックで通勤しようかと真剣に考えたときもある。あと、雪の日の長靴な」

「雪関係のデータは揃ってるんだっけ？」と宮田助教授に訊かれ、それまで黙りこくっていたモリナガくんはすぐさま数字を諳《そら》んじる。

「この冬は合計八日間雪が積もってます。凍結した路面で車がスリップした事故が一件。歩行者が転んで救急車を呼んだのが、ここ三年間で七件あります」

たいしたものだ。皮肉抜きで感心する。

だからこそ、彼に伝えなければならないことがある。

「でもね」山崎さんは言った。「革靴のつま先に染みる雪の冷たさや、そんな日に終電で帰って風呂に入ったときの、うーん、っていう気持ちは、君らがどんなに調べてもわからないよ」

モリナガくんは怪訝そうな顔になった。

「みんな、電車に二時間乗って会社に行って、駆けずり回って仕事をして、また二時間かけてくぬぎ台まで帰ってきて、改札からロータリーに出て、あーあ疲れたなあ、って……それから家に帰るんだ。いまの君よりもっとぐったりして、仕事で嫌なことがあった日には、君の顔よりもっとムスッとしてね」

モリナガくんは、まだ山崎さんの言いたいことがよくわからないようだった。かまわない。山崎さんだって考えを頭の中で組み立ててしゃべっているわけではないのだ。

ゆうべと同じように、ロータリーの隅に停めた山崎さんの車に乗り込んだ。後部座席に宮田助教授が学生と並んで座るのも同じ。

だが、モリナガくんがバッグから筆記用具を取り出そうとすると、宮田助教授は「ノートは要らないから」と言った。

「いいんですか？」とモリナガくん。

「なにも書かなくていいから、ちゃんと話を聞いてなさい」

宮田助教授はモリナガくんから山崎さんへと含み笑いのまなざしを移した。ルームミラーでそれを確かめた山崎さんは、軽く咳払いしてアクセルを踏み込んだ。

車はまず、五丁目を回った。準急電車でくぬぎ台に帰ってきたサラリーマンたちを何人も追い抜いた。

「現役バリバリのサラリーマンの街です。この時間よりも十一時を回ってから帰ってくる人のほうが多いかもしれない。住宅ローンもたっぷり残ってるし、子供たちの進学もある。大変ですよ、皆さん」

山崎さんはそう言って、徐行運転のスピードをさらにゆるめた。

「僕らから見れば、すごく懐かしい街です。ガレージの隅に子供用の自転車があったり、物干し竿に学校の校章入りのジャージが干してあったり、マンガ雑誌の束が玄関の脇に積んであったり……僕らの家も十五、六年前はそうでした」

話しながら、思い出す。くぬぎ台に引っ越してきたばかりの頃は、駅から徒歩十分の道すがら、必ずどこかしらの家で子供が騒いだり叱られたりする声が聞こえていた。それがやがてギターやステレオの音に変わる。その頃が、ちょうどいまの五丁目にあたるだろうか。

四丁目へ。

「子供が大学生や高校生の街です。真面目な子供と悪くなっちゃった子供に分かれる頃かな。ダンナのほうもリストラがあったり、早い人は出向したりして、奥さん方もだんだん自分の家の話はしなくなるんですよね。そのぶん噂話はすごいですけど」

三丁目へ。

「全体的に家が古びてきたと思いません？　築二十年ですよ。そろそろ建て替えやリフォームを本気で考えないといけない時期です。そのときに二世帯住宅にするかどうかで迷って、まだ子供たちも先のことはわかりませんし、それでタイミングを逃しちゃう家も多いんです。あと、子供が免許を取って、車がちょっと若向きのものに変わったりね」

三丁目や四丁目に知り合いがいるわけではない。山崎さんが語っているのは、すべて自分のことだ。

駅に戻り、そこから二丁目へ入る前に、山崎さんは時計を確認して、駅前ロータリーを見渡せる位置に車を停めた。

「もうすぐ電車が着きますから」

ルームミラーで後部座席を見ると、モリナガくんはまだ訝しげな顔をしていた。だが、宮田助教授は窓の外、改札のあたりをじっと見つめている。

山崎さんは、ぽつりと言った。

「僕は、新潟の奥のほうの生まれなんです。田舎から上京したときには、ここはまだ雑木林でした。まさかここに家をかまえるなんて思ってもみなかったし、正直なところ、東京で一生を過ごすかどうかもはっきり決めているわけじゃなかった」

「一九六四年に開発が始まって、第一期分譲が一九六七年です」

モリナガくんが宮田助教授に説明したが、黙っていなさい、と身振りで制された。

「五月だったか、田舎の友だちがひょっこり訪ねてきたんです。彼に言われました、この街は勝ちつづけてる奴らの街だ、自分でも気づかないうちに勝ちつづけて、負ければ去って行かなきゃならない、そういう街だ……って」

チュウの、細おもての顔を思い出す。あいつはいま、どこでなにをしているのだろう。元気でいるのだろうか。

「そのときには、なんだか痛いところを衝かれたような気がしたんですが、いまなら言い返せるかもしれない。僕らは勝ちつづけてきたわけじゃないんだ、自分でも気づかないうちに負けていたこともたくさんあって、たぶんトータルで八勝七敗……ひょっとしたら、いまはまだ七勝七敗なのかもしれない」

「千秋楽は、どんな勝負になるんですか？」と宮田助教授が訊く。正解を最初から知っているような、いたずらっぽい口調だった。

山崎さんも微笑み交じりに「老後でしょうね」と答える。

宮田助教授は大きく、満足そうにうなずいた。

電車が駅に着き、改札から出た人たちがロータリーをそれぞれの家の方向に歩いていく。

「左側に進むと一丁目と二丁目、右側が三丁目、四丁目、五丁目です」と山崎さんは言った。

モリナガくんはそんなことはわかっているというように黙ってうなずいただけだったが、宮田助教授は違った。

「左側のほうが少ないですね」

正解。山崎さんはさっきの宮田助教授に負けないぐらい大きくうなずいた。

「でも、左側には若い人がいますね。二世帯住宅かしら」と、これも正解。

「玄関が分かれている家しか確認できませんでしたが、一丁目に四十七戸、二丁目には十一戸あります。一丁目に特に多いのは、年齢の問題に加えて、地価高騰期と建て替え時期が重なったせいもあると思います」とモリナガくんが言う。たぶん正解だろう。しかし、そこには、我が子と一緒に暮らしたいという老いた親の気持ちは含まれていない。

「じゃあ、これから二丁目と一丁目を回ります」

車を発進させる。

過去から、現在へ――。

8

山崎さんの問わず語りはつづく。

「ここからが定年世代の街です。二世帯住宅以外では、もう、この時間に帰ってくる人はいません。夜が早いんです。街灯の数や間隔はあまり変わらないのに、四丁目や五丁目と比べると暗いでしょう。二階から漏れる明かりが減ったからです。子供が独立して、夫婦二人暮らしになると、二階なんてめったに使いません。昼間から雨戸をたてている家もあるんです。一階の雨戸も宵のうちから早々にたてて、玄関や門の明かりだけが、ぽつん、ぽつん、とね」

昔はもっと明るかった。学校の試験シーズンになると、どこの家でも二階の窓に夜中まで明かりが煌々《こうこう》と灯っていた。庭の植木もいまほど繁ってはいなかった。犬を散歩させている人ともよくすれ違った。二十年以上もたつと、ペットも代替わりだ。引っ越してきた頃から飼われている犬は、もう一匹も生きてはいないだろう。

懐かしい。ほんとうに、涙が出てきそうなほど懐かしい。あの頃に戻りたいと願うほどセンチメンタルな性格ではないが、もう戻ることのかなわないあの頃のことが、いま、むしょうにいとおしい。

「モリナガくん」

窓の外を見ていたモリナガくんが振り向く。山崎さんの胸に宿る思いをどこまで理解しているかはわからないが、ルームミラー越しに見る表情は、最初の頃に比べると深くなっていた。

「僕らは、こうやって生きてきたんだよ」

「はい……」

「昼間の野村さんも、きっと、こういうことを君たちに言いたかったんだと思う。いまはまだわからないかもしれないけど、いつか、わかってくれよな」

車は、作業用の足場が組まれた建築中の家にさしかかる。

今年の春まで、ここには別の家があった。

「永田さんという人でした。定年になってすぐに奥さんが家を出て行って、一人だけ残ったご主人は、庭でひたすらサンドバッグを叩いていました。五月に家を売って、いまはどこにいるのか、誰も知りません」

永田さんに一発だけサンドバッグを叩かせてもらった、そのときの痛さと心地よさは、いまもまだ忘れていない。

つづいて高橋さん宅へ。

「六月頃は、ご主人が『濡れ落ち葉』になっていました。噂では、あまりにも退屈なんで、また再就職したみたいです。小遣い稼ぎ程度の仕事でしょうけど、その気持ち、僕にもわかります」

藤田さん宅へ。

「くぬぎ台の開発を手がけてきた人なんですが、今度北海道に引っ越すそうです。まるごとぜーんぶの空の下で老後を送りたい、と。でも、くぬぎ台のことを一番愛していた人だと思います。宮田さんのニュータウン批判も、ちゃんと認めていました」

モリナガくんがなにか言いかけたが、宮田助教授はそれを制して、運転席に身を乗り出すようにして言った。

「藤田さんからくぬぎ台の資料をお借りしました。夕方、山崎さんからお電話が来る少し前に」

「そうなんですか?」

「ええ。分厚いファイルが三冊。いまのくぬぎ台だけじゃなくて、開発をしたときの理想をぜひ知っておいてほしい、って。たくさん問題点はあるだろうけど、みんな、ほんとうに夢と希望を持ってくぬぎ台に引っ越してきたんだから、って……」

山崎さんは藤田さん宅を見上げた。リビングの明かりがカーテンから少しだけ漏れていた。奥さんと二人で北海道の新生活の話をしているのだろうか、それともくぬぎ台で過ごした日々の思い出を語り合っているのだろうか。

送別会には夫婦で来てもらおうと決めた。


一丁目。

山崎さんの先輩たちが暮らす街。

「一丁目の人たちは、いつも自慢するんです。俺たちは開拓民みたいなものだった、って。まだ四丁目や五丁目は土地の造成も終わってない頃で、駅と道路しかない、そういう街だったらしいんです。駅の裏にタヌキが出たり、風が強い夜は雑木林がすごい音をたてて鳴って怖いほどだったそうです」

車は、野村さん宅の前を通り過ぎた。

「野村さん、ずうっと単身赴任で西日本を回ってたから、そのぶん、我が家のあるくぬぎ台に思い入れも深いんです。まあ、でも、浦島太郎みたいなもので、定年になって家に帰ってきても、なかなか自分の居場所が見つからないみたいですけど」

モリナガくんは少し驚いた顔でうなずき、「ウチの親父もいま海外赴任してるんです」と言った。初めて自分から話に乗ってきた。

「お父さんの居場所は、ちゃんと残しておいてやりなよ」

山崎さんの言葉に、これも初めて、素直に「はい」とうなずいた。

次に、町内会長宅。

「二世帯住宅です。長男一家と同居しているんですが、奥さんとお嫁さんが、どうも折り合いが悪くてね、板挟みになってしょっちゅう愚痴ってますよ」

今度は、宮田助教授が応えた。

「古葉さんからもお電話いただいたんです」

「そうなんですか？」

「ええ。野村さんの写真を雑誌に掲載するのだけは勘弁してほしい、って。くぬぎ台への批判はどんなに厳しくてもかまわないけど、野村さんのことを責めるような記事だけはやめてほしい……」

それを承《う》けて、モリナガくんが苦笑交じりに言う。

「今夜の晩ごはん、学生全員に鰻重の出前とってくれました」

山崎さん、一瞬呆然とした。まいったなあとため息をつくと、笑いが自然とこみ上げてきた。

「すごく旨かったです、マジに」とモリナガくん。

「喜ぶよ、町内会長も」

「ちょっと単純なところはあるけど、いい会長さんですね」と宮田助教授。

「最高の会長です」と山崎さんはきっぱりと言った。

車は、いまは亡き江藤さん宅へ。

「知り合ってすぐに、心筋梗塞で亡くなりました。六十五歳だったかな。戦災孤児だったんです。家を焼かれて、両親を失って、たぶん相当な苦労をしてこられたと思います。くぬぎ台に家を建てたときの喜びも、僕らよりずっと深かったんじゃないかなあ。でも、亡くなるときは、あっけない……うん、あっけなく死んじゃうんですよ、人間って」

江藤さんの顔をひさしぶりに思い出した。散歩の初心者だった山崎さんに「歩きはじめは下り坂が鉄則ですよ」と教えてくれたときの顔、禿げあがった頭を真っ赤にして酔っていた顔、そして葬儀の祭壇に飾られた遺影。

山崎さんは車を停め、モリナガくんを振り向いた。今度は君たちの番だ、君たちが社会に出て、家庭をつくって、生きていくんだ。そこまで言うと、さすがに照れる。

一言だけ、けれどまっすぐにモリナガくんを見つめて、言った。

「がんばれよ」

モリナガくんは黙っていた。宮田助教授が笑いながら、モリナガくんの頭を小突く。

山崎さんは視線を宮田助教授に移した。

「これで、終わりです」

宮田助教授は「くぬぎ台ツアーでしたね」とまた笑い、居住まいと表情を正して「ありがとうございました」と一礼した。

くぬぎ台会館まで二人を送っていった。今夜は他の学生とともに徹夜覚悟で、藤田さんから借りた資料の整理をするのだという。

山崎さんは車から降りて、二人と向き合った。

「今夜のこと、学生全員に話しておきます」と宮田助教授が言った。その隣でモリナガくんは、首を傾げたり足元に目を落としたり、自分の影をスニーカーのつま先で軽く蹴ったりしている。

「町内会長さんや野村さん、藤田さんにもよろしくお伝えください。ほんとうに感謝してます、いろんなことすべて。学生にもいい体験になったと思います。殴られたり怒鳴られたりすることなんて、この子たち、めったにないんですから」

またモリナガくんを小突く。モリナガくんは左頰をさすりながら、うつむいて笑った。

「ただし、評価はきっちりやらせてもらいます。いつものように辛口で、ビシビシ」

「覚悟してます」

「雛壇の土地に建つ家が四十三パーセント。これは相当な数字ですからね。せめてスロープになってればいいんですけど」

「改築するときにでも考えますよ」

宮田助教授は、どうせ社交辞令でしょう？　というように顎を少し持ち上げ、「これは理論じゃないですよ」と言った。「個人的な、教訓です」

「お宅も雛壇なんですか？」

「ウチはマンションですけど、実家がね、金沢にあるんですけど、やっぱり雛壇で、父が去年脳血栓で倒れて右脚がおかしくなっちゃって、毎日母が苦労してますよ」

「じゃあ……スロープにしなきゃ」

宮田助教授は小さくうなずき、まなざしだけちらりと持ち上げて、「駄目なんです」と言う。「車椅子で昇れる幅と角度でスロープをつくると、門の脇の沙羅《さら》双樹《そうじゅ》を伐《き》らなきゃいけなくて……ウチの父、すごく好きなんですよ、沙羅双樹の白い花。もう七十過ぎてるんで、それを無理やり伐るのもかわいそうでしょ？」

初めて聞く話なのだろう、モリナガくんは口をぽかんと開けて宮田助教授を見つめていた。

山崎さんは静かに言った。

「庭は、陽当たりがいいのが一番です」

肩をすくめて笑った宮田助教授は、モリナガくんをうながしてくぬぎ台会館に入っていった。

山崎さんは夜空を振り仰ぐ。「まるごと、ぜーんぶ空」というわけにはいかなくとも、これが、くぬぎ台の空だ。俺たちの街の空だ。弾みをつけるように何度もうなずいてから、大きく伸びをした。

くぬぎ台の風を、胸一杯に吸い込んだ。

そんなふうにして、くぬぎ台存亡をかけた一週間は終わった。

町内会長宅への無言電話は、土曜日の夜に一度だけかかってきたのを最後に止んだ。「どないかして犯人見つけられませんのんか。このままやと気味悪いし、だいいちアタマ来ますやろ」と野村さんは言うが、町内会長は「いいんだよ、いろんな奴が住んでるから、街なんだ」と取り合わない。

野村さんは駅前の書店に宮田助教授の論文集を注文した。「いっぺんでも会うてまうと、なんやしらん、身内のような気がしてきますねん」と、よくわからない動機ながらも、宮田助教授の愛読者が一人増えたことになる。

藤田さんは武蔵不動産と正式に自宅売却の仲介契約を結んだ。遅くとも年内には決まるだろう、とのことだった。

山崎さんは藤田さんの送別会の幹事を買って出た。「冬場やったらフグでも食いまひょか」と野村さんは言い、町内会長は「いやいや、鍋ならカニだよ、カニ」と言うが、山崎さん、本音を言えばくぬぎ台会館でコップ酒の宴会も悪くないなと思っているのである。去年の十一月、定年仲間が初めて顔を揃えたあの日のように。

翌々週の水曜日に発売された『週刊ＰＡＳＳ』は、くぬぎ台駅の売店始まって以来の完売を記録した。

宮田助教授がくぬぎ台に下した評価は、Ｄ。

街づくりの思想に高齢者へのケアがまったく織り込まれていない。世代ごとの生活意識の差が大きく、街に一体感が見られない。それは、一丁目から五丁目まで順に、〝〇丁目〟のマスを塗りつぶしてから次のマスに進む形で分譲していったことに起因するものと思われる。街全体にバランスよく家が増えるように分譲の〝期〟を小刻みに設定し、場所もあえて不規則に決めていく近年のニュータウンと比較すると、旧弊な感覚の街づくりと言わざるを得ない……。

予想通り厳しい言葉が並んでいた。路上駐車や雛壇のことも書いてある。二丁目のゴミ捨て場の数が他の区域に比べて少ないということも、記事で初めて知った。

「まあ、こんなものでしょうね。説得力あります」

藤田さんはさばさばした顔でうなずいた。

「水道の水が冷たくて旨いなんて、嬉しいことも書いてるじゃないですか。じゅうぶんですよ、これで」と山崎さん。

「とにかく俺はノムちゃんのことが出てなかっただけで嬉しいよ。街の悪口は甘んじて受けても人の悪口は許さない、これが町内会の心意気だよ」と町内会長が言うと、すぐさま野村さんが「古葉はん、ほんまはあんた、饅重の差し入れのこと書いてほしかったんでっしゃろ。残念でしたな」と混ぜっ返す。

雑誌を取り囲んで読んでいった四人の目は、やがて記事の最後の段落に至り、そこにしばらくとどまった。誰も、なにも話さなかった。ただ、顔を上げたときに交わしたまなざしで誰の気持ちも同じなのだと確かめ合った。

四人とも、また雑誌に目を落とす。

同じ箇所を、何度も何度も、読み返す。

〈一丁目、二丁目では定年を迎えた世帯主も増えている。仕事に追われ街や家庭を顧みる余裕のなかった父親たちが、この街でどう自分の居場所を見つけ、老後をどう過ごしていくのか。若い世代にとっても、それは〝ニュータウンでの老い方〟のお手本もしくは反面教師となるだろう〉

記事は、こんな言葉で締めくくられていた。

〈ニッポンを支えてきたオヤジたちのお手並み拝見ですね——とは、学生の一人の弁である〉

第七章　家族写真

1

テレビのJリーグ中継は、すでに後半のロスタイムに入っていた。

長い電話になった。

電話がかかってきたのはハーフタイムの頃だった。「梨でも剝《む》いてくれよ」と山崎さんが言って、「座ったらほんとに動かないんだから」と奥さんがふくれつらで居間からキッチンに入った直後、呼び出し音が鳴った。キッチンの子機で応対した奥さんはそのままダイニングテーブルの椅子に座り込み、声を低くして、ときどき言葉に詰まってうめくように息を吐き出しながら、まだ居間に戻ってこない。

聞き耳をたてているわけではなくとも、ガラス戸越しに漏れ聞こえる奥さんの声を継ぎ合わせると、電話をかけてきた相手は察しがついた。あぐらをかいた膝が貧乏揺すりを始める。娘たちに嫌がられていた癖だったなと思い出すと、さらにまた小刻みに膝が動く。

試合が終わる。画面に表示された得点は、後半の途中までは確かに一対一だったのが、いつのまにか二対一になっていた。画面から目を離した覚えはないのに、どんなふうに点が入ったのか、まるで記憶にない。山崎さんはテレビのチャンネルを適当に替え、目と耳と頭の中がばらばらだった数十分間を苦笑いに紛らした。

「お父さんに代わろうか？」

キッチンから奥さんの声が聞こえ、一言ぶんの間をおいて「いいの？」とつづいた。山崎さんは浮かせかけた腰を、すとんと落とす。一緒にため息も漏れた。

「え？　どっちなの？　代わったほうがいいの？」

再び山崎さんの腰が上がる。

「そりゃあそうよ、お母さんから説明するより、あんたが直接……」

言葉の途中で、山崎さんはガラス戸を開けた。奥さんは受話器を耳にあてたまま目配せしてきたが、かまわないからと口の動きだけで返して腕を伸ばした。

「じゃあ、いまお父さんいるから、ちょっと代わる。ね？　いいわよね？」

受話器をさっと手渡され、山崎さんもつられて勢い込む。

「もしもし万里か、お父さん、お父さん」

聞こえてきたのは、通話終了の断続音だった。

きょとんとして顔を上げると、奥さんはそうなることを予想していたように、「あの子も、まだ気持ちの整理がついてないみたい」と言った。

「また揉《も》めてるのか」

「そういうわけじゃないけど……」

「おまえは聞いたんだろ？」

「梨、剝くわ。あっちで待ってて」

奥さんは早口に言って、冷蔵庫のドアを開けた。

山崎さんは黙って居間に戻る。サイドボードに飾った家族の写真を、ちらりと見た。千穂と万里を真ん中に、山崎さんと奥さんが左右に立っている。庭で撮った。言い出しっぺは山崎さんだった。「フィルムを撮りきって現像に出したいから」と嘘をついて、億劫《おっくう》がる三人を庭に立たせた。千穂が結婚する間際だから四年前、いや、もう五年になる。家族全員が揃った写真は、それ以来一枚もない。

「ねえ」キッチンから奥さんが言う。「お酒にしようか？」

少し考えてから「どっちでもいい」と応えると、冷蔵庫から氷を出す音が聞こえてきた。

夏の間、万里からはいっさい音沙汰がなかった。

須藤康彦のことはどうなったんだろうな――。夕食後のひととき、ふとそんな言葉が口をついて出そうになると、グッと息を詰めてこらえる。奥さんも同じなのだろう、ときどきなにか言いたげな顔で山崎さんを見つめていることがある。テレビのサスペンスドラマが夫の不倫シーンになったり、若い人向けの連続ドラマがヒロインの結婚で大団円を迎えたりしたときには、特に。

「状況が変わったら、こっちから電話するから」

万里はそう言ったのだった。梅雨のさなか、居酒屋のカウンターに隣り合って話したときのことだ。酔ってしまった山崎さんは万里のこぼす愚痴に相槌を打つだけで、話の内容もあらかた忘れてしまったのだが、別れ際に万里が言ったその言葉は、くっきりと覚えている。

「頼むぞ、絶対に電話してくれよ」と念を押した自分の声も。

九月も半ばを過ぎた今夜、ようやく電話がかかってきた。状況が変わったのだ。一筋の光明が見えたのか、それとも悪いほうへ転がってしまったのか……。

ほんの二、三分の間にウイスキーの水割りのグラスは空になった。二杯目は自分でボトルを取り、水差しに伸ばしかけた手を途中で引っ込めて、オンザロックにした。

状況は確かに変わった。あっけないほど、大きく変わった。

「まあ、びっくりして当然よねえ、いままであれだけ頑《かたく》なだったんだから」

奥さんは話の締めくくりにそう言って、梨を一切れかじった。頬と顎の動きに合わせて、シャリシャリという音がする。

昼間、須藤康彦のもとに妻から連絡が入った。署名と捺印《なついん》をした離婚届を会社に郵送した、という。慰謝料や子供の養育費などもすべて、須藤康彦の申し出ていた条件を受け入れ、それ以外にはなにも付け加えてこなかった。

「条件は、ほんとうになにもなかったのか？」

「万里も須藤さんにだいぶしつこく訊いたらしいから、たぶんほんとうだと思うわよ。もともと別居してたんだから、向こうもそう強くは言えなかったんじゃない？」

「それはそうだけど……」

「私はなんとなく奥さんの気持ち、わかるような気がするけどね」

「子供だって、まだ幼稚園だろ」

「そのぶん奥さんだって若いんだもん。まだやり直しはいくらでもできるし、プライドの問題よ、要するに。すがりついたってしょうがないんだから」

それだけのやりとりの間にグラスはまた空になり、山崎さんはため息交じりに三杯目のウイスキーを注いだ。事態の急展開に困惑する万里の姿が思い浮かぶ。予想外の万里の反応に驚き、あわてふためく須藤康彦の姿も。

離婚届の話を聞いた万里は、急に怒りだしたのだという。なにに対してというわけではない。ただむしょうに腹が立ってしかたなかったらしい。須藤康彦に向かって一方的に怒鳴り散らしたすえに、「結婚なんてやめた！」と捨て台詞を残して帰ってしまった。携帯電話の電源を切り、マンションのドアにチェーンをかけ、熱いシャワーを浴びた後もまだ気持ちの収まりがつかず、我が家へ電話をかけてきたのだった。

「須藤くんは行き場がなくなっちゃったわけか。あわれなものだな」

冗談めかして笑うと、奥さんは真顔で「まさか」と打ち消した。「あの子も本気で言ってるわけじゃないわよ。いまはとにかくびっくりしちゃって、自分でもなにがなんだかわけがわからなくなってるだけなんだから」

「……それくらい知ってるよ、俺だって」

万里が困惑を困惑のままでぶつけられる相手は、母親しかいなかった。父親ではなかった。そんなのあたりまえだろうと思う一方で、俺にはなんでも事後報告なのかと拗《す》ねてみたくもなる。

「私は、向こうの奥さんの気持ちもわかるし、万里のいまの気持ちもわかるわ」

奥さんはそう言って、自分の胸の内を確認するように「うん、よくわかる」とひとりごちた。

「どこがどんなふうにわかるんだ」

「いろんなことが、いろんなふうに」

「いろんなふうに、って？」

「『いろんなふうに』は、『いろんなふうに』よ。一言で言えたら苦労しないって」

定年退職して奥さんと過ごす時間が長くなり、交わす言葉も増え、話の主導権はいつも奥さんに握られっぱなしで、いま、山崎さんはつくづく思うのだ。

女のおしゃべりは、どうして、こう非論理的なんだ――？

2

「贅沢だよ、ヤマちゃん。娘二人なんて、父親として最高の幸せじゃないか」

町内会長はきっぱりと言った。息が切れかけていたせいか、声の響きが少し強い。くぬぎ台で最も勾配が急な三丁目の上り坂の途中だった。

「ウチなんて息子二人だぜ。ガキの頃はばたばた騒がしいし、中学や高校になれば汗臭くてたまらないし、図体がでかくても家の手伝いをするわけじゃないし、食い扶持《ぶち》ばかりかかって、いいことなんてありゃしなかったよ。娘がいいって、ほんと」

「女房はよくそう言ってますけどね」

「俺、はっきり言って、もし娘がいても仲良くできる自信あるな。一緒に買い物に行って服買ってやったり、帰りに飯食ったり、ほらデート感覚っていうかさ、そういうのできると思うよ。俺、全然恥ずかしくないから」

ずいぶん考えが甘いとは思ったが、山崎さんは苦笑いでやりすごした。話はそれで急にしぼんでしまい、二人は黙って坂を上る。こういうときに「あんた、なに都合のええ夢見てまんねや」と言って話を盛り上げてくれるはずの野村さんは、今日は朝一番で市立図書館へ出かけた。大学の社会人講座の後期の授業が始まったのだ。おそらく冬休みまでは散歩を休みがちになるだろう。藤田さんも先週から北海道へ出かけた。札幌市内に借りるマンションを決めてくると言っていた。自宅の売却話に目処《めど》が立ち、帰京するとすぐに契約の運びだという。

「ノムちゃんのところがウチと同じで、フーさんは息子さんと娘さんが一人ずつか。そうだよな、たしか」

「ええ」

「人間、せっかく男と女がいるわけだから、子供も両方っていうのが一番なのかなあ」

「そうですねえ……」

「まあ、いまさら言っても遅いけどな」

話は、また途切れてしまう。

山崎さんはタオルで首筋の汗を拭い、ふう、と息を継ぐ。娘を持った父親は孤独なものだ、などと言わなければよかった。もっと別の、過去を振り返るのではなく先を見晴らすような話題を選ぶべきだった。だが、六十八歳の誕生日を迎えたばかりの町内会長と来月六十一歳になる山崎さんの二人で盛り上がれるような「先」の話など、いったいなにがあるのだろう。

　いっそゆうべの万里の電話のことをすべて打ち明けたほうが話が弾んだだろうかと思いかけ、奥さん方じゃあるまいしと苦笑する。

「あのさ、ヤマちゃん」

　背中に声をかけられた。べつに歩調を速めたつもりはなかったが、気がつくと、足を止めて体ごと振り返らなければ向き合えないほど距離が広がっていた。

「悪いけど、もうちょっとゆっくり歩いてくれないかな。坂を上るのがキツくって」

　荒い息遣いが声を揺らし、腰を軽く叩いて「歳だからさ」と浮かべる笑みもぎこちない。

「そこの公園で休んでいきますか？」

「いや、いいよ、だいじょうぶ」

「坂、下りちゃいましょうか」

「いいっていいって」

　いかにも重たげに首を横に振り、タオルでごしごしと顔をこすって、また歩きだす。汗を拭くというより、へばった顔に活を入れようとしたのかもしれない。

　九月に入ってから、どうも町内会長に元気がない。先週までは残暑のせいだろうと思っていたが、今週になって空の色が秋めいてきてからも覇気は失せたままだ。

「夏バテが残ってるんですかねえ」

「なに言ってんだよ、ヤマちゃんが歩くの速いだけだろうが。俺なんて七十に手が届こうかっていう歳だぜ、あんたまだ若いんだから、ちょっとは加減してくれなきゃ」

「……すみません」

「ああ、でも、そうなのかなあ」町内会長はなにか思い出す顔になって、ひとつ大きくうなずいた。「そうだよ、たぶん」

「どうしたんですか？」

「ヤマちゃん、歩くのが速くなったんだよ。去年の秋なんて散歩の終わり頃にはいつもぐったりしてたのが、いまはもうバテることなんてないだろ？」

「ええ、それはだいじょうぶですが」

「靴だって、ほら、もう貫禄モノになってきたし。足腰が鍛えられたとまでは言わないけどさ、やっぱり散歩に慣れてきたんだよ。自分でもそう思わない？」

よくわからない。ただ、確かにふくらはぎが太くなった。去年の夏は出向先のオフィスでエアコンの風にあたりすぎて始終鈍く痛んでいた腰や背中も、今年は快調そのものである。定年退職して、来月でちょうど一年。ウォーキングシューズもいまではすっかり足に馴染んだ。その代わり、たまに革靴を履いて外出すると、あとで土踏まずのあたりが痛くなってしかたないのだが。

「ヤマちゃんは歩くのが速くなって、俺はどんどん遅くなる。この調子じゃ、いつまで一緒に散歩できるかわかんないぜ」

「なに言ってるんですか」

「いやほんと、歳とっちゃったよ……」

「どうしたんですか、元気出してくださいよ」

「先週、一人で散歩してたときも、そうだったんだ。五丁目の坂を上ってたら、途中でバテちゃってさ。みっともないと思ったんだけど、よそんちの玄関の石段に腰かけて休んだんだよ」

「先週ですか、すごく暑かったでしょう。八月上旬並みだって言ってましたよ」

「それで、汗もひいたからまた歩こうと思って立ち上がったら、頭がクラクラッとしてさ……あのときは怖かったぜ……死んだ江藤さんのことなんか思い出しちゃったりして」

言葉の最後は笑い声になっていたが、山崎さんは笑い返せなかった。町内会長の自慢のちょび髭に、いつからだろう、白いものが交じるようになっていた。

山崎さんの起床時刻は、毎朝六時半。現役時代より三十分遅い。

現役時代の朝食は娘たちに合わせて、というより「そのほうがいっぺんにすむから楽なのよ」と奥さんに押し切られて、休日以外はいつもパンだったが、いまは純和風である。納豆や焼き海苔、アジの開き、ホウレンソウのお浸し、目玉焼きなどを日替わりで組み合わせて二品、味噌汁、漬け物、ご飯を軽く一膳。定年退職したばかりの頃は「旅館の朝飯みたいだなあ」と喜んでいたものだったが、いまは、まあ、べつにどうということはない。

食後は、焙《ほう》じ茶の湯呑みを手に居間に移って朝刊を開く。現役時代と違い、いまは経済記事にはさほど興味はない。真っ先に読むのは訃報欄だ。故人の名前よりも年齢と死因のほうが気にかかる。八十八歳・心不全、七十二歳・心筋梗塞、六十七歳・肝臓ガン、六十三歳・冠動脈瘤破裂、五十一歳・膀胱ガンによる腎不全……。

やがて洗い物を終えた奥さんも居間に入ってきて、こちらは束になった折り込み広告を一枚ずつ読んでいく。

夫婦二人の、いつもの朝だ。二人して新聞や広告に顔を近づけたり遠ざけたりするのも、いつものこと。そろそろお互いに老眼鏡のお世話になる時期に来ている。

3

万里の電話から三日が過ぎた。連絡は途絶えたままだ。須藤康彦が離婚届を提出したのかどうか、婚姻届のほうはどうなっているのか、なにもわからない。気にならないと言えば嘘になるが、山崎さんも奥さんも、あらためて口に出すことはない。心配事や不安の種を相手と分かち合わずにはいられなかった昔とは、そこが違う。

「ねえ、五丁目の建売、半分売れてるわよ」

奥さんは手に持っていた二色刷の広告を山崎さんに渡した。くぬぎ台ニュータウン最後の新規分譲になる、五丁目のはずれの建売住宅の広告だった。全四戸のうち二戸に売約済みのマークが記されている。

「まだ建ててる途中でしょ？　この調子なら、残りもすぐに売れちゃうんじゃない？」

「ああ……」

藤田さんの喜ぶ顔が目に浮かぶ。これで心おきなく北海道に引っ越していけるだろう。

山崎さんは賞状を読み上げるような姿勢で、広告に記された間取り図を眺めた。四戸とも二世帯住宅だ。もともと五区画だったところを四区画に減らしたぶん、くぬぎ台に建つ他の二世帯住宅に比べると、建物も庭もゆったりとしている。「敷地六十坪で二世帯住宅は窮屈ですからね、不動産部ではくぬぎ台の住民の買い換えも狙ってるんです」と藤田さんは言っていた。

まだ売れていない二戸は、どちらも一階が三ＤＫで二階が三ＬＤＫだった。二世帯共有のファミリールームがあるほうがいいか、庭にウッドデッキが設えられているほうがいいか……。

「ウチは、二世帯はもう無理だろうね」

奥さんがデパートの広告を広げながら言った。

山崎さんは、奥さんの視線が自分に向いていないのを確かめて、「そうだな」と応える。

万里が一人暮らしを始め、千穂の一家が分譲マンションを買った時点であきらめている。もっとさかのぼれば、万里が生まれたときに覚悟はしていた。娘二人。婿養子をとらなければならないほどの家柄でもない。子供たちは、ここから出ていくだけだ。山崎さんと奥さんは、いずれは出ていってしまう二人を、その「いずれ」を頭の中で遠ざけたまま、二十数年も育ててきたのだった。

「万里に言っとけばよかったわね、親と同居するんだったら結婚を許してあげるって」

「……なに言ってるんだ」

「冗談よ、冗談」

「二世帯住宅なんて面倒なだけだって。古葉さんの話を聞いてたら、うんざりだ」

「町内会長さんちは息子さん夫婦と同居でしょ。意外とね、娘夫婦と同居した家はうまくいってるみたいなのよ」

「女同士はそうだろうけどな」

「男の人だって、実の親子より、ちょっと関係の遠いほうがかえってうまくいくんじゃない？『サザエさん』みたいな感じで」

「マスオさんか？」

思わず顔をしかめた。テレビの『サザエさん』はお気に入りの番組だが、マスオさんだけは昔から好きになれない。フニャフニャした物腰や声もそうだし、なによりローンを背負ってでも一国一城の主になってやろうという気概の感じられないところが情けないではないか。

奥さんはデパートの広告を畳み直し、次にリフォーム会社の広告を手に取った。二十四時間保温のシステムバスの解説文をじっくりと読み込んでいる。

山崎さんは来月満期になる定期預金の金額を頭の中で確認して、「風呂ぐらいなら、リフォームしてみるか」と言ってみた。

「ううん、いいわよ、そんなの」奥さんは山崎さんの胸の内を見抜いたように笑う。「下手にいじると、他のところも全部直したくなっちゃうし」

確かにそうだろうと山崎さんも認める。築二十五年、もうすぐ二十六年になる。外壁の塗り替えを二度したきりの我が家は、あちこちにガタが来ている。体重をかけると軋《きし》む廊下、立て付けが悪くなって鍵がかからなくなった納戸のドア、電子レンジとヘアドライヤーを同時に使うとブレーカーが落ちてしまう配電、水回り、屋根……手を入れたいところはいくらでもある。

そして、これも認めなければならない。リフォームの話が持ちあがるたびに、「まあ、いずれそのうち」だの「もうちょっと待ったほうが金利が下がるから」だのと言って先延ばししつづけてきたのは、山崎さんだ。二世帯住宅に建て替える可能性を捨てきれないまま、今日まで来てしまった。頭の中では老後を夫婦二人きりで過ごすのだとわかっていても、胸の片隅ではいつも、ひょっとしたら、と思っていた。

奥さんは広告をすべて読み終えて、言った。

「でも、あれね、うまくいくとかいかないとか言ってられるうちは、まだいいのかもね。足腰立たなくなっちゃったら、結局は子供を頼らないとどうしようもないんだから」

奥さんはかねてから、寝たきりになったときの介護は娘たちが引き受けてくれると決めてかかっている。「あたりまえじゃない、親子なんだから」と不安やためらいの入り込む余地のない口調で言い切り、「娘二人でよかったわ、お嫁さんにシモの世話をしてもらうのなんてつらいもの」とまで話は先に進んでいく。

「子供に老後を背負わせるなよ」

「そんな大袈裟なものじゃないでしょう」と奥さんは笑う。

「おまえが寝たきりになったら、俺が看《み》てやるから」

山崎さんも笑いながら言った。

「私が言ってるのは、あなたが死んだ後の話」

奥さんはさらりと言って立ち上がり、広告の束をキッチンのストッカーにしまった。

「俺が後に残ったら、千穂や万里、看てくれるのかなあ。どうもあいつら、信用できないよな」

「だいじょうぶよ、私、遺言状に書いといてあげるから」

おどけた声に、NHKの連続ドラマの主題歌が覆いかぶさる。

いつもの朝。いつもの、夫婦の会話。お互いの生き死にの話も、さして重みもなく話題にのぼるようになった。

4

夕食の途中で、電話が鳴った。山崎さんは奥さんと顔を見合わせ、口の中に入っていた里芋の煮物をあわててビールで喉に流し込んだ。

電話には山崎さんが出ることになっていた。正確には、「いいな、今度電話がかかったら俺が先に出るんだからな」と強引に決めていた。あの夜から五日、そろそろ万里から連絡があっても不思議ではないし、なければ困る。

居間の親機ではなく、キッチンに移って子機のほうの受話器を取り上げた。

「もしもし、山崎です」

なるべく軽く聞こえるように喉をなぞるだけで出した声は、相手の声が耳に届いたとたん「なんだ……おまえか」と低く沈んだ。

——ちょっとお、ひどいんじゃない？　そういうのって。

娘は娘でも、千穂のほうだった。

「悪い悪い、別の人からの電話を待ってたところだったから」

——ガックリきても、それを声に出さないでくれる？　あんなに露骨だと、みんな怒っちゃうわよ。

結婚して子供が生まれ、山崎さんを「おじいちゃん」と呼びはじめてから、親に向かって説教じみた口調になることが増えた。声も太く、円くなったようだ。三十一歳。いまどきの感覚なら、もうオバサンになるのだろうか。

——でも、やっぱり定年生活に慣れた感じだね、おじいちゃんも。

「なにが？」

——昔は家で電話に出るときも、なんか仕事っぽい言い方してたじゃない。

「……そうだったかな、よく覚えてないけどな」

電話の向こうで孫の貴弘がむずかる声が聞こえ、千穂は早口に用件を伝えた。

——今度の日曜日、二人とも家にいる？　みんなで遊びに行きたいんだけど。

壁のカレンダーで確かめた。九月最後の日曜日だった。メモスペースが空白なので奥さんに予定はなさそうだし、山崎さんのほうはカレンダーを見るまでもなく、いつだって暇だ。千穂はつづけて「お祝いはなにがいい？」と訊いてきた。

「お祝いって、なんだ？」

——やだあ、結婚記念日よ。二、三日早いんだけど、十月一日って平日でしょ。

おまえたちは八月だろうと言いかけて、やっと気づいた。十月一日は山崎さん夫妻の三十三回目の結婚記念日だった。

——万里にも声かけてみるから。

応える声に、一瞬詰まった。千穂は耳ざとくそれを聞き取り、なるほどねえといった調子で喉を鳴らした。

——電話を待ってる相手って、ひょっとして万里のこと？

返事はしなかったが、千穂は勝手に話を先に進めていく。

——こないだパニックになって電話したんだってね、あの子。言ってたよ、自分でもなにしゃべったか全然覚えてないって。

「おまえ、万里と話したのか？」

——うん。おとつい、タカくんとデパートに行ったときに待ち合わせて、お茶飲みながら、ちらっとね。

ここでもまた、万里が頼っていく相手は父親ではなかった。

——急に重石《おもし》が取れたから、びっくりしちゃったんだろうね。その気持ちもわかるけど、須藤さんの離婚が決まるのをずっと待ってたんだからよかったんじゃない？　向こうの気が変わらないうちに早いとこ離婚届出しちゃいなって言っといたけどね。とにかく、めでたしめでたしでよかったと思うよ、私は。

そんなに簡単なものじゃないだろう……と返す前に、また貴弘の声が聞こえた。「キイイッ」と猿が鳴くような甲高い声だ。

——ごめん、ちょっとお母さんに代わって。タカくん、おばあちゃんとおしゃべりしたくてしかたないの。

お役御免は、いつものことである。山崎さんは「おじいちゃん」で奥さんは「お母さん」のままというアンバランスも、いまさら言い立ててもしかたない。そのあきらめと、消し去れない悔しさが、言葉を違う方向にねじ曲げてしまった。

「めでたしめでたしって、おまえな、お父さんはまだ万里に結婚を許したわけじゃないんだぞ。そこのところ勘違いするなよ」

長く尾を引くため息が、千穂の返事の代わりだった。貴弘が「ウキャアッ」と声をあげる。山崎さんは小さな虫を潰すように受話器の保留ボタンを押した。

まだ一歳半を過ぎたばかりの貴弘が話せる言葉といえば、「パッパ」や「マンマ」、「ジイジイ」に「バアバ」、「ナイナイバア」と「ワンワン」「ニャンニャン」ぐらいのもので、あとはすべて猿の鳴き声である。それでも奥さんは「タカくんはお月見しましたかあ?」だの「ママの言うこと聞いてますかあ?」だのと一方通行のおしゃべりを楽しんでいる。

その声を聞きながら、山崎さんはすっかり冷めてしまった味噌汁を啜り、サイドボードの写真をぼんやりと見つめる。

知り合いの誰もに言われ、確かに写真で見ると一目瞭然、千穂も万里も母親似の顔立ちをしている。四人家族とはいっても、三人プラス一人と考えたほうがしっくりくる。実際、写真の中の山崎さんは、セルフタイマーにせかされて三人のもとへ駆け込んだ直後というせいだけでなく、妙に居心地悪そうな表情だった。

息子がいれば——。千穂や万里と入れ替えるほど身勝手ではないが、家族写真にもう一人、自分によく似た息子の姿を置いてみようとした。

息子がほしかったのだ、ほんとうは。キャッチボールをしたり、釣りに出かけたり、オトナになったら酒を酌み交わしたり……そんなことをしてみたかった。

千穂が生まれたときには、まだ「最初の子は女のほうが育てやすいっていうしな」というずく余裕があったが、万里のときは違う。山崎さんも奥さんも三十四歳になっていて、三人目の子供をつくるつもりはなかった。「今度は男の子がいいなあ」が、奥さんのおなかが膨らむにつれて「今度は絶対に男の子だ」に変わり、臨月の頃には石原慎太郎・裕次郎兄弟にちなんだ「裕太郎」という名前まで考えていた。「ゆうちゃん、ゆうちゃん」と奥さんのおなかに掌をあてて語りかけ、奥さんから「まだわからないんだから」とたしなめられたことも、一度や二度ではなかった。

産院の看護婦さんに「おめでとうございます、元気なお嬢さんですよ」と教えられたとき、胸に溜まっていた息が、かたまりになってみぞおちに沈んだ。喜びがこみ上げてきたのは、その後だった。ほんの一瞬のタイミングのずれだ。誰にも気づかれることはなかった。廊下でバンザイをしながら飛び跳ねる千穂を思い切り強く抱きしめてやったし、ベッドに横たわって涙ぐむ奥さんの手を握る仕草にも嘘いつわりはなかった。だが、なぜだろう、初めて万里を抱いたとき、この子は俺の失望を見抜いているのかもしれない、そう感じたのだった。

奥さんの声が低くなった。電話の相手が貴弘から千穂に代わったようだ。ほとんど千穂が話しているのだろう、奥さんは「そうそう」「そうだと思うわよ」と相槌をときおり挟むだけだった。「だいじょうぶよ、それはお父さんだってちゃんとわかってるわよ」と、不意にそこだけ声が跳ね上がり、「口だけだってば、いつもそうじゃない」と笑いながらの声がつづく。

山崎さんは食べる気の失せた里芋を箸の先で軽く転がして、いつのまにか貧乏揺すりを始めていた膝を左手で叩いた。

山崎さん一人を置き去りにして、家族のすべての話が進んでいく。千穂の結婚のときも、万里が一人暮らしを始めたときも、娘たちはまず最初に母親に相談した。山崎さんに対しては、いつも相談ではなく報告だった。「お母さんはいいって言ってるんだけど」と前置きして、話がこじれそうになると「お母さん、ちょっと来てよ、もうお父さん全然話がわかってないんだから」と援軍を求め、最後は奥さんが山崎さんをなだめて納得させる、その繰り返しだった。

息子なら、どうだっただろう。「親父、一杯飲《や》らないか」と誘われ、気の利《き》いた小料理屋にでも連れて行き、父親というより人生の先輩として酒の飲み方を教えながら相談に乗ってやって、「だいじょうぶだ、お母さんには俺がきっちり話しといてやる」と胸を張って……。ばからしい。里芋に箸を突き刺した。これでは娘とのデートに憧れる町内会長と同じレベルではないか。

だいいち自分似の息子など、思い描けるわけもない。自分の若い頃の顔ですら、アルバムをめくらないと蘇ってこないのに。

それになにより、一家四人の家族写真は、特に構図に凝ったつもりはないのだが背景と人物のバランスが絶妙なのだ。

キッチンでは、まだ奥さんの電話がつづいている。話題はマンションでの近所付き合いの愚痴になったようだ。

山崎さんはもう一度サイドボードの写真に目をやった。自分の姿を消してみる。母親と娘二人のほうがさらに構図がすっきりまとまりそうな気が、しないでもなかった。

5

その夜遅く、二階の和室で寝ていた山崎さんは、階下の物音で目を覚ました。玄関からだ。ドアが閉まる音、カツンという堅い靴音、そして上がり框《かまち》が軋む音。

山崎さんはそっと布団から体を起こした。防災用のリュックサックとともに枕元に置いてあるゴルフクラブを手探りでつかむ。二階に電話の子機はない。窓もすべて雨戸をたてている。大声を出しても隣近所に届いてくれるかどうかわからない。

息を詰める。まだ、目が暗がりに慣れていない。隣の部屋で眠っている奥さんが下手に騒がないことを祈った。盗っ人が一階を荒らすだけで立ち去ってくれるのなら、放っておけばいい。どうせたいしたものなどありはしないし、コソ泥が居直り強盗になってしまったら、老夫婦に立ち向かうすべはない……。

階下から、また音が聞こえた。下駄箱を開け閉めする音だった。下駄箱から出したスリッパを廊下に軽く放る音、廊下の明かりを点ける音がつづく。

ゴルフクラブのグリップを握りしめていた指から、力が抜ける。時計を見ると、時刻は午前一時を少し回ったところだった。新宿からの最終電車がくぬぎ台駅に着くのは午前〇時五十五分、駅から山崎さん宅までは徒歩十分。可能性は、ある。

胸に兆した予感は、次の瞬間、確信に変わった。

階下から、あくびが聞こえた。女の声だった。廊下をすたすたと歩き、キッチンに入り、壁のスイッチを押して明かりを点け、冷蔵庫のドアを開ける。音を耳で追うだけで、その仕草のひとつひとつが目に浮かんだ。

万里はグラスに注いだ残りの缶ビールを「お父さんも飲む?」と差し出してきた。山崎さんが足音を忍ばせてキッチンに入ってきたときにはさすがに驚いて振り向いたものの、悪びれた様子はまったくなかった。

山崎さんは黙って缶を受け取り、しかし口をつけずにダイニングテーブルに置いて、万里と斜向《はすむ》かいに椅子に座る。

「電話ぐらいしろよ、びっくりするじゃないか」

「もう寝てると思ったから起こすの悪くて。急に思い立ったのよ、終電に滑り込みセーフ。十一時台の前半で電車がなくなっちゃうってのは、やっぱり問題あるよね」

「飲んでたのか」

「ううん、全然シラフ。会社から直行だもん」

「須藤さんは一緒じゃなかったのか」

「『さん』じゃなくて、もう『くん』でいいんじゃない？『康彦くん』でもいいし」

「そんなのは、どっちでもいい。おまえ一人で来たのか」

「そう。今夜は別行動。いまごろ思い出を嚙みしめながら、暗ーく飲んでるんじゃない？」

万里は「暗ーく」のところをおどけた口調で言った。だが、視線は横の食器棚のほうに逃げている。

山崎さんがビールを一口飲むと、万里も忘れ物を思い出したようにグラスに手を伸ばし、喉を鳴らして一気に空にした。

「今日ね」グラスをテーブルに戻しながら言う。「離婚届出してきたの、あの人」

山崎さんは「そうか」とだけ応えて席を立ち、冷蔵庫から新しい缶ビールを出して、それを万里のグラスの横に置いた。

「ありがと。でも、こっちでいいよ」と万里は山崎さんの飲みかけの缶からビールをグラスに注いだ。ごくあたりまえの仕草だった。中学生や高校生の頃は、父親の後に風呂に入ることさえ嫌がっていたのだが。

「ねえ、私の部屋、空いてるんだよね？」

「ああ。そのままにしてある。お母さんが、いいかげんに片付けろって言ってたぞ」

「向こうの奥さんの顔、見てみる？　私の部屋にあるのよ。お父さんにも見せてあげる」

「いや、でも……」

「一緒に見てよ。一人だと、なんか、心霊写真とか見てるみたいで怖いし」

万里はグラスのビールをまた一息に飲み干して、「ね？」と小首を傾げた。昔、まだ「お父さん、お父さん」と甘えていた頃も、おねだりをするときには決まってこのポーズだった。そして、山崎さん、万里のおねだりのポーズを黙殺できたためしは一度もない。

「せっかくだから、お母さんも起こしてみない？」と万里。

「よく寝てたから、無理に起こしたら機嫌悪いぞ」

意外とずるいところがある。階段を上りながら、笑った。

〈謹賀新年　新しい家族が仲間入りしてにぎやかな正月を迎えております。皆様方にも幸多き一年でありますようお祈り申し上げます〉

印刷された文面の下に、あまり上手くない肉筆で〈こういう年賀状を出すようになっちゃオシマイですね（笑）〉。

四年前の年賀状だった。葉書の上半分は写真になっている。ベビーカーに乗った赤ん坊を真ん中に、向かって右側に須藤康彦、左側に妻が、赤ん坊に高さを合わせてしゃがんでいる。写真の下に記された名前で、赤ん坊の名前が翔太、妻の名前が和恵だと知った。

須藤康彦も妻も笑顔だった。六月に一度だけ会ったときの記憶と引き比べると、須藤康彦は四年間で少し額が広くなり、太ってもきたようだ。妻は小柄な女性だった。ほんのわずかまぶしそうに、体のすべてのこわばりを解きほぐされたように笑っていた。美人とは言わないが、ふっくらとした頰の円みが、いい。

「私が新入社員の年なの」ベッドの縁に腰かけた万里が、床のラグの上に置いた葉書を見つめて言う。「部署は違うけど、飲み会なんかで仲良くなって、赤ちゃんが生まれたときにプレゼントもしたのよ。ベビーカーの横にぶら下がってるでしょ、輪っかのオモチャ、ピンク色のやつ」

ラグにあぐらをかいた山崎さんは、声というより喉を鳴らす音で、ああ、と応える。よけいなことはなにも言うまい、と決めていた。

「幸せいっぱいでしょ」

山崎さんはまた喉を鳴らした。

「私も、そう思ってた。年賀状もらったときはね」

黙った。

「でも、これ、ぜーんぶ嘘なの。お芝居の写真なの。この頃はまだ夫婦仲がおかしくなってたわけじゃないんだけど、でも、嘘なの」

ラグを縁どる幾何学模様を目でなぞる。

「遊びに行ったときに写真を撮ったんじゃなくて、年賀状の写真を撮るために、それだけのために、奥さん、赤ちゃん抱いてベビーカー提げて新宿まで来たの」

写真に日付は入っていなかったが、撮影したのは平日だという。外回りの途中の須藤康彦は、妻と新宿御苑で待ち合わせて、妻が家から持ってきた休日用の服に着替え、靴もスニーカーに替えて、家族写真を撮った。撮影が終わるとすぐにまた須藤康彦は背広に着替え、仕事に戻っていった。

「奥さんが、どうしても年賀状は家族写真にしたかったんだって。でも、こないだも話したと思うけど、彼、とにかく仕事が忙しくて、土日もゴルフとか出張で全然休めなくて……」

「家で撮ればいいだろう」と山崎さんは言った。これはよけいなことではないはずだ。

「家だと、わかっちゃうんだって」

「なにが？」

「部屋の雰囲気とか、家具とか、壁紙のセンスとか」

「べつにわかったっていいんじゃないのか？」

「そう考える人も、いる」誰かの物真似なのか、もったいぶった口調で言う。「そう考えない人も、いる」

須藤康彦の妻は後者だった。子供が生まれたら家族写真で年賀状をつくるというのも、憧れではなく、むしろ意地、あるいは見栄。須藤康彦は、万里にそう説明したらしい。

「こないだお姉ちゃんに会ったら、その気持ちすごくよくわかるって言ってた。すごいんだって、家族写真。子供が私立の幼稚園とか小学校に通ってたら、そこの制服を着せて写真撮るし、一戸建を買ったら門の前、車がベンツとかBMWだったらドライブのときに車の前で、はいチーズ。近況報告も兼ねてるんだからと言われればそれまでなんだけど……私はいまこんなに幸せなんですよって言いたいんだよね」

須藤康彦の妻は、友人たちのそんな写真を毎年見せられていた。写真では童顔だったが、実際は須藤康彦より一歳上だという。三十一歳で結婚、三十二歳で出産。「結婚したのも赤ちゃんを産んだのも、仲間内で一番遅かったみたいよ」とも万里は言った。

山崎さんはまなざしを年賀状に戻した。待望の家族写真。幸せいっぱいの家族だと伝えなければならない、一葉の写真。銀行時代の部下にも一人、毎年家族写真の年賀状を送ってくる男がいたのを思い出す。ある年を境に、それが途切れた。本人はなにも語らなかったが、長男が手のつけられないほどグレてしまったのだと、いつか酒の席の噂話で聞いた。

写真は、つらい。たとえ泣き顔と泣き顔に挟まれた一瞬だとしても、シャッターを切る瞬間の笑顔を写真は永遠に残す。だから、つらい。須藤康彦の妻も、きっといまならわかるだろう。家族の日々は瞬間で切り取ることができず、永遠に変わらずつづくものなどなにもありはしない。

「年賀状、ずっと家族写真だったのか」

「ううん。次の年は彼のお父さんが亡くなって喪中だったし、その次からは、もう写真撮るような状態じゃなくなってたし……だから、これが最初で最後」

雨戸が、がたがたと揺れ動く。風が出てきたようだ。

「年賀状来たときに思ったんだよね、奥さんすごく幸せそうだなって。まだ彼のこと好きでもなんでもなかったんだけど、なんて言うの、私もいつかこんな感じの家庭をつくりたいなって。だって、前の年までは大学生だったんだから、一家の写真入りの年賀状なんてもらったことなかったし、そんなのまで見抜けるわけないじゃない」

山崎さんは喉を鳴らした。

「彼からその話を聞いたとき、ばかな人だなあって思ったの。ばかだよね、この奥さん。すごく情けない人だと思わない？　これならダンナも疲れちゃうよ、逃げ出したくなっちゃうよ、そうでしょ？」

なにも応えなかった。

「今夜は、笑っちゃおうと思って来たのよ。ばーか、ばーか、って。でもさ……いま見てたら、奥さんの顔、なんか寂しそうなんだよね。寂しそうに見ちゃうのよ私の目が。それって、すごく嫌。自分が嫌」

万里は屈み込んで葉書を拾い上げた。

「重いよね。まいっちゃった、彼が自由の身になってもちっとも嬉しくないんだもん。結婚なんか、したくなくなっちゃった……」

葉書を目の高さに掲げてため息をつく。

山崎さんはさっきまで葉書のあったところを見つめ、「重いよな、ほんとうに」と自分で確かめるようにうなずいた。

「私のせいじゃないんだけどね、駄目になっちゃったのは」と万里は無理に笑う。

そうだ、おまえのせいじゃない。ラグの縁取りをにらみつけた。須藤康彦のせいでも、彼の妻のせいでもない。悪者は誰もいない。ただ、悲しい思いをしている人だけが、いる。できるなら、万里の背負った重みをすべて自分が引き受けたい。須藤康彦の妻への同情ではない。後ろめたさとも違う。ただ、一組の夫婦の歴史が終わってしまった重みをどこにも持っていけないのなら、自分が受け止めてやりたい。

山崎さんは顔を上げた。万里と目が合った。

「なあ……」と声をかけたとき、ドアが開いた。

奥さんが、まぶしそうな顔で戸口に立っていた。

「なんだ、万里、来てたの」

目をしょぼつかせて、あくび交じりに言う。

「ねえ、お母さん。ちょっと見てみる？」と、万里の声は一転して軽くなった。両肩に張り詰めていたものが、すっとゆるんだのが、山崎さんにも見てとれた。

奥さんはまだ半ば眠りの中にいるのか、「なあに？」と間延びした声で言って、部屋に入ってきた。

「彼の別れた奥さんの写真なんだけど、これ」

「ふうん」

奥さんは驚いた様子もなく葉書を受け取って、お芝居の家族写真をちらりと見た。万里がつづけてなにか言おうとしたら、奥さんは「ふうん」ともう一度言ってそれをさえぎり、小さな水たまりを跨《また》ぎ越すような軽い調子で、葉書を真っ二つに引き裂いた。

6

朝もやのかかったくぬぎ台の街を、駅から我が家に向かって車を走らせながら、山崎さんは苦笑交じりにため息をついた。始発で帰るという万里を駅まで送っていったところだ。結局のところ、父親の役目というのは、このあたりにしかないのだろう。

改札で別れた万里は、赤い目をしていた。寝不足に加えて、ゆうべは子供のように泣きじゃくった。山崎さんがあとを奥さんに任せて寝室に引き揚げてからも、しばらく泣き声が漏れていた。それでも、万里はすっきりした顔で笑いながら「じゃあ、またね」と山崎さんに手を振った。もうだいじょうぶ。ホームへの階段を下りる背中が伝えていた。

「なにもしてやれなかったな、俺は」

わざと口に出してつぶやくと、またため息が漏れた。あそこで奥さんが部屋に入ってこなかったら、どうしていただろう。自分のとるべき行動や告げるべき言葉はちゃんとわかっているつもりだったが、時間がたつにつれてあやふやになってしまった。少なくとも、奥さんがいなければ、万里があんなふうに笑って帰っていくことはなかっただろう。それは、いま、はっきりとわかる。

車を門の前に停めて、家に入った。

奥さんはキッチンで万里の朝食の後片付けをしていた。ホットケーキにミルクティー。万里の、子供の頃からの大好物だ。

「どうする？　もう一度寝る？」

「いや、起きるよ」

「まだ新聞も来てないわよ」

「かまわない。それより……」ためらいを振り切って言った。「いまからドライブしないか」

「はあ？」

「この時間ならまだ車も空いてるし」

「どうしたの、急に」

「富士山のほうでもいいし、海でもいい、どこでもいいぞ。行きたいところ言えよ」

奥さんは洗った食器を拭く手を止めて、しばらく考えた。

山崎さんにはかすかな予感があった。ひょっとしたら、奥さんは須藤康彦の妻に会いたがるのではないか。面と向かうことはなくとも、たとえ遠くからでも、夫と別れる決意を固めた彼女のいまの姿を確かめたいのではないか。確かめて、どうするか。それは知らない。ただ、山崎さん自身、会ってみたいと思う。もしもできるものなら、頭を深々と下げて謝らせてほしい、とも。

「そうねえ……」と奥さんはまた布巾を動かしながら首を傾げる。

「ほんとうに、どこでもいいからな」

山崎さんにうながされて、奥さんの口が小さく動いた。最初は、細い声を聞きそこねた。

奥さんはもう一度、今度は笑いながら言った。

「遊園地に行ってみない？」

出発を開園時間に合わせたために市街地を抜けるときに渋滞に巻き込まれ、途中で道も間違えてしまった。遊園地など何年ぶりだろう。五年や十年ではきかないはずだ。

「あなた、緊張してるの？」と奥さんに笑われ、「昔はこんなバイパスはなかったんだよ」と言い訳した。あの頃バイパスができていたら、渋滞中におしっこに行きたいと言いだす万里をおぶって路地に駆け込むこともなかっただろう。

「そろそろ観覧車が見えてくると思うけどな」

「どっち側だっけ」

「右側。ちらっとだけ、見えるから」

だが、実際には「ちらっとだけ」の眺めもかなわなかった。高いビルが通り沿いにびっしりと建ち並んでいたからだ。昔は、千穂も万里も、観覧車が見え隠れしはじめると「お父さん、あと何分で着く?」「百数えるうちに着く?」とうるさくてたまらなかったものだが。

助手席に座る奥さんの膝には弁当の入ったバッグがある。おにぎりと卵焼きとウインナー炒め。手早くつくった。やめとけと言うのにウインナーでタコをつくろうとして、包丁で指を切った。老眼鏡が必要だ、ほんとうに。

遊園地に着くまで一時間と少し。ゆうべの話はほとんどしなかった。「ほんとうは最初から起きてて、話を聞いてたんだろう?」と山崎さんが言っても、奥さんは笑うだけでなにも応えない。山崎さんが寝室に引き揚げてからのことも、「あとで話すから」と言うだけだった。ただひとつ、教えてくれた。万里は朝食のホットケーキを三枚もお代わりしたらしい。

開園と同時に遊園地に入った。入園ゲートをくぐるとき、係員の女の子に少し変な顔をされた。確かに一番乗りの客としてはずいぶん奇妙なものだろう。千穂に電話をして貴弘を借りてくればよかった。貴弘一人ではなく、できれば千穂も。遊園地に行くとわかっていたなら、無理だとは思うけれど、万里にも「有給休暇取れないのか」と声をかけてみればよかった。いや、千穂と万里が来るのなら貴弘は要らないな……千穂は怒るだろうな……。

遊園地の乗り物は、馴染みのないものがほとんどだった。かろうじて昔を偲《しの》ばせるものはメリーゴーラウンドやコーヒーカップぐらいで、他の乗り物はすべて大仕掛けでスピードも速く、脇で見ているだけで目が回りそうだ。

「どうする？　なにか乗ってみるか？」

誘ってみたが、奥さんは「心臓マヒでも起こしたら大変よ」と怖気《おぞけ》をふるい、「もう全然時代が違うのね。昔は、もっと小さな子供が遊べるような乗り物が多かったと思うけど」と少し失望したような面持ちで、ボート池に沿った遊歩道をゆっくり歩く。

「ゆうべ、万里と昔のこと話してたのよ、そうしたら急に遊園地に行ってみたくなって……」

「あいつも懐かしいって言ってただろ」

奥さんは笑いながら首を横に振った。

「あんまり覚えてないって」

「なんだよ、それ」山崎さんも思わず笑ってしまった。「あれだけ何度も連れてってやったのに、ひどい話だな」

「忘れてるわけじゃないとは思うけどね、もっと懐かしいことがたくさんあるのよ。遊園地は一番じゃないの」

「そうか、何度も行ってると、逆にそうなるのかなあ」

「一番はなんだったと思う？」

「伊豆の海水浴」

即座に、かなり自信を持って答えた。千穂が小学六年生で、万里が二年生の夏休み。銀行の保養施設に三泊して、真っ黒になるまで海で遊んだ。宿題の作文に二人ともその旅行の思い出を書き綴り、姉妹揃って校内の作文コンクールに入賞したのだった。

だが、奥さんはブザーの口真似をして、かぶりを振る。

「じゃあ、そうだな、新潟のおじいちゃんちに千穂と万里だけで遊びに行ったことなんてどうだ？　おじいちゃんに竹でスキーつくってもらって、すごく喜んでただろう」

これも違った。

「だったら、三年生のときのくぬぎ台祭り。あいつ、子供会の女子で一人だけ御神輿《おみこし》に乗ったもんな」

また違った。

「おかしいなあ……降参だ、降参」

「そういうイベントしか思いつかないから駄目なのよ。懐かしい思い出っていうのは、楽しい思い出とは違うんだから」

奥さんが教えてくれた正解は、山崎さんが拍子抜けするようなものだった。

「夜、自分の部屋で寝てたら玄関のドアが開く音が聞こえてきて、ああお父さん帰ってきたんだなあって思って、それですごく安心するんだって。そのときの気持ちが一番懐かしいんだって」

「なんだ？　それ」

「子供の頃って、いろんなこと心配するじゃない。お父さんやお母さんが死んだらどうしようとか、おばけが出たらどうしようとか、ノストラダムスっていうんだっけ、ああいう大予言とか……。あの子、お父さんが帰ってきたのを確かめないと眠れなかったんだって」

「嘘つけ、あいつ、いつもぐーすか寝てたじゃないか」

照れ隠しに笑い、ゆるんだ頰のまま「そんなつまらない話をしてたのか、おまえたち。しようがないなあ」と、照れくささとは違うものが胸に湧き上がってくるのを抑えた。

7

メリーゴーラウンドのそばのベンチで休憩した。

まだ開園してから三十分もたっていない遊園地は、平日ということもあって閑散としている。メリーゴーラウンドもまだ一度も動いていない。係員が馬車や馬を点検しながら、両手を伸ばしてあくびをした。

山崎さんは、ぽつりと言った。

「ゆうべの写真、おまえはどう思った？」

「どう、って？」

「奥さんの顔、俺には幸せいっぱいに見えた。万里から事情を聞いた後も、やっぱり幸せそうだったんだ。寂しそうには見えなかったんだよ」

奥さんは「私もそう思う」と言った。「寂しそうなんて言うの、万里が傲慢なのよ」

「あいつが寂しかったんだよ、たぶん」

「娘に甘いんだから」

「そんなことないって。万里だって悩んだり苦しんだりしたんだから」

「向こうの奥さんのほうが、もっと、ね」

「……ああ」

「だから、万里が寂しそうなんて言っちゃ駄目なのよ、絶対に駄目」

ベンチの後ろを、トロッコ列車が走り抜けていく。遊歩道と並行してボート池の外周をなぞる線路を、たしか昔は猿が運転台に座って、一周。トンネルも鉄橋もあった。春には線路沿いにパンジーが咲いていた。運転台の真後ろに座れなくてわんわん泣いたのが千穂だったか万里だったか、いまはもう忘れてしまった。

「何年つづいたんだろうな、須藤くんの夫婦は」

「六、七年ぐらいじゃない？」

「じゃあ、ウチは万里が生まれたあたりか」

「くぬぎ台の土地を買ったのも、その頃でしょ」

「ああ、そうだよ。おまえのおなかが大きかったから、千穂と二人で下見に行ったときがあっただろ。帰りにあいつ電車の中で寝ちゃって、大変だったんだ」

ばかだな。もう終わってしまった一組の夫婦に言ってやりたい。これからだったんじゃないか。たったの数年で、なにがわかる。

山崎さんたちは、なにもわからなかった。仕事に追われ、子育てに夢中で、いまの暮らしが幸せかどうかなど考える余裕はなかった。間違いもたくさんあっただろう。後悔することも、なかったとは言わない。年賀状の家族写真よりもわかりづらい形で見栄を張ったことだって、あったかもしれない。それでも、まだ始まったばかりの家族だった。終わることなど、ちらりとも考えなかった。銀行の下っ端行員として顧客回りをつづけているときには、いつかは定年退職する日が訪れるのだなどと想像すらできなかったように。

「もし万里がいなかったら……」奥さんが言う。「須藤さんと奥さん、元の鞘《さや》に収まってたのかもしれないね」

「そうかもな」

「そこからは、ウチみたいに仲睦まじい夫婦になったりして」

冗談めいた口調だったが、横顔は笑っていなかった。

家族連れがメリーゴーラウンドのほうに近づいてきた。休みをとったのか平日が休みの仕事なのか、がっしりとした体格の父親が、野球帽をあみだにかぶった男の子を肩車している。隣にはベビーカーを押した母親。足を止めて一服した父親の肩の上で、男の子が「出発、進行！」とでも言うように前方を指さしながら体を揺する。

奥さんはそれを見て「パパは大変ねえ」と笑い、途切れた話のつづきに戻った。

「私も何度かあったわよ、あなたと離婚しようと思ったこと」

初耳だったが、意外な気はしなかった。

「俺も、あったかもしれない」

山崎さんの言葉を、奥さんもすんなりと受け止めた。

「夫婦喧嘩もたくさんしたよね」

「ああ……」

「理由は、もう全部忘れちゃったけど」

「俺もだ」

遠くで、ジェットコースターが螺旋《らせん》を描きながら滑り落ちる。地面に落ちるぞというところで、また勢いをつけてコースを這い上っていく。宙返りを、つづけて二回転。

「万里に、ひとつだけ言っといたから。あんたはこれから家族連れ見るたびに胸がチクチクするわよって。チクチクしていいんだからね、チクチクしなくなったら、お母さん、あんたのほっぺひっぱたいてやるから……」

「じゃあ、俺はなにをすればいい？」

「なんでもどうぞ」

胸がチクチクしすぎて苦しくなったら、背中を撫《な》でてやろうか。言いかけて、やめた。たぶんその役目も奥さんが引き受けるはずだ。

メリーゴーラウンドが、さっきの家族連れを乗せて回りはじめる。カボチャの馬車に、母親と赤ん坊。男の子は馬車を牽《ひ》く白馬に一人でまたがって、柵の外でビデオカメラをかまえる父親に手を振っていた。

幸せそのものの家族の姿だ。けれど、今日の遊園地を最後に、あの夫婦は離婚してしまうのかもしれない。家族の歴史が閉じる前にせめてもの楽しい思い出を子供に残してやっているのかもしれない。今朝、出掛けに夫婦喧嘩をしていたのかもしれないし、遊び尽くして帰宅してから、ささいなことで夫婦喧嘩が始まるのかもしれない。

誰にも、わからない。

確かなことは、ここにいま幸せいっぱいの家族がいる、それだけだった。

「須藤くんの胸がチクチクしなくなったら、ぶん殴ってやるよ、俺」

「いいんじゃない?」

「それで……昔のことばかり引きずって、万里のことを大事にしなかったら、ぶっ殺してやる」

奥さんは「おお、こわ」と大袈裟に身震いし、山崎さんも細く薄い肩をせいいっぱい怒らせて、二人で顔を見合わせて笑う。

山崎さんはメリーゴーラウンドの少し先にある売店を指さした。

「なあ、あそこ、使い切りのカメラ売ってるかな」

「売ってるでしょ、それは」

「写真撮ろうか。遊園地に来ることなんて、もうないかもしれないんだから」

「そんなのいいわよ、お化粧もろくにしてないし」

「いまさら美人に見せてどうするんだよ」

売店に向かって歩きだした山崎さんの背中に、奥さんが言った。

「十二枚撮りのやつにしてよ、もったいないから」

「わかったわかった」

山崎さんは足を速めた。ひびわれて歪《ひず》んだ音のメロディーが、メリーゴーラウンドの屋根にとりつけたスピーカーから流れている。昔もこの曲だったような気がして、いや違うかなとも思い直したが、懐かしいメロディーであることは間違いなかった。

カメラに収められた遊園地でのスナップは、以下のとおり。

No.1——ベンチに座る山崎さんと奥さん。メリーゴーラウンドから出てきた家族連れの父親に、シャッターを頼んだ。用を終えると、父親はまた男の子を肩車して、一家でゴーカートの乗り場に向かった。山崎さんが、バイバイ、と手を振ると、男の子も同じ仕草を返してくれた。

No.2——コスモスの花壇の前に立つ奥さん。写真を撮った後「遺影にできるかもな」と言ったら、奥さんに背中をぶたれた。

No.3——観覧車の前のベンチで、山崎さん。Vサインをつくってみた。

残りは、九枚。

8

ウインドブレーカーのポケットに入れておいたカメラの出番が巡ってきたのは、三日後のことだった。

ひさしぶりに定年仲間が四人揃った。

「せっかくだから、どこかで記念撮影しましょうよ」

山崎さんの言葉に町内会長は「そうだよなあ、あと何回みんなで散歩できるかわからないもんな」と寂しさを隠せない顔で応じ、野村さんと藤田さんも、それぞれの感慨を胸に、黙ってうなずいた。

藤田さんは、北海道での仮住まいを決め、くぬぎ台の家の売買契約もまとまった。冬になると引っ越しが大変なので、十一月早々にも自宅を引き払う予定だという。

「撮る場所は、藤田さんに決めてもろたらええん違《ちゃ》うかなあ」

野村さんの発案に、町内会長や山崎さんも異存はなかった。

「いいんですか?」と藤田さんは申し訳なさそうに言って、歩きながらしばらく考えを巡らせた。残る三人は、答えをせかさない。ゆっくり考えればいい。二十数年を過ごした街だ。

「なあ、フーさん、考えるの邪魔して悪いけど、ちょっといいかな」と町内会長が言った。

「ええ、どうぞ」と藤田さん。

「フーさんは、くぬぎ台のことを嫌いになって引っ越してくわけじゃないんだよな? そうだよな?」

「またでっか」野村さんが笑う。「なんべん訊いたら気がすむんやろなあ」

「だいじょうぶですよ」と藤田さんも笑いながら言う。「僕は、この街が好きです。ずうっと、死ぬまで好きですよ」

「だったらさあ、ここに住んでればいいじゃない。べつにフーさんの旅立ちにケチつけるわけじゃないけど、なんか寂しいよなあ、寂しいよ俺は」

やれやれ、と町内会長を除く三人はちらりと目を見交わした。山崎さんと野村さん、山崎さんと藤田さん、散歩に同行する組み合わせは日替わりでも、町内会長のふさいだ様子は毎日同じだ。急な坂をまっすぐに上らずにすむよう、さりげなく「こっちに行きましょうか」「たまには、ここ曲がってみまひょ」とルートを変えてはいるのだが、やはり立ちくらみのショックは消えていないようだ。

「みんないなくなっちゃうんだよなあ、江藤さんだって、フーさんだって……寂しいよなあ」

「まあまあ、ええやないですか。男のロマンいうやっちゃ、なあ、藤田はん」

野村さんが藤田さんの肩をポンと叩いた。いつもながらの大袈裟な言い方に藤田さんは照れ笑いで首を傾げたが、野村さんは真顔になってつづけた。

「ごっつ広い空の下で生きてみたいて、そんなん、わしら考えたこともなかった。ガキの頃から、どないしたら腹いっぱいになるやろ、どないしたらゼニぎょうさん稼げるやろ、子供らまっとうに育てるにはどないすりゃええねん、一戸建の家がええんやろか、庭があったほうがええんやろか、せやけどローンも難儀やなあ……そんなことしか考えられんかった。ロマンて、それナンボで買えまんのか、いうてな。空の広さやら青さやら、いっぺんも考えられんかった」

野村さんはしゃべりながら、まなざしを藤田さんから町内会長へ、さらに山崎さんへと滑らせていき、最後に秋の青空を振り仰いだ。

「昔、坂本の九ちゃんが歌うとりましたやろ、上を向いて歩こう、て。わしら、下向いて歩いたつもりはないんやけど、前しか見とらんかったん違うかなあ。上を向いて歩く余裕のできたんて、定年になってからやなかったかなあ」

「そうだな」町内会長も、野村さんに倣《なら》って空を見上げた。「ノムちゃんの言うとおりだ。俺たちみんな、そうだよ」

「もう、間に合わん。わし、そない思うとった。いまさら空のこと言うてもどないもならんやろ、て。せやけど、藤田はんは、ええ歳して空が見たいてアホなこと言うて、北海道まで引っ越すわけや。アホやで、ほんま。なあ、わしら皆、空の色やら広さやら気にするような高尚な教育受けとらんさかいな。せやから、藤田さん、あんたアホや。アホやから……なんや知らん、ごっつ嬉しなんねや」

「そうです」応じたのは、山崎さん。「寂しいけど、嬉しいんですよね」

「まだわしら終わっとるわけやない、老いぼれてくたばるの待っとるわけやない、還暦過ぎてから新しい人生始める連れもおんねや、ここに」

藤田さんの肩を、さっきよりも強く叩いた。藤田さんも今度は首を傾げなかった。

「なあ、古葉はん！　あんたも老け込んどる場合やおまへんで！　しっかりせな、嫁に家を乗っ取られまっせ！」

ドスの利いた声で、町内会長を一喝する。

町内会長、たじろぎながらも、嫁の話まで持ち出されては黙っているわけにはいかない。

「よけいなお世話だよ、息子二人に居場所奪われたノムちゃんにそんなこと言われたくないね」

「ほほう、ご挨拶でんな。言うときますけど、親父と息子は血ィつながった仲でっせ、居場所もへったくれもありますかいな、もう、わし、カマドの灰まで息子らに喜んで譲ったりますわ。それが幸せな隠居いうもん違《ちゃ》いまっか？　嫁にいびられるじいさんの話とごっちゃにされたらかなわんなあ」

「だっ、誰がいびられてるんだ、失敬なこと言うんじゃないよ。ふだんは若夫婦のやりたいようにやらせてやってても、ここ一番のときは、やっぱり俺だよ。俺が家長なんだ」

足を止めてやり合う二人を放っておいて、山崎さんと藤田さんは並んで先を歩く。

「先輩二人のお世話、これからも大変ですね」

藤田さんは小声で言って、ふふっと笑った。

「まあ、敬老精神でがんばりますよ」と山崎さん。

「約束ですよ、北海道に絶対に遊びに来てください」

「ええ。広ーい空、見に行きます」

「できれば、奥さんもご一緒に」

「もちろん」

まるごとぜーんぶの空。ほんとうに、ぜひ一度、奥さんと見に行こう。北海道の澄んだ空気を味わおう。そして、旅を終えて帰ってくるのは、やはり、この街だ。

振り向くと、町内会長と野村さんは並んで歩きながら、まだ言い合っていた。どこでどう転んでいったのか、話題はいつのまにか強壮剤自慢になっていた。町内会長はオットセイ・エキス派で、野村さんは高麗人参派。ともに確固たる自信があるようで、議論は白熱する一方である。

「坂道、まっすぐに上っちゃいましたね」

藤田さんが嬉しそうに山崎さんに耳打ちした。


そんなわけで。

十二枚撮りのフィルムは、また一コマ進んだ。

No.4――定年仲間四人衆の記念写真。藤田さんのリクエストどおり、くぬぎ台会館の玄関前で撮った。定年仲間が固めの杯を交わした、記念すべき場所である。

9

№5——乾杯のシャンパングラスを掲げた山崎さんと奥さん。二人の前には、「何婚式なるのかわからなかったから」と千穂が買ってきたバースディ・ケーキ。ロウソクを三十三本立てたのは万里と須藤康彦で、ライターで火を点けたのは伸弘。〈おとうさんおかあさんおめでとう〉と書かれたチョコプレートは、残念ながら撮影のときにはすでに貴弘の小さな掌の中でぐちゃぐちゃに溶けていた。ロウソクの火を吹き消したのは、もちろん主役の二人。最後の一本を消したときには、二人とも息があがってしまった。

№6——千穂の一家プラス山崎さん夫妻。「タカくん、おじいちゃんのところにおいで」と誘ってみたが、貴弘は迷うそぶりも見せずにおばあちゃんの膝の上に乗った。まあ、いい。泣かれなかっただけでも上出来だろう。

№7——万里と須藤康彦。緊張しきった顔で最後まで膝を崩さなかった須藤康彦に対し、万里はあの夜の涙もすっかり忘れてしまったように、満面の笑みを浮かべていた。

№8——万里と須藤康彦プラス山崎さん夫妻。一緒に写るのを遠慮する須藤康彦を手招くとき、初めて「康彦くん」と呼んだ。

№9——山崎さん夫妻の前で両手をついて頭を下げる須藤康彦と、その隣で涙ぐむ万里。

面白がってシャッターを切った千穂も、カメラを下ろした後の目は赤く潤んでいた。

No.10——千穂と万里、須藤康彦、貴弘、奥さん。写真を撮ったのは伸弘。山崎さんが写っていないのは、ひさしぶりに酔っぱらってしまい、部屋の隅で毛布を掛けてもらってうたた寝をしていたからである。

No.11——須藤康彦と伸弘。義理の息子たちが照れくさそうに並ぶ。山崎さんはこのときもまだ眠っていたが、どうせこういうことを思いつくのは万里に決まっている。

そして、結婚記念日の祝宴も果てた夕方、やっと目が覚めた山崎さんのたっての願いで、十二枚目の写真を庭で撮った。

千穂と万里、山崎さん、奥さん。

「はい、チーズ」

カメラをかまえる須藤康彦の声に合わせて、伸弘に抱かれた貴弘が「ウキャアッ」と猿の鳴き声をあげた。


起床は六時半。たとえ二日酔いで頭が痛くとも、みぞおちがひくついていようとも、とにかく起床は六時半なのである。

いつもの朝が始まる。

朝食は焼き海苔と納豆、ネギをたっぷり入れた味噌汁。

「俺、酔ってたからあまり覚えてないんだけど……万里の奴、式挙げないって言ってたよな」

「そうよ。水曜日に婚姻届を出すって。だから、あさって」

「まあ、康彦くんも二度目になるわけだから、派手にできないのはしょうがないけど……」

万里の花嫁姿を見たかった。千穂のときには教会のバージンロードを並んで歩いたのだ。そのときの万感胸に迫る感動を、もう一度味わってみたかった。

「式も挙げないんじゃ、けじめがつかんだろう、けじめが」

「いいじゃない、結婚式がゴールじゃないんだから。いまからが長いのよ、長くて大変なの」

奥さんは山崎さんの湯呑みに熱い番茶を注ぎ、梅干しを一粒入れて、ふと思い出したように言った。

「けじめ、ついてるわよ」

「なにが？」

「あの子たち、なんで入籍をあさってにしたと思う？」

山崎さんはカレンダーに目をやった。今日は月曜日、二十九日。あさっては――。

「なんだよ、俺たちの結婚記念日と同じになったのか」

「同じにしたのよ」

奥さんは湯呑みを山崎さんの前に置いて、「たぶんね」と付け加えた。

食後に居間に移って新聞を広げる。訃報欄から読んでいく。洗い物の水音が止んだら、ほどなく奥さんが居間に入ってくる。

いつもの朝の時間が、いつもと変わりなく、静かに流れる。

山崎さんの湯呑みの中は梅干しの種だけになり、奥さんは折り込み広告の最後の一枚を手に取った。

「あら」

驚いた声に、山崎さんも顔を上げる。

「ちょっと、ここ、わりといいんじゃない？」

奥さんが持っているのは、霊園の広告だった。

「近いのか」と山崎さん。

「車だと二十分ぐらいだし、ＪＲの駅からバスもあるみたいよ」

「値段は？」

「永代使用で九十六万円から三百二十四万円。交通の便を考えれば、まあ相場よね」

朝刊に霊園の折り込み広告が入っていれば、二人で子細に検討する。これも定年後の朝の習わしになっている。

山崎さん夫妻には、いまはまだ入るべき墓がない。故郷の新潟で家を継いだ山崎さんの兄は、分家のかたちで代々の墓所の一角を使えばいいと言ってくれるのだが、奥さんの気持ちや墓参の都合などを考えると、やはり東京で探すに如《し》くはないだろう。

「陽当たりもよさそうだし、お彼岸なんかピクニック気分でお墓参りできるんじゃない？」

広告を手渡された。

「年間管理費も三千円なら安いな」

「でも、九十六万円のところって〇・八坪でしょ。ちょっと狭くない？　せめて二坪はないと」

狭いもなにも骨壺を入れるだけじゃないか……と言いたいのをこらえて、二坪以上の欄に目を移す。二・三坪で二百七十六万円、二・七坪で三百二十四万円。

「駄目だ駄目だ、これは場所代だけで、まだ工事もあるし墓石も買わなくちゃいけないんだぞ。真ん中でいいよ、一・五坪で百八十万、このへんが当たり外れがないんだ」

不意に、奥さんが笑った。「やだあ」と声をあげ、肩を揺すって、おかしそうに笑う。

「どうした？」

「いま思い出したんだけど、あなた、同じこと言ってた」

「なにが？」

「もう、ずうっと昔、ここの土地を買うとき」こみ上げてくる笑いを、咳払いで抑える。

「あなた、広告見ながら、これは地面の値段だけで建物や庭や塀は別計算なんだから……って。いまと同じような言い方で、こういうのは真ん中の値段を選ぶものなんだ……覚えてない？」

頭の中で、二十数年を隔てた二つの光景がつながった。

まだ三十代半ばだった自分と、いまの自分。

霊園の広告と、くぬぎ台の広告。

夫婦でマイホームの夢を抱いていた頃がある。確かに、あった。アパートの一室で、まだ幼稚園にも通っていない千穂が寝入った後、奥さんが昼間集めてきた不動産広告を順に広げて品定めした。万里は生まれていない。奥さんのおなかの中にいた。千穂のために、二人目の子供のために、最高の我が家を手に入れよう。いつも奥さんと、そう話していたのだった。

あらためて霊園の広告を眺めると、なるほど、ニュータウンの分譲広告と同じだ。売り出し区域の写真に並んで、分譲済みの区域の写真がある。墓石や卒塔婆《そとば》が整然と並んでいる光景が、二十数年前にくぬぎ台の広告に載っていた一丁目の街並みに重なる。広告の裏面で紹介されている〈白御影石使用・外柵完成墓地　永代使用料込み百八十五万円〉は、さしずめ建売分譲といったところだろうか。

「ほんとだな」と山崎さんはうなずいた。顎を倒すと同時に、笑い声も漏れた。「家も墓も同じなんだ」

「家もお墓もニュータウンなんてね、なんか、おかしいよね」

「しょうがないさ、田舎から東京に出てきた奴らは、みんなそうだ」

「家を買って、お墓を買って……双六《すごろく》で言ったら、そろそろ『あがり』に来たのかしらね」

「根っこのところは、結局なにも変わってないような気がするけどなあ」

「でも、そのほうがいいんじゃない？」

「うん……」

「いろんなことがあったけどね」

「だけど、たいしたことはなにもなかったよ、うん、なにもない、平々凡々だ、俺の人生」

「そう？　そんなことないと思うけど」

奥さんはほんの少し不満げに言ったが、それ以上話はつづかなかった。ＮＨＫの朝の連続ドラマが始まる時刻が近づいていた。

実際、「たいしたこと」が家族の歴史の中にあったかどうかなど、どうでもいいことだ。奥さんが「あった」と言うのならあったのだろうし、山崎さんが「なかった」と言うのなら、やはりなにもなかったのだ。

長年連れ添った夫婦が一心同体になるというのは嘘だ。夫婦は、長い年月をともにすることで、自分たちが一人と一人だということを素直に受け入れられるようになる。いつか、千穂と伸弘にもわかる。万里と須藤康彦にもわかる。できれば、もう顔を思い出せない須藤康彦の前妻にもわかってほしいと思う。

山崎さんは濡れ縁から庭に出た。濡れ縁の脚は、何年も前からがたついている。外に出るときに雨戸の戸袋に手をついて体を支える、その一手間が、いつのまにか無意識の仕草の中に溶け込んだ。

植木鉢を日なたに出し、目についた雑草を引き抜いて、晴れた空に向かってあくびをひとつ。

いつもの朝が、いつものように過ぎていく。

いつまでその繰り返しがつづくかは、誰も知らない。

玄関の三和土《たたき》には、二足のウォーキングシューズが並べて置いてある。つややかな茶褐色の真新しい靴と、埃にまみれ、くたくたとひしゃげてしまった古い靴。新しいほうは、昨日、千穂と万里が結婚記念日のお祝いにプレゼントしてくれたものだ。ペン習字の教室に通いはじめた奥さんにはモンブランの万年筆だった。

上がり框にたたずんで二足の靴を見比べた。

少し迷った。だが、ほんとうは最初から答えは決まっていた。迷ってみたかっただけだ。

その場に屈み込んで新しい靴を手に取り、革のにおいを嗅いでから、下駄箱にしまう。

一仕事終えたように肩を上下させて息を継ぎ、古い靴に足を入れる。つま先を三和土につっかけ、踵のところに人差し指をひっかけて履く。いつもの仕草、いつもの履き心地。悪くない。まったく、悪くない。

もうちょっと働けるよな、おまえは——。

*

そして。

ここからは、ささやかな「先」のお話。

五年ぶりの家族写真は、山崎さん一人、目をつぶってしまっていた。現像された写真を見た山崎さんが頭を抱え込み、奥さんが脇腹が痛くなるぐらい笑い転げたのは、その日の夕方のことである。

山崎さんの隣で笑っている千穂のおなかの奥深くに、そのときには千穂自身も知らなかった小さな命が息づいていたことがわかったのは、二週間後だった。

二人目の孫の名付け親を山崎さんが仰せつかったのは、それからさらに一ヵ月が過ぎた頃。

男の子なら念願の「裕太郎」といきたいところだが、兄貴がいるのに「太郎」というのはちょっとおかしい。ならば、上と下の組み合わせを逆にして、「慎次郎」はどうだろう。もっとも、それは遊びに来た万里にあっさり却下されることになる。

「慎次郎、シンジロウ、信じろ。なんか語呂が悪いんじゃない？」

康彦はとりなすように「『郎』を取って『慎次』はどうですか、お父さん」と口を挟んでくるが、「郎」抜きでは石原慎太郎・裕次郎兄弟にあやかる意味がなくなってしまう。山崎さん、「駄目だ駄目だ、そんな名前」とにべもなく言って、康彦を恐縮させてしまうのである。

うるさい外野は、我が家の外にもいる。

「女の子だったら、『百恵』ちゃんなんていいんじゃないかな。ヤマちゃんち、上の子が『千穂』で下の子が『万里』だろ。だったら、孫も数字づくしでいったらどうだ？」と町内会長。

「あかんあかん。せっかく千、万と来とるのに、百で尻すぼみにしてどないしまんねや」と野村さん。

「じゃあ、億か？『億子』でも『億美』でも『億恵』でもおかしいだろう。一生の問題なんだぜ、ノムちゃんも真剣に考えろよ」「あんたもバカ正直でんな、一桁ずつ進まんでもよろしいやろ。億、兆、京《けい》、垓《がい》から無量大数まで、なんぼでもありまっせ」「それじゃ落語の『寿限無《じゅげむ》』みたいじゃないかよ、おい」……。

奥さんはわざわざ新宿まで出て、姓名判断の本を何冊も買い込んでくる。まだ目に慣れない老眼鏡のレンズの角度を細かく調節しながら漢和辞典と首っ引きの奥さんの横で、山崎さんはようやく数ヵ所に候補を絞り込んだ霊園の広告を検討する、そんな夜がつづくのは、秋の終わり。

正月には、藤田さんから、雲ひとつない青空を背にした雪山の写真の年賀状が届く。写真の隅には、手書きのサインペンで、こんなメッセージも。

〈くぬぎ台は、永久に不滅です〉

しかし、それはすべて「先」のことである。

山崎さんは、いつもの朝の、いつもの散歩に出かける。

ウインドブレーカーのジッパーを襟元まで上げ、くたびれたウォーキングシューズを履いて、くぬぎ台の街を歩く。どこかの家から、キンモクセイの甘い香りが風に運ばれてきて、鼻をくすぐる。

ウインドブレーカーのポケットの中には、「ついでに現像に出してきてよ」と奥さんから預かった使い切りカメラ。歩きながら、ときどきポケットに手を入れて、カメラに触れる。十二コマの場面が詰まったカメラを握りしめて、ふふっと笑う。ほんとうに大切な、かけがえのないものは、フィルムのコマとコマの間に息をひそめている。それがわかっているから、笑みは少しずつ深くなる。

足を速める。横断歩道を渡る。わずかに色づいた柿の実を見つけて立ち止まり、一息ついてまた歩きだす。

背中を少し丸めて歩く癖は、子供の頃から変わらない。

そして、二年あまりの月日が流れ……

帰ってきた定年ゴジラ

鱶を釣る男たち

1

目薬を三回差して、老眼鏡をレンズクリーナーで二回拭《ふ》いた。右手の人差し指の筋が攣《つ》ったように痛み、不自然な力を込めていたせいなのか、肩や肘《ひじ》や手首も重い。

舌を打った回数は数えきれない。同じだけ、ため息もついた。愚痴や弱音や悪罵《あくば》や呪詛《じゅそ》の言葉の向く先は、最初は機械に、やがて時代に、そして自分自身の不甲斐なさへと移っていき、しかし最後に、すぐに使えないようなものを売りつけてどうするんだ、と再び機械に戻る。

「ねえ」お茶をいれてきた奥さんが言う。「やっぱり町内会長さんに来てもらったほうがいいんじゃない？」

山崎さんは顔をしかめるだけで、なにも答えない。広げて膝《ひざ》に載せた分厚いマニュアル書と目の前のパソコンの画面とを見比べると、また、ため息が漏れた。

「プロシキサーバーだのアカウントだの、もういいかげんにしてくれよ……」

「風呂敷？　そんなのパソコンで使うの？」

「いいから、ちょっと黙ってろ」

悪戦苦闘が二時間近くつづいている。気がつけば、立春を過ぎたばかりの陽は、すでに傾きかけていた。

三日前に新宿まで出て買ったパソコンが我が家に届いたのは、今日の昼過ぎだった。i——Ｍａｃのブルーベリーである。「パソコン」よりも「コンピュータ」、さらに言うなら「電子計算機」「人工頭脳」のほうが感覚としてはすんなりくる山崎さんとしては、「人工頭脳」らしからぬ可愛らしいデザインと色使いに少々頼りなさを覚えたのだが、とにもかくにも使いやすさ第一、パソコン雑誌で検討に検討を重ねた結果、i——Ｍａｃを選んだのだった。

準備は先週から万端整えていた。居間の隅にあった小さな書棚を二階の空き部屋——千穂の部屋に移し、空いたスペースに通信販売で買ったパソコン用の座り机を置いた。座椅子《ざいす》も新調し、電気スタンドは万里が部屋に残していったものを拝借して、ついでに家族の写真を飾るフォトスタンドも、真鍮《しんちゅう》の、ちょっといいやつを買った。

散歩の途中で駅前の本屋に立ち寄り、初心者向けのマニュアル書を買ったのが、昨日。パソコンにかんしては一年先輩になる町内会長が「ヤマちゃんには、このへんがいいんじゃないかな」と見立ててくれた。『タコでもわかるパソコン講座　インターネット編』。そのときは山崎さん、内心大いにムッとしたものだが、いまなら認める。認めるしかない。これじゃ、タコ以下だ……。

「これ、美味《おい》しいわよ。あんまり甘くないから、あなたでも食べられるんじゃない?」

奥さんにうながされて、菓子皿から小ぶりのまんじゅうを一つとった。岡山の銘菓、大手まんじゅう。野村さんからの貰《もら》い物だった。いつものようにデパートの物産展で買ってきた。

定年五年目を迎えた野村さんは、最近では宇都宮や小田原あたりのデパートまで物産展めぐりの範囲を広げている。遠出の理由を、本人は「単身赴任しとったいろんな街のことが、もう懐かしゅうて懐かしゅうてたまりまへんのや」と話すが、それは違うだろうな、と山崎さんも町内会長も見当をつけている。

ほのかに酒の香りのするまんじゅうを頰張《ほおば》って、山崎さんは言った。

「野村さんちも、もうなに買ってきても食べるひとがいないんだな」

奥さんは小さくうなずいて、「四人家族が半年で……だもんね」とため息をついた。

「息子たちも、もうちょっと考えてやればいいのにな。そりゃあ、いろんな事情があるんだろうけど、こういう時期なんだから」

「どっちかは、あの家でいずれ一緒に住むんじゃないの？」

「だといいけどな」

「野村さんがどっちかの家に行くとか」

「あのひとはそういう性格じゃないさ」

「そうよねえ……」

「老《ふ》け込んじゃったよ、ほんと、野村さん」

ぬるいお茶を啜《すす》った。熱い飲み物は食道ガンを引き起こす恐れがあると雑誌で読んで以来の、健康法とまでは大袈裟《おおげさ》でも、ささやかな心がけである。

いや、ほんとうのきっかけは、去年の秋、野村さんの奥さんが亡くなったことだった。梅雨の明けた頃から背中が痛いと言いだして、九月に病院に行ったときには、すでに膵臓《すいぞう》ガンの末期の状態だった。入院して二ヵ月たらずで亡くなった。享年六十四、満年齢でいうなら六十三——山崎さんと同い歳である。

野村家では、ゴールデンウィークに長男が結婚し、弁護士の次男は夏に仲間たちと一緒に法律事務所を旗揚げして、それぞれ家を出たばかりだった。息子たちが一人前になったのを見届けてから逝ったのがせめてもの救いだったが、引き替えに、四人家族のあるじだった野村さんは、ひとりぼっちになってしまった。

「四十九日を過ぎるまでは気が張ってるっていうから、意外といまの時期がいちばんキツいのかもしれないな」

「そうねえ」

「あそこは五LDKだったかな、一人じゃやっぱり寂しいよ、家にいたくないよな」

まんじゅうを持ってきたとき、野村さんはおどけて「留学生のホームステイ先の募集ありますやろ、わし、応募しようかな思てまんねや。金髪のおねえちゃんと一つ屋根の下やて、極楽でっせ」と言っていた。すぐに強がるひとだ。意地っ張りで、負けず嫌いでもある。そしてなにより、野村さん、とびきりの寂しがり屋なのだから。

まんじゅうをもう一つ、頰張った。

隠し味の塩気が、少し増したような気がする。

窓の外が暗くなりかけて、台所から魚を煮る醬油《しょうゆ》の甘辛いにおいが漂ってきた頃、ようやくパソコンの画面にアップル社のホームページの画像が映し出された。

悪戦苦闘、三時間半。

ついに山崎家のi―Ｍａｃは、電話線を介して世界中のパソコンとつながったのである。トンネルや橋の開通にも似た――いや、これはもう開国になぞらえてもいいほどの快挙である。

山崎さんは座椅子の背を倒し、あぐらをかいた脚を伸ばして、あくび交じりの深呼吸をした。

ぐったりと疲れきっている。瞼《まぶた》の奥が痛い。目玉がふだんの位置から半分ぐらい飛び出してしまったみたいだ。

それでも、気分は悪くない。ひとつ大きな仕事をやりとげたという満足感に頬がゆるむ。こんな気持ちを味わったのは、もしかしたらそろそろ三年半になる定年生活で初めてかもしれない。

「あなた」台所から奥さんが言った。「そろそろ晩ごはんできるけど、どうします?」

このまま勢いに乗ってネットサーフィンとやらを愉《たの》しんでみたい気もしたが、ここまで来たのだ、あせることはないし、なにはともあれ祝杯——である。

「熱いの、一本つけてくれよ」

「できたの?」

「ああ、やってみればかんたんなもんだ」

「……調子いいんだから」

「あとで見せてやるから、びっくりするなよ」

ハハッと笑った山崎さん、ついテレビの感覚で、えーとリモコンはどこだっけ、と座椅子のまわりを捜した。

その瞬間、気づいた。

どうやれば終わるんだ？　スイッチはどこだ？　電話はどうやって切ればいいんだ？

笑い顔のまま、凍りついてしまった。

フリーズ、である。

『タコでもわかるパソコン講座』を頼りに、なんとかブラウザーソフトは終了することができたが、電話はまだつながったままだ。

正しい手続きを踏んでからでないとパソコン本体を終了させるわけにはいかない。『タコでもわかるパソコン講座』には「システムがクラッシュする恐れがあります」と、わざわざ大字で書いてある。

意味のよくわからない「クラッシュ」よりも、むしろ「システム」が怖い。理屈ではなく長年の経験が、その横文字は敬して遠ざけておいたほうが身のためだ、と教えてくれる。「サイエンス」や「テクノロジー」や「イデオロギー」と同じだ。

とにかく、早く電話を切らなければいけない。あせって、あてずっぽうにマウスをクリックし、コマンドやオプションやシフトやコントロールのキーをかたっぱしから押していったが、まったくだめだった。

夕食の皿を座卓に並べながら、奥さんが言った。

「町内会長さんに電話して訊《き》いてみたら？」

「だから、その電話が切れないんだって言ってるだろ、いいからおまえは黙ってろ」

「お酒、どうする?」

「そんなのあとだ、あと」

「でも、もうお燗《かん》ついちゃったわよ」

「うるさいなあ、いいよもう、そんなのどうだって」

マウスのポインタが止まった。正真正銘のフリーズ。

頭に血が昇った山崎さん、ついにパソコンのコンセントを引っこ抜いてしまった。

2

「意外と無茶するひとなんだねえ、ヤマちゃんも」

翌朝の散歩のときにいきさつを話すと、町内会長はあきれ顔で言った。

山崎さんはマフラーを首に巻き直しながら、「昔から、どうも機械ってのが苦手でして」と苦笑する。

「カンシャクはノムちゃんの専売特許なんだけどなあ」

町内会長は野村さんを振り向いて笑ったが、なにか考えごとをしていた野村さん、我に返って「はあ?」と間の抜けた声で応えるだけだった。

「いや……なんでもない、うん、たいしたことじゃないんだ」

ぎごちなく笑った町内会長は、山崎さんと目を交わして、やれやれ、と息をつく。

奥さんを亡くして以来、野村さんは日課の散歩を休みがちになった。今日顔を合わせたのも何日ぶりかのことになる。隣町にある多摩川大学の社会人講座も、奥さんの看病や亡くなってからの雑事に追われて長期欠席のまま、今年度が終わってしまいそうだ。

散歩に顔を出さなければ出さないで心配だし、一緒に歩いたら歩いたで、なにかと気を遣ってしまって、どうにも意気が揚がらない。

「まあ、でもさ、嬉《うれ》しいよ、ヤマちゃんもパソコン始めてくれて」

「いや、まだ、始めたもなにもないんですけどね」

「すぐだよ。俺、保証してもいい、すぐにハマるって」

「はあ……」

「こんなにおもしろいものをどうしてもっと早く始めなかったんだろう、って思うよ。いやほんと、後悔しちゃうよ。勝手に隠居を決め込んでたんだな、いままで。定年になったんだから、もう年寄りなんだから、リタイアしたんだからって、新しいものに手を出してみようっていう気持ち、なくしてたんだ」

「ああ、それ、わかるような気がしますね」

「パソコンを使うと、なんていうかなあ、世界が広がるのよ、こう、ぱあーっとね」

町内会長は言葉に合わせて両手を大きく広げ、「わかる？」と笑いかけた。

仲間内でいちばん年上の町内会長は、去年の九月に満七十歳の誕生日を迎えた。ご自慢のちょび髭《ひげ》も真っ白になり、もともと広めだった額は、もはや頭のてっぺんまでつながってしまった。

去年のいまごろは二世帯住宅で同居する息子夫婦との関係が致命的なまでに悪化して、ライフケア・マンションのパンフレットを取り寄せては「脅しじゃないんだよ、今度は本気だぞ」と力んで言っていたものだった。三期つづけて務めてきた町内会長の座も、「もう四期目はないよ、四月には俺も女房もくぬぎ台にはいないんだから」と潔《いさぎよ》くなげうつ覚悟だったのだ。

それが、三月にパソコンを買ってから、変わった。現役時代は大手の広告代理店で辣腕《らつわん》部長と呼ばれていた町内会長である。元来が新しいもの好きだし、なにせ時間だけはたっぷりあるのだから、朝から晩までパソコンと向き合い、あっというまに使いこなすようになった。

息子夫婦とのいさかいはなしくずしに消え去り、四期目の町内会長もあっさり無当選で決まった。

単純といえば単純な話である。しかし、大のオトナが――いや、古希を迎えた老人が、ひとつのものにこんなにも夢中になれるということを、山崎さん、本音を言えば少しうらやましくも思っていたのだった。

「でね、ヤマちゃん、ひとつアイデアがあるんだよ」

「アイデア？」

「うん、くぬぎ台のホームページつくってみようかと思って。それもオフィシャルなやつね、公式ホームページ」

「公式といいますと？」

「俺が個人的につくるのはかんたんなんだけど、そうじゃなくて、町内会としてホームページを開きたいわけだ。情報発信だよ、これからの町内会に求められてるのは。実際、そういう活動をしてる町内会もけっこう多いんだ。くぬぎ台の歴史から、町内会の活動紹介、市からのお知らせも載せればいいし、フリーアクセスのページとパスワード付きの住民専用ページに分けて、掲示板もつくって、そうだ、武蔵ストアの安売りニュースなんてのもいいんじゃないか？　バナー広告も出してくれるかもしれんぞ」

ただの思いつきではないのだろう、町内会長は力のこもった声でまくしたてるように言う。現役時代を知るよしのない山崎さんの脳裏にも、マスコミの最前線で生き抜いた百戦錬磨の辣腕部長の姿が、一瞬、浮かんだ。

「だとすると、町内会にも新しい部署が必要になるわけだよ。ウェブくぬぎ台サイバーステーション運営委員会。どう？　カッコいいだろう？」

山崎さんがあいまいにうなずくと、町内会長は「そこで、だ」と口調をさらに強めた。

「俺は、ヤマちゃんに副委員長になってもらいたい」

「は？」

「だいじょうぶだいじょうぶ、名前だけだから、もっともらしい顔してりゃいいんだ」

「委員長は……」

訊きかけて、目が合って、町内会長の含み笑いで察した。

「軌道に乗るまでは兼任でいくよ。ヤマちゃんのサポートがあれば俺も力強いし」

「いや、あの、軌道に乗るまでっていっても、もう二月ですよ」

当然の指摘を、町内会長はあっさり受け止めた。

「言っとくけど、これ、四月からの話だぞ。だいいち、年度末のこの時期に予算なんかとれるわけないだろう」

四月から、と言った。兼任で、とも言った。ということは、五期目も──。

啞然《あぜん》とする山崎さんをよそに、町内会長は「長年お世話になったくぬぎ台だ、これが最後のご奉公だよ」と少し真顔になって言った。

いつもなら、このあたりで野村さんが「長期政権でんなあ、佐藤栄作の真似してどないしまんねん」と関西仕込みの茶々を入れるところだが、おどけただみ声は聞こえてこない。

町内会長の熱弁につられて足早になっていたせいで、振り向くと、野村さんは二人からだいぶ遅れてしまっていた。うつむいて歩いている。まだ考えごとをしているのか、しきりに首をひねりながら。

山崎さんと町内会長は顔を見合わせて、二人ほぼ同時にため息をついた。

午後から、山崎さんはまたパソコンの前に座った。町内会長に書いてもらったメモを机の上に置いて、その手順に従って、パソコンをまっとうに終了させる練習を、三回。うまくいった。もうだいじょうぶ。奥さんはスポーツクラブに出かけているのでよけいなプレッシャーを感じることもないし、我が家で一晩を過ごしたパソコンは、昨日に比べて、なんとなく居間のたたずまいになじんできたような気もしないではない。

「よし、じゃあ、いくか」

山崎さん、あぐらをかいた膝をポンと叩《たた》いて、引き出しから一枚の葉書を取り出した。くぬぎ台の自宅を引き払って、夫婦で北海道に移り住んだ藤田さんからの年賀状である。例年どおりの雪山の写真をプリントした葉書に、今年はメールアドレスとホームページのアドレスが記してある。

〈ささやかながらHPを開設いたしました。北海道の大自然の息吹《いぶき》を込めたつもりです。よろしければ遊びにいらしてください〉

ここまでは印刷の文面。その横には、サインペンで〈老夫婦でパソコン相手に奮闘中です〉とあった。

数年前から、メールアドレスのついた年賀状を受け取ることは増えていた。ホームページを開いている若い知り合いも何人かいるが、いままでは「へえ、こいつもパソコンを始めたのか」とうなずく程度で、自分もやってみようという気にはならなかった。

だが、藤田さんの年賀状を読んだとき、ホームページを見てみたい、と思った。同い歳である。くぬぎ台にマイホームをかまえて二十五年目で初めての、この街の友だちである。自ら開発を手がけたくぬぎ台を誰よりも愛しながら、「まるごとぜーんぶの空」の下で暮らしたいと言って、くぬぎ台に別れを告げた藤田さんである。

見てみたい。知りたい。いまの藤田さんの暮らしと、考えていることを。

「じゃあ、俺のところで見ればいいよ」と町内会長は言ってくれたが、自分の力でパソコンを覚えて、ホームページを訪ねたかった。

ようやく、その夢がかなう。

初訪問の期待と緊張にこわばる人差し指で、キーを押していった。

アドレスを入力して、マウスのポインタの狙《ねら》い場所を定めるのに苦労しながらも、〈接続〉のボタンをクリック。

ダイアル音、モデムの信号音、そして接続のノイズがしばらくつづき、スピーカーから音が消えたのと同時に、画面に〈WELCOME!〉の文字が点滅した。

たぶん——と、山崎さんは思う。

ホームページとしては、これはそうとう退屈な部類に属するのだろう。なにしろ野鳥の写真しかない。文字は撮影場所と日時とカメラのデータと鳥の種類だけ。いくら夫婦の共通する趣味がバードウォッチングだとはいっても、愛想のないこと甚《はなは》だしい構成である。もしかしたらマニアには垂涎《すいぜん》の珍しい鳥の写真もあるのかもしれないが、門外漢の山崎さんからすれば、調べ物でもないのに図鑑をめくっているようなものだ。

正直、拍子抜けしたが、そういう気の利かなさがいかにも藤田さんらしいと思うと、頰が自然にゆるむ。よく言えば律儀で真面目、悪く言うなら遊び心に欠ける、藤田さんはそんなひとだった。

〈自己紹介〉というボタンをクリックしてみた。藤田さんと奥さんの写真がある。二人とも登山スタイルで、かなり日焼けもしていて、くぬぎ台にいた頃よりずっと若々しく見える。プロフィール欄には名前と年齢、あとは使っているカメラや双眼鏡の機種が書いてあったが、前に住んでいた街については、なにもない。

あたりまえじゃないか、と心の片隅に少しだけあった「もしかしたら」の期待を自分で笑った。

藤田さんは、もう新しい人生を始めているのだ。北海道に移り住んで二年以上になる。くぬぎ台のことは、まさか忘れはしないだろうが、もう思いだしたりはしないだろう。それでいい。もしもくぬぎ台を懐かしんでいたり、帰りたいなどと思っているのだとしたら、そっちのほうが寂しい。

メールを送った。

〈ごぶさたしています。定年以来丸三年が過ぎていながら、小生、いまだ藤田さんと知り合った頃と変わらず、ただ漫然と日々を過ごすだけの体《てい》たらく。自省の毎日です。せめてもの現状打破をもくろみ、パソコンを始めてみましたが、どうなることやら〉

三十分近くかけて入力した文面は、愚痴めいたものになってしまった。

3

数日もすると、パソコンの操作にもだいぶ慣れた。マウスのポインタもほぼ狙いどおりに動かせる。キーボードは人差し指に加えて、ときどき中指も使って打てるようになった。キーワードでホームページを検索するコツを覚え、気に入ったホームページをブラウザーソフトに登録する方法も、これはちょっと自慢だ、町内会長や『タコでもわかるパソコン講座』に頼ることなく、自分で覚えた。

「すぐにハマるって」という町内会長の言葉は、やはり正しかった。興味のおもむくままホームページを覗《のぞ》いていると、三十分や一時間はあっという間だ。

つながっている――というのが、いい。

クリック一つで、日本国内はもとよりアメリカだろうがイギリスだろうが、世界中どこの国のコンピュータにもアクセスできる。インターネットのあたりまえの理屈が、なんとも言えず嬉しい。

町内会長の言うとおりだ。世界が「ぱあーっと」広がった。正確には、現役時代に感じていた世界の広がりを、三年ぶりに取り戻した。脳の仕組みなどわからないが、定年退職して以来、埃《ほこり》をかぶっていた部分の動きが急に活発になってきた気さえする。

だが、ただひとつ、パソコンがらみでため息をついてしまうことがある。

藤田さんからの返信が、来ない。

木曜日の午後になっても、まだ。

メールソフトの着信ゼロ表示を確かめて、山崎さん、ふう、と息をついて電話を切った。

こっちからメールを送ったときにミスがあって、そもそも藤田さんのもとに届いていなかったのだ、と思うことにしている。そうでなければ、少し悔しいし、寂しい。

パソコンの電源を落とし、お茶を一口啜ったとき、電話が鳴った。

「あ、お父さん？　さっきから、すごい長電話してなかった？」

万里だった。

パソコンを始めたことを話すと、万里は「すごいじゃなーい、お父さん」と声をはずませた。

「うわあ、すごいすごい、お父さんがパソコンなんてね。まだ若いわよ、ほんと。気持ちが老け込んでないっていうのは、いちばんたいせつなんだから」

山崎さんのほうが照れてしまうような喜びようだった。

「あのな、万里、お母さんいないんだよ。お茶の教室のみんなと一緒に、日帰りで熱海に梅を見に行ったんだ」

「あいかわらず元気だね、お母さんも」

「夜には帰ってくるから、電話させようか？」

「ううん、いい、今日はお父さんに電話したんだから」

「俺に？」

「ねえ、日曜日って家にいる？　お昼頃にちょっと顔出したいんだけど、いいかなあ」

「……べつにかまわないけど、それは」

「カレと二人で行くから」

万里は、夫の康彦のことをいつも「カレ」と呼ぶ。漢字の「彼」よりももっと硬い響きの、英語のような発音である。

ふだんの万里は、訪ねてくるのはもちろん、電話すらめったによこさない。正月に康彦と二人で遊びに来たときも何ヵ月ぶりかだったし、その足で成田空港に向かい、バリ島に遊びに行くのだと言って、夕食もとらずにひきあげた。「便りのないのはよい便り」を地でいくような万里だからこそ、わざわざ父親に会いたいというのが、ちょっと気になった。

だが、それを尋ねる前に、万里は「詳しいことは会ったときに話すから。じゃあね」と電話を切ってしまった。

山崎さん、断続音を繰り返す受話器を耳からはずし、「なんなんだ?」とわざと口に出して、笑った。

なにかと落ち着きのない娘だ。子供の頃よりも、むしろ社会に出てからのほうが、親に心配をかけることが多かった。

姉の千穂と同じように、ごくふつうのOLとしてアパレルメーカーに腰かけ就職したはずなのに、仕事がよほど性に合っていたのか、総合職試験を受けて合格し、都心で一人暮らしを始めた。山崎さんが銀行員として最後の日々を過ごしていた頃だ。

妻子ある康彦と付き合っているのを知ったのは、定年一年目——三年ほど前のことになる。

康彦の離婚が成立したのが、その年の秋。晴れて一緒に暮らしはじめた二人だが、結婚式も披露宴もなく、マンションの表札には康彦の姓の「須藤」と「山崎」が並んで記してある。「まさか、おまえたち、入籍してないんじゃないだろうな」としつこく念を押す山崎さんに、万里は「だいじょうぶだってば」と笑うだけだったが、まだ心配が消え去ったわけではない。

受話器を電話機に戻して、パソコンの隣に置いたフォトスタンドに目をやった。正月に家族で撮った写真を入れてある。

この四月から幼稚園の年長組になる初孫の貴弘を真ん中に、山崎さんと奥さん、千穂と伸弘、万里と康彦、そして、おととしの夏に生まれた睦美が千穂の胸に抱かれている。

貴弘を産んだときには三ヵ月で妊娠前の体型に戻した千穂だったが、睦美のときにはダイエットがうまくいかず、体の横幅は二回りも太くなってしまったままだ。母親に似てきた。もっとも山崎さんがそれを言うと、千穂は「やだあ」と大袈裟に顔をしかめ、奥さんは奥さんで「わたしも千穂の歳の頃はもっと痩《や》せてたわよ」とふくれつらになってしまうのだが。

千穂や万里が結婚する前、四人家族だった頃の写真に比べると、一人一人の顔が小さい。一枚の写真に全員を収めるには、カメラを少し引かなければ撮れなかった。

千穂のところは、「子供はこれで打ち止めだから」と言っていた。

万里と康彦も、おそらく子供をつくるつもりはないのだろう。仕事のこともあるし、康彦には息子がいる。いまでも二ヵ月に一度、会っているのだという。

だから、孫は二人でおしまいだ。家族写真も、ここから先、人数が増えることはない。奥さんは貴弘と睦美の子供――曾孫《ひまご》を見るのを楽しみにしているようだが、貴弘が二十歳になるまでも、十五年かかる。山崎さん、七十八歳。曾孫を抱くのは無理だろうな、とあきらめている。同い歳の奥さんの楽天的なところが、少しうらやましくもなる。

この写真から最初にいなくなるのは、たぶん俺だろう……。

自分が死んでしまうつらさよりも、一人暮らしになってしまう奥さんの寂しさのほうに思いをはせながら、山崎さん、ぬるいお茶をずるずると啜る。

4

翌朝は、春の訪れを実感させる暖かさだった。寝室のオイルヒーターの熱気に頬が火照《ほて》って目が覚めた。六時過ぎに朝刊を取りに外に出ても、背筋を絞るような寒さはなかった。七時のニュースによると三月下旬の気温らしい。

また季節が巡る。くぬぎ台に来て、二十八回目の春になる。東京の西のはずれ、都心に比べると気温が二、三度は低いくぬぎ台だが、けっきょく今年の冬は一度も雪が積もらなかった。雪かきをせずにすんだのはありがたいが、それはそれで、なんとなくものたりない気もしてしまうから勝手なものだ。

九時過ぎに、散歩に出かけた。

くぬぎ台は、都心から距離があるぶん、一区画を広めにとって分譲された。建蔽率《けんぺいりつ》や容積率も厳しく制限されていて、どこの家でも庭のスペースはたっぷりある。分譲から三十年近くたって、庭木もじゅうぶんに育った。この時季なら、梅だ。今朝の陽気で花はいっぺんにほころぶだろう。

自宅のある二丁目から一丁目にまわると、通りの先に町内会長を見つけた。町内会長、少し歩いては立ち止まり、よその家の庭を値踏みをするように眺めて、ちょっと違うなあというふうに首をかしげて歩きだしたり、ブルゾンのポケットからカメラを取り出して写真を撮ったりしていた。

追いついた山崎さんが、「どうしたんですか?」と尋ねると、町内会長はちょび髭を指でしごいて、デジタルカメラを得意そうに見せた。

「WKCの活動、さっそく始めてるんだ」

「あの……WKCというのは?」

「こないだヤマちゃんにも言わなかったっけ? ウェブくぬぎ台サイバーステーション。ちょっと長すぎるからな、呼ぶときは頭文字をとってWKCにしようや。言っとくけど、サイバーの頭文字はCだからな、シロウトはSなんて思ってるけど違うんだぞ」

町内会長、いたずらっぽく笑って、「おっ、ここの家はわりといいんじゃないか?」と、またカメラをかまえる。

くぬぎ台のホームページに、四季折々の街の様子を載せる予定だという。まずは梅の花、というわけである。

「さっき四丁目も回ってきたんだけど、どうもよくないんだ。あそこは分譲が遅かっただろ、梅を植えてる庭も少ないし、木もまだあまり育ってないしな」

くぬぎ台は、一丁目から四丁目までの順番に従って、足かけ二十年近くかけて分譲された。一丁目と四丁目とでは、住民も一世代違うことになる。

「その代わり、スイセンはなかなかだったぞ。チューリップだのバラだのっていうバタくさい花だったら、四丁目だと思うんだ。公式ホームページだから、そのあたりのバランスも考えないとな」

「張り切ってますねえ」

「なに他人事みたいに言ってんのよ、ヤマちゃん。あんただって副委員長なんだから、張り切ってもらわなきゃ困るんだぜ」

「はあ……」

「いっそ、庭のコンテストやってもいいかな。全体の雰囲気だけじゃなくて、梅とかツバキとか、部門賞もつくってさ。審査員は、ほら、駅前の商店街に『くぬぎ園芸』があるだろ、あそこのオヤジにでも頼めばいいんじゃないか？」

さすがに元・辣腕広告マン、ウケるかどうかはともかく、アイデアは次々に出てくる。

だが、山崎さんと行き会って二つ目の角を右に曲がったところで、町内会長の声は急に沈んだ。

「ノムちゃんちの梅の花、きれいなんだけどなあ……」

なだらかな下り坂になるこの道の途中に、野村さんの家がある。山崎さんも「そうですね」と、ぽつりと応えた。野村さん宅の紅白の梅もいまが盛りだろう。丹精してきた奥さんがいなくなっても花は咲くのだと思うと、ひとの命のはかなさがあらためて身に染みる。

町内会長も同じことを考えていたのだろう、「菅原道真だっけか、梅の花を詠《よ》んだ和歌があったよな」と言った。

「ええ。『東風《こち》吹かば匂い起こせよ梅の花　あるじなしとて春な忘れそ』でしたっけ」

「教養あるねえ、ヤマちゃん」

町内会長は寂しさを隠しきれない顔で笑って、「ノムちゃんの奥さんも、短歌やってたんだよな」と言った。

「そうだったんですか」

「ああ。二丁目に、昔小学校の先生だったっていうおばあさんがいて、そのひとがお師匠さんみたいなもんで、たまにくぬぎ台会館借りて、歌会っていうの？　そういうのやってたよ」

町内会長は言葉の途中で足を止めた。通りがかった家の庭に咲く紅梅の花に向けてカメラをかまえかけたが、「まあいいや」とひとりごちて、また歩きだす。

「野村さん、今日も散歩に出ないんでしょうかね」

「どうなんだろうなあ、もし家にいるんなら、ちょっと誘ってみるかなあ」

おせっかいになるかもしれないとは思ったが、山崎さんは黙ってうなずいた。

おせっかい、だった。

玄関先で山崎さんたちを迎えた野村さんは、にべもない口調で「散歩ぐらい、自分の歩きたいときに歩きたいようにさせてもらえまへんか」と言った。マッハ通運で長年運転手をどやしつづけた野村さん、不機嫌なときのだみ声は、ごつい顔とあいまって、聞く者の腹にずしりと響く迫力がある。

「いや、でもさ……」さしもの町内会長もけおされて、声をうわずらせた。「いい天気だから、気分転換にどうかなって思ったんだけど」

「なんで気分変えな、あきまへんのや」

「……ノムちゃん、最近外にあまり出てないみたいだし、俺たちだって、たまにはノムちゃんの顔を見たいんだよ。なあ？　ヤマちゃんもそうだよなあ？」

と話を振られても、山崎さん、うまい言葉を見つけられない。

町内会長も、なんだよ頼りないなあ、というふうに山崎さんをちらりと見て、黙りこくる。

野村さんはそんな二人をギョロッとした目でひとにらみして、言った。

「この際やさかい、はっきり言わせてもろうてよろしいですか？」

「あ、ああ、うん、なんでも、なあ、そうだよ、腹に溜めてちゃだめだよなにごとも、なあヤマちゃん」

話を振られても困るのだ、とにかく。

山崎さんは「なんでもどうぞ」と、町内会長よりは落ち着いた声でうながした。

「わしな、パソコンやらインターネットやらの話、聞きたないんですわ。なんや知らん、むかっ腹が立ってきまんねや」

二人をにらむ目玉をさらに剝《む》いて、野村さんはつづけた。

「なんがホームページや、なんが世界が広がるや、なんが情報や、アホらしてアホらして、もうな、横で聞いとったら、ドタマに血ィ昇ってきまんねや。健康に良うないさかい、お二人さんと散歩するんは遠慮させてもらいますわ」

「おいおい、ちょっと待ってくれよ、ノムちゃん」

町内会長の顔も険しくなった。山崎さんの目配せを振り払うように「ってことは、なにかい？　俺たちのことまでアホだって言ってるように聞こえちゃうぜ」とつづける。

野村さん、悪びれもためらいもせず、きっぱりと言った。

「アホでんがな。もう、どないしようもないアホぞろいや」

「ノムちゃん、いいかげんにしろよ。自分がパソコンできないからって、言っていいことと悪いことが……」

「じゃかあしい！」

野村さんの一喝に、町内会長は口をあわあわさせて後ずさった。山崎さんも、止めに入ろうと足を一歩踏み出したまま、動けない。

野村さんはあらためて二人をにらみつけた。

「あのな、言うときますけど、わしは運送屋や、荷物を運んで飯を食うてきた男や。運転手が汗水垂らしてトラックに積んで、目ェ血走らせて夜通し運転して、それでやっと荷物が先方さんに届くんや。五百キロは五百キロ、千キロは千キロ、正味の距離を走ってなんぼの仕事や。雪ン中トラックが走れば荷物も凍る、夏の盛りに走れば荷物も温《ぬく》うなる、乱暴に運びゃあ傷もつく、それが道理いうもん違いまっか？　そこにあるもんをあっちに運ぶいうんは、そういうことや。それをな、情報でっか？　世界のどこにでも一瞬でつながるんでっか？　ごっつ便利なもんや、ほんま、便利すぎて嘘《うそ》くそうてかなわんわ」

「ノムちゃん、だからさ、あんた基本的なことがわかってないんだよ。情報と物は違うんだからさあ……」

「広告屋の発想でんな」

「なんだよ、おい」

「カッコのええことは、あんたら二人でしゃべっとくなはれ。わしが言うとるんは正味の話や」

「だから、正味とか正味じゃないとか、そういうこと言うから話がややこしくなるんだよ」

「ほんなら、ひとつ訊きまっせ？　くぬぎ台のホームページつくって、この街のこと紹介して、それでほんまにくぬぎ台がわかるんでっか？　ここに住んだはるひとの、毎日の暮らしやら思うとることやら、幸せやら不幸せやら、ほんまに情報でわかるんでっか？」

「いや、だから……掲示板もつくって、住民の意見や声もどんどん出してもらうわけだから……」

「不動産の広告と、ひとの暮らしとは違いまっせ。古葉はん、あんた、くぬぎ台のコマーシャルをつくらはるんでっか？」

町内会長、絶句してしまった。

いつのまにか、野村さんの口調からはとげとげしさが消えていた。まなざしもふだんどおりのものに戻り、だからこそよけいに言葉と思いがまっすぐに伝わってくる。

野村さんは玄関のドアを開け、中に入りながら言った。

「帰っとくんなはれ」

ドアが閉まる。

玄関先に残されたいまになって、山崎さん、庭の梅が咲きほこっていることに気づいた。

町内会長も梅の花をのろのろと見上げたが、デジタルカメラは出さなかった。

5

金曜日、土曜日と、山崎さんはパソコンの電源を入れなかった。

有頂天になっていたところに、冷たい水を頭から浴びせられたようなものだ。奥さんは「もう飽きちゃったの？」と笑うが、いきさつを説明する気力も湧いてこない。

町内会長もすっかりしょげ返ってしまった。口では「ノムちゃんには時代ってもんがわかってないんだよ」と言いながらも、散歩にデジタルカメラを持ち歩くことはなくなったし、ＷＫＣの話もあれきり出てこない。

山崎さんにも、野村さんの言うことはわかる。全面的に賛成するわけではないが、それでも、わかる。単身赴任先の街とくぬぎ台との距離を、ずっと嚙《か》みしめつづけてきた野村さんなのだから。そしていま、山崎さん自身、くぬぎ台から去った娘二人との距離を嚙みしめながら暮らしているのだから。

元気の出ないまま、日曜日を迎えた。

奥さんは朝から張り切って、万里の好物のちらし寿司を鼻歌交じりにつくっているが、山崎さんに浮き立った気分はまるでない。

ゆうべから、もしかしたら万里はすでに母親にはすべて話しているのかもしれない、という気がしている。今日の話は相談ではなく報告にすぎないだろう、とも。

いつものことだ。総合職試験を受けるときも、一人暮らしをするときも、康彦との不倫も、結婚も、すべて万里は、まず奥さんに話した。万里ほどの派手な問題は起こさなかったから気づかずに通り過ぎてきたが、おそらく千穂もそうだったのだろう……。

山崎さん、居間のコタツから出て、奥さんのいるキッチンを覗き込んだ。

「ちょっと散歩してくる」

「いまから?」ボウルにあけた酢飯を団扇《うちわ》であおぎながら、奥さんが言う。「もうすぐ十一時よ」

「このへん、ぐるっと回ってくるだけだから」

「万里たちが来るまでには帰ってきてくださいよ。わざわざ訪ねてきて、肝心のお父さんが留守だっていうんじゃ困るから」

「わかってるよ」

奥さんの背中にため息と苦笑いを送り、肩をすくめて玄関に向かった。

ウォーキングシューズを履《は》き、ウインドブレーカーを羽織っていたら、チャイムが鳴った。万里が来るには、まだ早い。

集金かなにかだろうと思ってドアを開けたら、門の前に野村さんが立っていた。

顔を合わせるのは、金曜日の朝以来である。さすがに野村さんもバツが悪そうに、もじもじしていた。

「昨日、前橋のデパートで松江の物産展やっとったさかい、シジミの佃煮《つくだに》、買《こ》うてきましたんや。もしよかったら、思うて」

「……すみません、いつも、どうも」

山崎さんの受け答えも、ぎごちなくなった。

「宍道湖《しんじ》いうて、海の水の混じった湖がありまんね。そこで獲《と》れるヤマトシジミなんやけど、ごっつ旨《うも》うて、大きゅうて、まあ味見ておくんなはれ」

門扉を開けて、包みを受け取った。ふつうなら上がってもらってお茶でも出すところだが、金曜日のことを思うと、それもかえって迷惑かもしれない。

野村さんも、立ち去りそうな、残りたがっているような、落ち着かない様子で山崎さんをちらちら見る。

「どうしました？」

「あのな、悪いんやけど、ちょっと山崎はんに頼まれてほしいこと、あんねや」

「はあ……」

「パソコンで、これ、調べてほしいねん」

手紙を差し出した。

宛名は、亡くなった奥さん。

差出人は、東北地方の、聞いたことのない小さな町の町役場――〈『妻たちの万葉集』事務局〉だった。

「昨日、届いたんや」と野村さんは言った。

野村さんの奥さんは、入院する少し前に、その町の主催する短歌大会に自分の作品を応募していた。年内いっぱいの締切で、発表は立春の日。手紙には、応募へのお礼と結果発表、そして町役場のホームページのアドレスが書いてある。入選作はもとより、すべての応募作品をホームページに載せるのだという。

山崎さんが手紙を読み終えるのを待って、野村さんはお茶を一口啜り、「不細工なこって、女房のは佳作にも入らんかったんやけどな」と言った。

「応募されたことは……」

「なーんも言わんかった、あいつ。けろっと忘れとったんかもしれんし、まさかあないに早《はよ》う自分が死ぬとは思うとらんかったんかもしれんし、ホトケさんに口なしや、なあ」

「じゃあ、どんな短歌かも、まだ……」

野村さんは寂しそうにうなずいて、背中にしたパソコンを振り向いた。

「せやから、いまから山崎はんに探してみてほしいねん」

野村さん、お茶をまた一口啜って、「言うたらナンやけど、ちいとぬるいん違いまっか?」と首をかしげながら笑う。

すぐに照れ隠しをしてしまうひとなのだ。

野村さんの奥さんの作品は、〈春〉のページにあった。

〈夫が博多に単身赴任中、太宰府天満宮の満開の梅をテレビのニュースで見て〉という詞書《ことばが》きがついていた。

〈かの町の梅の便りに仰ぎ見る　庭の白梅つぼみ一輪〉

野村さんは黙って、食い入るようにパソコンの画面を見つめた。

山崎さんもよけいなことはなにも言わない。部屋に入りかけた奥さんも、山崎さんの目配せを受けて、また台所に戻った。

沈黙がつづく。

野村さん、洟《はな》を啜った。濁った咳払《せきばら》いを何度か繰り返した。

席をはずしたほうがいいだろう、と山崎さんが腰を浮かせかけた、そのとき——。

「よっしゃ!　わかった!」

野村さんの大声が部屋に響きわたった。

尻もちをつきそうになった山崎さんを振り向いた顔は、笑っていた。鼻の頭が赤くなり、目も潤んでいたが、間違いない、これは満面の笑みだ。

「なあ山崎はん、おんなじことでんな、昔と」

「と、言いますと?」

「昔は、わしの留守を守って、女房が一人でがんばっとった。今度は、女房が単身赴任いうわけや。わしが家を守らな、誰が守りまんねや。なあ山崎はん、わし、来年も梅の花、咲かせまっせ。再来年も、その先も、またその先も、ずうっと、ずうっと、女房が向こうで落ち着いて、あんたもそろそろこっちおいでえな言うまで、がんばったんねん、ほんま、がんばったんねん……」

しゃべりながらうつむいた野村さんは、洟をまた啜って、両肩にグッと力を込めた。

頭を上げる。

「一人暮らしも、三月までや」

「息子さん、帰っていらっしゃるんですか?」

「違う違う、新しい子ォのオヤジになりまんねん」

「あの、まさか、野村さん……」

一瞬、再婚という言葉が浮かんだ。

た。

するると、野村さん、山崎さんの微妙な表情を察して、「アホなこと言いなはんな」と笑った。

「四月から、多摩川大学の留学生、居候させたんねん。ホームステイいうやっちゃ。先月頃からどないしようか思うて考えとったんやけど、いま、決めた、よっしゃ、引き受けたる」

胸をドンと叩いて、「まかせたらんかい！」と元気に言った。

それを待っていたようにドアが開き、お盆を持った奥さんが入ってきた。

「よろしければ、お昼いかがです？　お持たせのシジミもありますから」と野村さんに声をかけ、山崎さんに含み笑いで目配せする。

お盆には、できたてのちらし寿司と吸い物とシジミの佃煮と、それからお銚子が一本に、お猪口《ちょこ》が二つ。

奥さんの目はほんのりと赤かった。

立ち聞きのお行儀の悪さは、まあ、許そう。

山崎さんはひとつ大きくうなずいて、お銚子をつまんだ。野村さんもうなずきながらお猪口で酌を受ける。二人でパソコンの画面に献杯して、ぬるめに燗をつけた酒を飲んだ。

野村さんがひきあげたあと、ほろ酔いの山崎さんはパソコンの前に座り直し、メールソフトを開いた。

着信、一件。金曜日の夜に届いていた。

〈メール拝受。先週から愚妻と二人で函館近辺の野鳥の撮影に出かけていました。返信遅れてすみません。お元気そうでなによりです。まずは、御礼まで〉

あいかわらず真面目一本槍《やり》のひとである、藤田さんは。

だが、追伸が、あった。

〈くぬぎ台で暮らした日々のこと、夫婦でよく話しています。ゴジラ仲間、万歳！〉

にやにや微笑《ほほえ》みながらパソコンの画面を見つめていたら、玄関のチャイムが鳴った。

「おじゃましまーす」

万里の声が、聞こえた。

「ただいま」と言え、「ただいま」と……。

山崎さん、フォトスタンドの中の万里に向かって唇をとがらせた。

6

くぬぎ台を彩る花が梅から桃、スイセンからチューリップに変わった頃、野村さん宅でホームステイする留学生の資料が多摩川大学から届いた。

金髪の女子大生――ではなかった。

ベトナムから経済学部に入った、三十歳の男性。

「その兄ちゃん、もとはボートピープルやったらしいわ。アメリカに渡って、それで、同じアジアで勉強したいいうてな。なかなかできるこっちゃないで。今日びの日本の学生さんとは性根が違うんや」

「そうだなあ、だから俺たちもさ、その学生さんからいろんなこと学ぼうよ。ねえ、ノムちゃん、ヤマちゃん」

町内会長も、町内会挙げての歓迎を約束してくれた。

もっとも——。

「どうせ、くぬぎ台のホームページに載せるええネタができたぐらいに思うとるん違いまっか?」

「おいおい、頼むよノムちゃん、あんたイヤミな性格になっちまったよなあ」

「イヤミやからええんでしょうが。長期政権は独裁になりがちでっせ。こないしてときどきワサビ利かせな、あんた、くぬぎ台のヒトラー呼ばれたらどないしまんね」

「キツいよなあ、ほんと……」

それでも、町内会長、WKC開設の夢はまだ捨てていない。「暮らしと心の交流ステーション」と、野村さんの言いぶんから拝借したキャッチフレーズをかかげ、町内会の各班の班長に根回しをつづけている。

そして、こんな活動も。

「名古屋に、くぬぎ台と同じ時期に開発されたニュータウンがあるんだ。瑞穂《みずほ》ヶ丘ニュータウンっていうんだけど、そこのホームページがわりとよくできてるんで、先月だったかな、感想のメールを送ってやったんだよ。そうしたら、向こうの会長さんとすっかり意気投合したんだ」

開発時期が同じということは、住民の世代も同じ。高齢化をはじめとする街の抱える問題点も共通している。

「名古屋と東京だから、日帰りだってできるんだ。今度からお互いに視察に出かけて、交流を深めようじゃないかって話が盛り上がってるんだ」

瑞穂ヶ丘ニュータウンのホームページには、町内会の役員の顔写真が出ていた。先方の会長は俳優の藤村俊二似のダンディーな雰囲気だったが、わが町内会長と意気投合するぐらいだからノリのいい性格なのだろう、姉妹ニュータウンの話や、はては全国ニュータウン・サミット開催の話まで出ているのだという。

「でね、近いうちにほんとうに行ってみようと思うんだけど、ヤマちゃんやノムちゃんも、よかったらいっしょにどう？」

悪くない。山崎さんと野村さん、顔を見合わせて、笑った。考えてみれば、ゴジラ仲間で旅行に行くのは初めてのことだ。

「俺やノムちゃんもそうだし、ヤマちゃんだって四月からは忙しくなるだろ。その前に、パーッと旅行しようや」

町内会長の言葉を承《う》けて、野村さんは「重役さんやさかいな、出世頭や」と山崎さんをからかう。

そうなのである。

山崎さん、四月から、船出したばかりの会社の監査役に就任する。

社長は康彦。専務が、万里。アルバイトの従業員が三人の、小さな小さな有限会社である。

いまにして、山崎さんは思う。あの日、奥さんが昼間から酒を出したのは、野村さんのためだけでなく、山崎さんをほろ酔いにして万里たちと会わせる作戦だったのかもしれない。

万里と康彦は、三月いっぱいで会社から独立して、四月から自分たちのブティックを起《た》ちあげる。まだ二十歳そこそこの若さだが将来有望なデザイナーを発掘し、彼の才能に賭《か》けてみたいのだという。

覚悟していたとおり、そこまでは事後報告だった。あの日くぬぎ台を訪れた用件は、山崎さんに監査役に就任してほしいという話だったのだ。

「迷惑はかけないから」と万里は言った。「元・丸の内銀行っていうのが、意外と効くのよ」

とも。

素面《しらふ》でその話を聞かされていたら、どうだったろうか。

ぜったいに反対して、叱《しか》り飛《と》ばしていただろう——と思う一方で、そんなことなかっただろうな、とも思う。

いずれにしても、山崎さん、世間の荒波に漕《こ》ぎ出す娘夫婦の小さなボートの行く末を大いに案じながらも、いや、案じているからこそ、引き受けた。

「ただし」と最後に言った。

「最初のうちだけだぞ。おまえたちの夢にほんとうに共感して、いいときも悪いときも一緒にがんばっていけるひとを早く見つけて、早くお父さんをお払い箱にしてくれ」

万里は「うん、それはそうするけど」と少し不満そうな顔になった。「パソコンを覚えるぐらいなんだから、まだまだ現役よ。私としてはお父さんさえよかったら、ずうっと……」

そうじゃないんだ、と山崎さんはおだやかに笑った。鏡を見たわけではないが、いまのいい笑顔だぞ、と自分でも思った。

「お父さんだって、自分のやりたいことがあるんだ」

万里はきょとんとした顔になるだけだったが、隣の康彦が「わかります」と応えた。

「やりたいことって、なに？」——とは、万里は訊かなかった。康彦も奥さんも黙っていた。

みんな、俺に見得を切らせてくれたんだろうな。

これも、いまになって思うことだ。


そして、三月最後の木曜日。

朝六時四十分に、山崎さんは家を出た。名古屋への日帰り視察旅行である。六時五十七分発の新宿行き急行——現役時代に毎朝毎朝乗っていた電車で、くぬぎ台を出発する。

「ノムちゃんが名古屋でデパートに寄るなんて言いだすもんだから、えらい早起きになっちまったよ」と町内会長はぼやいていたが、ひさびさに通勤の時間帯に都心に向かうというので、なんとなく張り切っているようにも見える。

名古屋の丸坂屋デパートでは、博多の物産展を開催中。野村さんはわざわざ店に電話をかけて、おきゅうとの実演販売コーナーがあることを確かめていた。「博多の朝は、おきゅうと売りの車の音で明くるっとよ」と、方言も数日前から博多弁に変わった。明日、来日するというホームステイの留学生は、きっとバラエティ豊かな日本語を覚えることだろう。

山崎さん、春の朝のやわらかい風に頬をくすぐられながら、駅に向かって下り坂を歩く。

もうすぐ、くぬぎ台は桜の季節である。

文庫版のためのあとがき

東京郊外のニュータウン——本書の舞台・くぬぎ台にも重なり合う、少々トウのたった住宅地に、二十九歳の頃から暮らしている。

引っ越してきたばかりの頃は、昼間にオトナの男性の姿を見かけることはほとんどなかった。一昔前のニュータウンのイメージどおり、セクハラまがいの表現をつかわせてもらえば「オンナコドモの街」だったのである。

ところが、二、三年ほどたった頃から、ぼくは自宅二階の仕事部屋の窓から通りを眺めながら、しきりにつぶやくことになる。

「最近、オッサンがけっこうぶらぶらしてないか？」

ニュータウンに自宅を構え、遠い都心に通勤していた一家の主が、次々に定年を迎えているのだった。街を歩く定年族の皆さんは、ぼくの父親の世代でもある。我が家でもその時期、実父と義父があいついで会社を定年退職していた。

観察というほど大袈裟なものではなくとも、しばらくたつと気づくこともある。どうも皆さん、失礼ながら元気がない。居心地悪そうに街を歩き、信号待ちでたたずむときなど、途方に暮れているようにさえ見えてしまう。

なぜだ――？

その問いから、『定年ゴジラ』は始まったのだった。


父親の世代を主人公にした物語を、三十代前半の息子が、しかも三人称で書く。非才を顧みない無謀な試みだったかもしれない。父親の世代がマイホームに託した夢のかたちを探るのは、ある種の不遜な行為でもあっただろう、と認める。

それでも、この物語を書くことで、ぼくは自分の暮らす年老いたニュータウンが少し好きになった。お手本だったか反面教師だったかはともかく、自分の考える夢のかたちを息子に伝えてくれた父親の世代を、ちょっと違うまなざしで見つめられるようになった。それがなによりも嬉しくて、同じ思いを読者の皆さんと分かち合えることができれば、と祈っている。


この物語は、「小説現代」に連載させていただいた。ぼくにとって初めての連載小説である。当時の土屋和夫編集長、担当の島村理麻さんに、心から感謝する。同様の謝意を、単行本の担当者・佐々木泰さん、文庫版の編集の労をとっていただいた矢野元久さんと川俣真知子さんにも捧げたい。

また、文庫版の解説を鷺沢萠さんにお願いできたことは作品にとってこのうえない幸せだった。単行本に引きつづいて、文庫でも装画を描き下ろしていただいた峰岸達さんと併せて、深く感謝する。

二〇〇一年一月

重松　清

解説

鷺沢　萠

——木口小平よ、ラッパを放せ！

友人や先輩、後輩、仕事仲間、周囲にいるいろいろな人たちに、最近私はよく冗談めかしてそんなことを言う。

周囲にいる人々全般が世間的に「働きざかり」と呼ばれる年齢に突入したのだな、という自覚をおぼえはじめたのは自らが三十を超えたころだったろうか。そうして、そんな自覚は年々強まってくる傾向にある。

学生時代には飲み会と女のコと好きな音楽にしか興味のなかったような友人が、サービス残業は日常茶飯事、土日出勤へのカッパ、一日十二時間どころか十五、六時間労働もあたり前、正に「月月火水木金金」状態で働いているのを傍《はた》で見ていると、それはそれでたいへん立派なことだよなあ、と思いながらも私は冒頭のような台詞《せりふ》を吐かずにはおられない。

もちろん私は「木口小平は死んでもラッパを放しませんでした」という例の話をからかい半分でおちょくっているわけではない。だがもし万一機会に恵まれれば（いったいどういう機会なのかは判らんが）、私は木口小平に向かって大声でこう言うことであろう。

——さっさとラッパを放せ！　逃げろ！　生き延びろ！　そして家族のもとへ帰れ！

そういうようなことを私が述べると、一日十六時間労働の彼はぽかん、とした表情になり、そのあとでちょっと苦笑まじりに溜息をつきながらこんなふうに言ったりする。

——俺は木口小平とは違うよ……。

何が違うのかと問えば彼は答える。

——木口小平は「お国のため」にラッパを放さなかったんでしょ？　俺が今こんなにアホみたいに働いてるのは、「自分のため」だもん。

そこまで言われれば私としても、そうかがんばってくれたまえ、と答えるしかない。

さて『定年ゴジラ』である。これは物凄くいい本だ。

連作の短編集、という形をとってはいるが、読後感はみっちりと身の詰まった長編を読み終えたときのそれに近い。ありきたりな市井の人々の日常をさり気なく描写してみましたー、というような小説は世にあまたあるが、この短編集はそういうものとはまったく違った性質のものだと私は思う。

この短編集には極太の芯がある。全話に、熱い鉄でできたような極太の芯がとおっている。

著者の重松清さんは、単行本のほうのオビに以下のような文章を連ねている。

――〝父〟の話を書きたかった。……お手本となったか反面教師だったかはともかく、戦後の日本を支えてきた〝父〟の世代は、「これが俺たちの考える幸せというものだ」と確かに子供たちに伝えてくれた。僕たちは、はたして子供に伝えるべき幸せのかたちを持っているのだろうか――。

私ごとで申し訳ないのだが、重松さんと私の年齢差は五つである。同じ一九六〇年代生まれである。重松さんのご尊父の年齢は存じあげないが、私の亡父と重松さんのご尊父もまた同世代だったのではないかと拝察する。

私が十八歳のときに他界した父は、生きていればいま六十五歳になっている。新制中学の一年生。国民学校一年生のころに「撃ちてし止まん」と教わった、そういう年齢だ。

主人公の山崎さんも、小説の舞台であるニュータウン、くぬぎ台を開発した藤田さんも、かつてのマッハ通運斬り込み隊長野村さんも、きっと、重松さんのご尊父、あるいは私の父と似たりよったりの年代だろうと思う。教科書に墨を塗った世代、価値観の一八〇度転換を余儀なくさせられた世代、貧しい日本の最後の証人である世代、高度経済成長の担い手だった世代だ。それは、私なりの表現を使えば、「木口小平がラッパを放さなかったように」働き続けた世代、でもある。

一日十六時間労働の私の友人は「自分のため」に働いているのだ、と言い切った。けれどおそらく山崎さんは藤田さんは野村さんは、そうして私たちの父は、そんなことは言わなかっただろうと思う。

——何のために働いているか、って……？

質問の意味を理解しかねる、と言いたげな、驚いたような困惑しているような彼らの表情さえ、瞼の裏に浮かんでくるような気がする。

——何のため、って、そんなこと考えたこともないよ。人間は働くのがあたり前だろう……。

彼らは続けてそんなふうに言うのだろうと思う。

正しい。まこと正しいことばである。けれど、その圧倒的なまでの正しさには同意しながらも、私はつい「でもね……」と言いたくなってしまうのだ。

人生には勝者も敗者もいない、と私は思っている。どのように生きようが、ひとの一生が「勝ち負け」というような二進法的な物差しで測れるほど単純なものだとは思わない。

チュウこと岸本の発した「みんな勝ってるんだろうな」ということばに対して、いみじくも山崎さんは言う。

「べつに勝負してるわけじゃないけどな」

そうだ。山崎さんは別に勝負をしているわけではないのだ。勝負をしていない以上、そこには「勝ち」も「負け」もない。山崎さんは一生懸命に、真面目に、靴の底を減らしながら隙間のないスケジュール表にときどきはうんざりしながら、それでもただただ真面目に働いてきただけだ。「がんばって」きただけだ。

だから続けてチュウの言ったことばは、山崎さんにとっては少し「面白くない」ものだったかも知れない。

「……負けた奴やがんばれなかった奴を許してくれる人がいねえから、なんのことはねえ、勝った奴とがんばってる奴しか住めねえ街になっちまうんだ。わかるか？」

いや、この台詞に「面白くない」何かを感じたのは、実は山崎さんではなく私自身だ。なぜなら私もかつての山崎さん——三十代四十代の山崎さんと同じように「がんばって」いるからだ。

「がんばれなかった」奴のことなんか知るかよ。「がんばって」る奴は精いっぱい「がんばって」るんだよ。自分のケツは自分で拭いてくれよ。少なくとも、オマエが「がんばれなかった」のは、他の誰でもなくオマエのせいだよ。

心の中でそんな悪態をついたのは、山崎さんではなく私なのである。しかしそのあとに続くチュウの打ち明け話に、さっきまで熱っぽく自己弁護していた私は、頭から水をかけられたような気持ちになる。

「がんばる」ことが常に「最善」のことではない。いや他に何もやることがないのであれば「がんばらない」よりは「がんばる」ほうが、そりゃいいだろうけれども、価値観の尺度、すなわち個人にとっての「幸せのかたち」がこれほどまで多様化してしまった現代を生きる日本人は、少しずつそのことを考えはじめたほうがいい。

――木口小平よ、ラッパを放せ!

昭和ひとケタ生まれの親に育てられた私も、実は誰に対してでもなく自分自身に対して、その台詞を投げかけているのかも知れない。

世の中にはいろんな生き方があるさ。どれが「勝ち」でもどれが「負け」でもない。だって世の中にはいろんな人がいるんだから……。

重松さんはただただ「がんばって」きた――それ以外に生きるすべのなかった親の世代の男たちの物語をとおして、やんわりとした口調で、そういうことをおっしゃっているように私には感じられた。そうして私は『定年ゴジラ』を読み終えて、彼らの世代の圧倒的なまでの正しさには同意しながらも、「でもね……」と言いたくなってしまう自分の気持ちを、代弁してもらったような切ない安心感をおぼえるのである。

世代論などを持ち出す気はさらさらなかったのだが、私は少し小うるさいことを言い過ぎたかも知れない。この上質な短編集に、こんな小うるさい解説は必要なかろうと思う。

小うるさいことなど何も考えなくても、たとえばゴジラに変身しながらも「ちょ、ちょっと待ってんか、自分の家は自分で……」などと呟いてしまう野村さんという男性はかわいらしいし、「小さな水たまりを跨《また》ぎ越すような軽い調子で」葉書を破る山崎さんの奥さんはむちゃむちゃカッコいい女性である。登場人物のそれぞれに、なんともいえない魅力がある。

解説から先にお読みになった読者の方は、どうぞ早く一頁目を開いてください。映画館の暗い座席に深く坐りこんだときのような安寧な気持ちで、どうぞ早くこのくぬぎ台の住民たちの物語を楽しんでください。

（作　家）

◎本書は一九九八年三月小社より刊行。文庫化に当たり「帰ってきた定年ゴジラ」（「小説現代」二〇〇〇年三月号）を新たに加えた。

|著者|重松 清　1963年岡山県生まれ。早稲田大学教育学部卒。出版社勤務の後、ライターとして数々のペンネームで健筆をふるう。1991年『ビフォア・ラン』で作家デビュー。1999年『ナイフ』で第14回坪田譲治文学賞、『エイジ』で第12回山本周五郎賞、2001年『ビタミンF』で第124回直木賞受賞。著書に『見張り塔から ずっと』『舞姫通信』『幼な子われらに生まれ』『半パン・デイズ』『日曜日の夕刊』『カカシの夏休み』など。時代を等身大で捉えた作品を次々に発表し快走中。

定年《ていねん》ゴジラ

重松《しげまつ》 清《きよし》

2001年2月15日第1刷発行

発行者——野間佐和子
発行所——株式会社 講談社
東京都文京区音羽2-12-21　〒112-8001
電話 出版部 (03) 5395-3510
販売部 (03) 5395-3626
製作部 (03) 5395-3615

Printed in Japan

講談社文庫
定価はカバーに
表示してあります

デザイン—菊地信義
製版——大日本印刷株式会社
印刷——信毎書籍印刷株式会社
製本——株式会社国宝社

落丁本・乱丁本は小社書籍製作部あてにお送りください。送料は小社負担にてお取替えします。なお、この本の内容についてのお問い合わせは文庫出版部あてにお願いいたします。(庫)

ISBN4-06-273109-6

講談社文庫刊行の辞

二十一世紀の到来を目睫に望みながら、われわれはいま、人類史上かつて例を見ない巨大な転換期をむかえようとしている。

世界も、日本も、激動の予兆に対する期待とおののきを内に蔵して、未知の時代に歩み入ろうとしている。このときにあたり、創業の人野間清治の「ナショナル・エデュケイター」への志を現代に甦らせようと意図して、われわれはここに古今の文芸作品はいうまでもなく、ひろく人文・社会・自然の諸科学から東西の名著を網羅する、新しい綜合文庫の発刊を決意した。

激動の転換期はまた断絶の時代である。われわれは戦後二十五年間の出版文化のありかたへの深い反省をこめて、この断絶の時代にあえて人間的な持続を求めようとする。いたずらに浮薄な商業主義のあだ花を追い求めることなく、長期にわたって良書に生命をあたえようとつとめるところにしか、今後の出版文化の真の繁栄はあり得ないと信じるからである。

同時にわれわれはこの綜合文庫の刊行を通じて、人文・社会・自然の諸科学が、結局人間の学にほかならないことを立証しようと願っている。かつて知識とは、「汝自身を知る」ことにつきていた。現代社会の瑣末な情報の氾濫のなかから、力強い知識の源泉を掘り起し、技術文明のただなかに、生きた人間の姿を復活させること。それこそわれわれの切なる希求である。

われわれは権威に盲従せず、俗流に媚びることなく、渾然一体となって日本の「草の根」をかたちづくる若く新しい世代の人々に、心をこめてこの新しい綜合文庫をおくり届けたい。それは知識の泉であるとともに感受性のふるさとであり、もっとも有機的に組織され、社会に開かれた万人のための大学をめざしている。大方の支援と協力を衷心より切望してやまない。

一九七一年七月

野間省一

講談社文庫 最新刊

西村京太郎　雷鳥九号《サスペンス・トレイン》殺人事件
雷鳥九号の車内と金沢で、不可思議な殺人事件が発生！　十津川のトラベル短編推理集。

逢坂　剛　あでやかな落日
岡坂神策が情報戦の渦中に！　広告業界の内情をリアルに映した極上の長編サスペンス。

渡辺容子　無　制　限
失踪した夫を追ってパチンコ業界の暗部へと迷い込んだ女。連鎖する謎の行き着く先は？

西澤保彦　死者は黄泉が得る
死者が蘇る館と連続殺人事件の関係は？　論理と奇想のマリアージュ、奇妙絶妙本格推理。

北森　鴻　メビウス・レター
高校生焼身自殺を追跡する謎の手紙。すべてがひっくり返る驚愕の結末とは!?　長編推理。

ウィルバー・スミス　大澤　晶　訳　秘　宝　(上)(下)
女性考古学者が握る研究データを悪辣な財宝コレクターが狙う！　息を呑む大冒険活劇。

ラッセル・アンドルース　渋谷比佐子　訳　ギデオン　神の怒り
青年作家が迷い込んだ権力の邪悪な闇。鬼才D・ハンドラーが親友と組んで描く傑作長編。

シェルドン・シーゲル　古屋美登里　訳　ドリームチーム弁護団
裁判戦術のすべてを描き、グリシャムを凌ぐと絶賛された、現役弁護士が放つ法廷推理！

津村秀介　仙台の影絵　〈佐賀着10時16分の死者〉
放火殺人の容疑者にはアリバイが。浦上伸介と前野美保が時刻表トリックを解き明かす！

山村美紗　京都不倫旅行殺人事件
京都と東京で連続殺人！　不倫に悩むOLが突き止めた驚愕の真相とは？　本格長編推理。

勝目　梓　けもの道に罠を張れ
フランス人女流画家が輪姦の果てに殺害された。孤独な男が挑むエロスと暴力の復讐劇！